Simplesmente Nova York

SARAH MORGAN

Simplesmente Nova York

tradução de
William Zeytoulian

Rio de Janeiro, 2022

Título original: New York, Actually
Copyright © 2017 by Sarah Morgan

Todos os personagens neste livro são fictícios.
Qualquer semelhança com pessoas vivas ou mortas é mera coincidência.

Direitos de edição da obra em língua portuguesa no Brasil
adquiridos pela Editora HR LTDA. Todos os direitos reservados.
Nenhuma parte desta obra pode ser apropriada e estocada em
sistema de banco de dados ou processo similar, em qualquer forma ou meio,
seja eletrônico, de fotocópia, gravação etc., sem a
permissão do detentor do copyright.

Direitos exclusivos de publicação em língua portuguesa cedidos pela Harlequin
Enterprises II B.V./ S.À.R.L para Editora HR Ltda.

A Harlequin é um selo da HarperCollins Brasil.

Contatos:
Rua da Quitanda, 86, sala 218 — Centro — 20091-005
Rio de Janeiro — RJ
Tel.: (21) 3175-1030

DIRETORA EDITORIAL
Raquel Cozer

EDITOR
Julia Barreto

COPIDESQUE
Thaís Carvas

REVISÃO
Kátia Regina Silva

DIAGRAMAÇÃO
Abreu's System

DESIGN DE CAPA
Osmane Garcia Filho

CIP-Brasil. Catalogação na Publicação
Sindicato Nacional dos Editores de Livros, RJ

M846s

Morgan, Sarah
    Simplesmente Nova York / Sarah Morgan; tradução William Zeytoulian. – 1. ed. – Rio de Janeiro: Harlequin, 2020.
    368 p.

    Tradução de: New York actually
    ISBN 9786550990626

    1. Romance inglês. I. Zeytoulian, William. II. Título.

20-63276   CDD: 823
                                            CDU: 82-31(410)

Leandra Felix da Cruz Candido – Bibliotecária – CRB-7/6135

Para o Washington Romance Writers,
um divertido e fantástico grupo de pessoas.
Obrigada por me convidarem para seu retiro.

———

Alguns de meus melhores companheiros
foram cachorros e cavalos.
— Elizabeth Taylor

Capítulo 1

Prezada Aggie, comprei para minha namorada uma cafeteira caríssima de aniversário. Ela chorou e depois vendeu o presente na internet. Não entendo as mulheres.

Atenciosamente, Sr. Descafeinado

Prezado Sr. Descafeinado, a pergunta mais importante a se fazer em qualquer relacionamento é: o que sua parceira quer? O que a deixa feliz? Sem saber os detalhes precisos é impossível saber ao certo por que ela chorou e vendeu a cafeteira, mas a primeira coisa que me vem à cabeça é: sua namorada bebe café?

Molly parou de digitar e olhou para a cama.

— Você está acordado? Escuta essa. Está na cara que ele gosta de café e que o presente, na verdade, foi para ele mesmo. Por que os homens fazem isso? Tenho tanta sorte de ter você. Óbvio que eu mataria você se algum dia vendesse minha cafeteira na internet, mas não vai ser esse o conselho que vou postar.

O corpo nem se mexeu na cama, mas isso não surpreendia, levando em consideração a quantidade de exercício que tinham feito no dia anterior. As horas que passaram juntos deixaram-na suada e exausta. O corpo de Molly doía, prova de que, apesar de ela ter melhorado em muito sua forma física desde quando se conheceram, ele ainda tinha mais pique do que ela. A energia implacável dele era uma das muitas qualidades que Molly admirava. Quando ficava na tentação de pular uma sessão de exercícios, bastava um olhar dele para que ela fosse correndo buscar seus tênis de corrida. Foi por causa dele que Molly emagrecera desde sua chegada a Nova York, três anos atrás. Alguns dias, ela se olhava no espelho e mal conseguia se reconhecer.

Estava mais magra e definida.

Melhor ainda, ela parecia feliz.

Se alguém do seu passado a visse agora, provavelmente não a reconheceria.

Não que fosse provável que alguém do passado aparecesse em sua casa.

Três anos haviam se passado. Três anos, e Molly finalmente conseguira reconstruir sua reputação despedaçada. Profissionalmente, tinha voltado ao eixo. Pessoalmente? Ela lançou outro olhar à cama e sentiu algo amolecer no peito. Nunca poderia imaginar que se permitiria se aproximar de alguém de novo, com certeza não perto o bastante para deixá-lo entrar em sua vida, em sua casa e, o mais surpreendente, em seu coração.

E lá estava ela, apaixonada.

Molly deixou o olhar se demorar sobre as linhas perfeitas do corpo atlético dele antes de voltar a atenção ao e-mail. Tinha sorte de tantos homens lutarem para compreender as mulheres. Se não fosse assim, estaria desempregada.

Seu blog, *Pergunte a ela*, conseguira atrair um volume grande de usuários e isso, por sua vez, chamou a atenção de uma editora. Seu primeiro livro, *Parceiro para a vida: Ferramentas para encontrar o companheiro perfeito*, chegou à lista dos mais vendidos nos Estados Unidos e Reino Unido, o que lhe rendeu um segundo contrato. Seu pseudônimo, Aggie, garantia anonimato e segurança financeira. Molly transformou em ouro seu azar no amor. Bem, talvez não em uma *fortuna*, mas o bastante para morar de maneira confortável em Nova York e não ter que voltar de mãos abanando para Londres. Ela deixou uma vida por outra, como uma cobra que troca de pele.

Finalmente, seu passado estava onde deveria estar. Atrás dela. E Molly fazia questão de nunca olhar pelo retrovisor.

Feliz, ajeitou-se confortavelmente em sua poltrona predileta e voltou a se concentrar no computador.

— Muito bem, Descafeinado, vou mostrar onde você errou.

E voltou a digitar.

Uma mulher quer que o homem a compreenda, e um presente deve demonstrar essa compreensão. Não se trata do preço, mas do sentimento. Escolha algo que mostre a ela que você a conhece e que escuta o que ela diz. Escolha algo...

— E essa é a parte importante, Descafeinado, por isso preste atenção — disse baixinho.

...que nenhuma outra pessoa pensaria em comprar para ela, pois ninguém a conhece como você. Faça isso e garanto que sua namorada nunca vai se esquecer desse aniversário. Nunca vai esquecer você.

Confiante de que o rapaz teria chances de agradar à mulher amada se ouvisse seu conselho, Molly alcançou o copo d'água e checou as horas. Estava na hora de sua corrida matinal. E ela não ia correr sozinha. Não importava quão ocupado estivesse seu dia, os dois sempre passavam esse momento juntos.

Desligou o computador, levantou-se e se espreguiçou, sentindo o rumor da seda roçando-lhe a pele. Havia passado uma hora digitando quase sem se mexer, e agora seu pescoço doía. Ainda tinha uma montanha de dúvidas masculinas para responder, mas daria um jeito naquilo mais tarde.

Olhou pela janela e viu a escuridão derreter-se lentamente, dando lugar aos raios de sol. Por um instante, a vista ficou repleta de listras douradas brilhando contra o vidro dos prédios. Era uma cidade cortante e de possibilidades vertiginosas cujo lado sombrio era mascarado pelo brilho do sol.

Todas as outras cidades estariam acordando àquela hora, mas aquela era Nova York. Ninguém pode acordar o que nunca dorme.

Molly se vestiu rapidamente, trocou a camisola por uma camiseta de algodão, calça de ginástica e seu par de tênis de corrida predileto, na cor roxa. Por fim, pegou um moletom, pois apenas uma camada de roupa poderia não dar conta das primeiras horas da manhã de primavera na cidade.

Prendendo o cabelo em um rabo de cavalo despretensioso, pegou uma garrafa d'água.

Ainda não havia nenhum movimento na cama. Ele continuava emaranhado no edredom, de olhos fechados, imóvel.

— Ei, bonitão. — Ela o cutucou de forma bem-humorada. — Finalmente consegui cansar você ontem? Isso é novidade.

Ele estava em seu ápice. Em boa forma e incrivelmente lindo. Quando corriam juntos no parque, várias cabeças se viravam para olhá-los com inveja, o que a envaidecia. Os outros podiam até olhar, mas quem voltaria para casa com ele seria Molly.

Neste mundo em que é quase impossível encontrar a pessoa certa, Molly conseguira achar alguém cuidadoso, leal e afetuoso… e todo seu. Sentia no fundo de seu coração que poderia contar com ele. Tinha certeza de que ele a amaria na saúde e na doença, na riqueza e na pobreza, na alegria e na tristeza, mesmo sem fazer votos de casamento.

Ela era incrivelmente sortuda.

O que eles tinham era livre dos estresses e desafios que costumam estragar os relacionamentos. O que dividiam era perfeito.

Molly ficou observando, com o coração repleto de amor, quando ele finalmente bocejou e se espreguiçou devagarzinho.

Seu olhar encontrou os olhos escuros dele.

— Você — disse ela — é *insanamente* lindo e tem tudo que eu sempre quis em um companheiro. Já falei isso para você?

Ele pulou da cama com o rabo abanando, pronto para a ação, e Molly se agachou para abraçá-lo.

— Bom dia, Valentine. Como vai o melhor cão do mundo?

O dálmata deu um único latido e lambeu o rosto de Molly, o que a fez sorrir.

Mais um dia amanhecia em Nova York, e ela estava pronta para arrasar.

— Deixa eu ver se entendi direito. Você quer pegar um cachorro emprestado para ir em um encontro com uma moça que gosta de cães? Você não tem vergonha na cara?

— Nem um pingo. — Ignorando a desaprovação da irmã, Daniel tirou de forma cuidadosa um pelo de cachorro do paletó. — Mas não vejo conexão entre esse fato e meu pedido.

Ele pensou na moça do parque, com suas pernas enormes e um impecável rabo de cavalo preto balançando como um pêndulo enquanto corria. Desde a primeira vez que a vira, embrenhando-se com seu cachorro por um dos muitos caminhos verdejantes que serpenteiam pelo Central Park, ficou arrebatado. Não foi apenas o cabelo ou aquelas pernas incríveis que haviam chamado sua atenção. Foi o ar de confiança. Confiança era uma coisa que atraía Daniel, e aquela mulher parecia levar a vida em uma coleira, com absoluto controle.

Ele sempre gostou de fazer corridas matinais. Ultimamente, seu hábito tinha adquirido uma nova dimensão. Começou a planejar suas corridas para coincidirem com as dela, mesmo que para isso chegasse atrasado no trabalho. Apesar desses sacrifícios de sua parte, até o momento ela não tinha lhe dado muita bola. Isso o surpreendia? Sim. Em relação às mulheres, Daniel nunca precisou se esforçar muito. Sempre chamou a atenção delas. A moça do parque, no entanto, parecia inusitadamente focada na corrida e no cachorro, e ele resolvera que era hora de usar a criatividade e fazer algum esforço.

Mas primeiro Daniel tinha que convencer uma de suas irmãs, e, até aquele momento, a situação não parecia muito promissora. Inicialmente, tinha esperanças de conseguir algo com Harriet, mas em vez disso teve que apelar para Fliss, que era um pouco mais difícil de enrolar.

Imóvel à sua frente, ela estreitou os olhos e cruzou os braços:

— Sério mesmo? Você vai fingir que tem um cão para dar em cima de uma mulher? Você não acha isso forçado? Ou desonesto?

— Não é desonesto. Não vou fingir que sou o dono. Só vou passear com ele.

— Atitude que sugere certo amor pelos animais.

— Não tenho problema nenhum com animais. Será que preciso lembrá-la que fui eu quem salvou aquele bichinho no Harlem mês passado? Na verdade, ele seria ótimo para a ocasião. Vou pegá-lo emprestado. — A porta se abriu e Daniel recuou quando um labrador cheio de energia entrou correndo na sala. Ele não tinha nenhum problema com animais até eles ficarem pegajosos e chegarem perto demais de seu terno predileto. — Ele não vai pular em mim, não é?

— Que *grande* amante dos animais você é. — Fliss segurou o cão pela coleira com firmeza. — Esta é a Poppy. Harriet está cuidando dela. Repare bem no "dela". Ela é fêmea, Dan.

— Isso explica por que ela me acha irresistível. — Escondendo a risada, ele baixou a mão e fez carinho na cabeça de Poppy. — Oi, lindona. Que tal um passeio romântico no parque? A gente pode ver o nascer do sol juntos.

— Ela não quer passear no parque nem nada disso. Você não faz o tipo dela. Ela passou por poucas e boas e fica nervosa perto de gente, especialmente homens.

— Eu levo jeito com mulheres nervosas. Mas, se não faço o tipo dela, então avisa para ela não deixar seus pelos caírem no meu terno. Principalmente os loiros. Preciso estar no tribunal em duas horas. O juiz vai dar uma sentença. — Daniel sentiu o celular vibrar, tirou-o do bolso e conferiu a mensagem. — O dever me chama. Preciso ir.

— Pensei que você fosse ficar para o café da manhã. Não nos vemos há séculos.

— Andei ocupado nos últimos tempos. Pelo visto, meia Manhattan decidiu se divorciar. Então, posso passar para buscar um cachorro amanhã às seis da manhã?

— Não é porque uma mulher corre sozinha que ela é solteira. Talvez ela seja casada.

— Ela é solteira.

— E…? — Fliss fez uma careta. — Mesmo que ela *seja* solteira, isso não significa que queira alguém. Me tira do sério quando os homens acham que uma mulher só está solteira porque está à espera de um homem. Caiam na real.

Daniel observou a irmã:

— Você levantou de qual lado da cama hoje?

— Levanto do lado que quiser. Estou solteira.

— Me empresta um cachorro, Fliss. E nada de um pequenininho. Precisa ser de um tamanho considerável.

— E eu crente de que você estava seguro de sua masculinidade. Um marmanjo desses… Você tem medo de ser visto com um cachorrinho pequeno, é isso?

— Não. — Ocupado em digitar a resposta à mensagem no celular, Daniel não levantou os olhos. — A mulher pela qual estou interessado tem um cachorro grande, por isso preciso estar à altura.

Não quero precisar carregar o bicho no colo enquanto corro. Você tem que admitir que seria meio ridículo, além de desconfortável para o animal.

— Ah, pelo amor... Tira os olhos desse celular! Vou te dar uma dica, Dan. Se você quer um favor meu, pelo menos preste atenção em mim enquanto pede. Seria um sinal de amor e consideração.

— Você é minha irmã. Cuido dos seus assuntos com a Justiça sem cobrar um centavo. Essa é minha forma de demonstrar amor e consideração. — Ele respondeu mais um e-mail. — Não seja dramática. Só estou pedindo um cachorro fofinho. Do tipo que faça uma mulher parar o que está fazendo para fazer carinho. O resto é comigo.

— Você nem sequer *gosta* de cachorros.

Daniel franziu a testa. Ele gostava de cachorros? Isso era algo que ele nunca havia se questionado antes. Cachorros eram complicações e ele mantinha sua vida livre delas.

— Não é porque não tenho um que não goste deles. Não tenho tempo para cachorros na minha vida, é só isso.

— Que desculpinha. Muitas pessoas que trabalham têm cachorros. Se não tivessem, eu e Harriet estaríamos desempregadas. A Guardiões do Latido está crescendo...

— Sei bem que vocês estão crescendo. Posso listar cada número da folha de balanço da empresa de vocês. Meu trabalho é esse.

— Você é especialista em divórcios.

— Mas cuido dos negócios das minhas irmãs. E sabe por quê? Porque é uma demonstração de amor e consideração. E sabe como? Trabalhando cem horas por semana. Para um ser humano, isso não pode ser considerado "vida". Com certeza não é para um cão. Além disso, devo frisar que o crescimento surpreendente de vocês foi resultado da nova parceria com a promissora empresa de serviços e eventos, a Gênio Urbano, que arranjei por intermédio do meu amigo Matt. De nada.

— Às vezes você é tão arrogante que tenho vontade de te dar um soco.

Daniel sorriu, mas não tirou os olhos do celular.

— E aí, vai me ajudar ou não? Se não, vou pedir para a Harry. Sei que ela vai dizer sim.

— *Eu* sou a Harry.

Daniel por fim ergueu o olhar. Ele estudou a irmã cuidadosamente, perguntando a si mesmo se tinha se enganado, mas então balançou a cabeça.

— Não, você é a Fliss.

Era um jogo que as gêmeas tinham feito com ele centenas de vezes ao longo da vida: *Que gêmea é?*

Ele tinha cem por cento de acerto. Elas não conseguiram enganá-lo uma vez sequer.

Ela deixou os ombros dela caírem, desapontada.

— Como você consegue?

— Dizer quem é quem? Para além do fato de você ser mais espinhosa do que um baiacu, eu sou o irmão mais velho. Tenho bastante prática. Faz vinte e oito anos que brinco disso. Vocês duas nunca conseguiram me enganar.

— Um dia a gente consegue.

— Isso não vai acontecer. Se você quiser mesmo fingir que é a Harriet, precisa pegar mais leve na atitude. Tente ser mais delicada. Desde o berço, você sempre foi aquela que gritava.

— Delicada? — Seu tom de voz era cortante. — Você está dizendo para eu ser delicada? Que comentário mais machista, a gente sabe que "delicadeza" não leva ninguém a lugar algum.

— Não é machismo e não estou dizendo para você ser delicada. É um conselho sobre como imitar a Harriet caso queira enganar alguém. Alguém que não seja eu, no caso.

A porta se abriu e Daniel levantou o olhar.

— O café da manhã está pronto. Fiz seu prato favorito. Panquecas com bacon torradinho.

Harriet entrou na sala trazendo uma bandeja. Seu cabelo era igual ao da irmã, de um loiro suave, cor de manteiga, mas ela o usava casualmente preso para trás, como se o único objetivo fosse que ele não atrapalhasse seu dia. Fisicamente, eram idênticas. Tinham os mesmos traços delicados, os mesmos olhos azuis, o mesmo rosto em formato de coração. Quanto ao temperamento, não poderiam ser mais diferentes. Harriet era atenciosa e calma. Fliss era impulsiva e intensa. Harriet gostava de ioga e pilates. Fliss preferia kickboxing e caratê.

Sentindo um clima estranho, Harriet se deteve e olhou para os dois.

— Vocês dois já brigaram? — perguntou ela com o cenho franzido.

Como três irmãos de uma mesma família podiam ser tão diferentes?, perguntou-se Daniel. Como duas gêmeas, que visualmente eram indistinguíveis, podiam ser tão distintas por dentro?

— Nós? Brigando? Nunca. — A voz de Fliss estava carregada de sarcasmo. — Você sabe quanto adoro nosso irmão mais velho.

— Detesto quando vocês brigam. — A ansiedade no olhar de Harriet fez Daniel se sentir culpado, e ele e Fliss trocaram um olhar. Os dois haviam trocado aquele olhar milhões de vezes na vida. Era um acordo tácito para que suspendessem as hostilidades enquanto Harriet estivesse presente.

Cada um desenvolveu métodos próprios para lidar com o conflito. Harriet se escondia. Quando criança, ia para debaixo da mesa para fugir da gritaria rotineira em sua família. Certa vez, Daniel tentou puxá-la, para tirá-la do meio do caos. Seus olhos estavam fechados e ela tapava os ouvidos com as mãos, como se acreditasse que, caso não visse ou ouvisse, nada daquilo estaria acontecendo.

Recordando-se de sua constante impaciência, Daniel sentiu uma pontada de culpa. Eles eram todos tão autocentrados, seus pais inclusive, que ninguém prestava atenção no que estava acontecendo com Harriet. A situação fora exposta de tal maneira que mesmo agora, vinte anos depois, Daniel não conseguia pensar naquela noite na escola sem começar a suar.

À primeira vista, Harriet não parecia ser muito durona, mas ele e Fliss haviam descoberto que existem diferentes tipos de resistência. Apesar das aparências, Harriet era de ferro.

Ele a observou apoiar a bandeja e colocar cuidadosamente os pratos e guardanapos da mesa.

Guardanapos. Quem se preocupa com guardanapos em um café da manhã em família despretensioso?

Harriet se preocupava. Ela era a responsável por todo o conforto doméstico no apartamento que dividia com a irmã gêmea.

Às vezes ele se perguntava se os três ainda seriam uma família caso Harriet não existisse.

Quando criança, ela era obcecada com sua casinha de bonecas. Com a insensibilidade de um garoto de 8 anos, Daniel achava aquilo uma brincadeira de menina sem importância. Agora, porém, entendia que na época Harriet estava construindo algo que não tinha, que se agarrava a uma imagem de lar e família enquanto a sua desmoronava. Havia encontrado alguma medida de estabilidade em seu mundo particular, enquanto Daniel e Fliss descobriram outras maneiras de contornar os buracos e o horizonte instável do casamento dos pais.

Quando as gêmeas se mudaram para aquele apartamento, Harriet foi a responsável por transformá-lo num lar. Pintou as paredes com um tom iluminado de amarelo e escolheu um tapete em tons opacos de verde para suavizar o chão de madeira. Foram suas mãos que arrumaram as flores na mesa, preencheram os sofás com almofadas e cultivaram as plantas reunidas em uma verdadeira profusão florestal de verde.

Fliss nunca escolheria ter plantas. Como o irmão, não queria se responsabilizar por algo que demandasse atenção e cuidado. Era por isso que nenhum dos dois tinha interesse em relacionamentos duradouros. A diferença era que Fliss havia tentado. Uma única vez, mas o bastante para sentir que tinha razão em sua escolha. Dera a cara a tapa e viu do que se tratava.

Nenhum dos dois falava sobre o assunto. Os irmãos Knight aprenderam que a única maneira de sobreviver a um dia ou a um ano ruim era seguindo em frente.

— A gente não estava brigando. — Daniel manteve o tom lento e tranquilo. — Eu estava dando um conselho de irmão, só isso.

Fliss estreitou os olhos.

— Quando, algum dia, eu precisar do seu conselho, vou pedir. Aliás, esse dia vai chegar quando o inferno tiver congelado pelo menos oito vezes.

Daniel roubou um pedaço de bacon do prato e Harriet deu um tapinha suave na sua mão.

— Espere até eu ter posto a mesa. E antes que eu me esqueça, Fliss, a Gênio Urbano nos mandou mais dois trabalhos. Vamos ter um dia cheio.

— Assim como o Daniel. — Fliss também roubou um pedaço de bacon. — E ele não vai ficar para o café da manhã.

— Não vai? — Harriet entregou-lhe um guardanapo. — Pensei que era esse o motivo da sua visita.

Daniel franziu a testa com a sugestão de que só as visitava quando queria comida. Era verdade? Não. Ele as visitava porque, apesar — ou talvez por causa — de sua relação conflituosa com Fliss, gostava de ver as irmãs. E gostava de ficar de olho em Harriet. Mas era verdade que suas visitas quase sempre coincidiam com refeições. Contanto que a comida fosse feita por Harriet, ele estava feliz. Fliss não sabia nem ferver água.

— Recebi uma mensagem do escritório, por isso minha visita vai ser relâmpago. Mas foi bom ver vocês duas.

Por impulso, levantou-se e abraçou Harriet.

— Isso, boa, use seu afeto. A Harry vai cair nessa — disse Fliss baixinho.

— Tenho direito de abraçar minha irmã.

Ela lhe lançou um olhar atravessado:

— Sou sua irmã e você nunca me abraça.

— Não tenho tempo para passar o resto do dia tirando os espinhos da pele.

— Cair no quê? — perguntou Harriet enquanto retribuía o abraço, e Daniel sentiu uma onda de instinto protetor. Sabia que a irmã havia encontrado o trabalho perfeito, mas ainda assim se preocupava com ela. Se Fliss tivesse algum problema, Manhattan inteira saberia em poucos minutos. Já Harriet mantinha as coisas para si.

— Como você está?

Fliss bufou.

— Lá vem o charme. Ele quer algo da gente, Harry. — Fliss espetou com força um pedaço de bacon do prato. — Vá direto ao assunto, Dan, de preferência antes que eu vomite minha comida.

Daniel a ignorou e sorriu para Harriet.

— Preciso de um cachorro.

— *Claro* que precisa. — Contente, ela retribuiu o sorriso. — Sua vida é tão focada no trabalho, tão vazia emocionalmente… Há *anos* digo que o que você precisa é de um cachorro. Ele vai ser uma constante na sua vida, algo com que você possa se conectar e amar de verdade.

— Ele não quer um cachorro por um motivo digno. — Com a boca cheia de bacon, Fliss gesticulou com o garfo. — Ele quer um cachorro para se dar bem.

Harriet pareceu intrigada:

— E como um cão pode ajudar com isso?

Fliss engoliu.

— Boa pergunta, mas, como estamos falando de nosso irmão mais velho, você já pode imaginar do que se trata. Ele quer um adereço. Um adereço canino. Ele grita "Pega!" e o cachorro traz a garota. — Fliss espetou outro pedaço de bacon. — Mesmo que você consiga a tal mulher com seu plano, nunca vai conseguir mantê-la. E quando convidá-la para ir a sua casa e ela descobrir que o cachorro não vive com você? Não pensou nisso?

— Nunca convido as mulheres para irem na minha casa, então isso não vai ser um problema. Meu apartamento é uma área livre de cães, mulheres e estresse.

— Ainda assim, mais cedo ou mais tarde ela vai descobrir que você não gosta de cães e então vai abandoná-lo.

— Até que isso aconteça, tenho certeza de que já vamos estar fartos um do outro, então me parece uma boa. As duas partes vão tomar seus rumos.

— Seu galinha. Você não se sente culpado por deixar um rastro de mulheres soluçando por Manhattan?

Daniel soltou Harriet do abraço.

— Eu não deixo ninguém soluçando. As mulheres com quem saio são exatamente como eu.

— Insensíveis e estúpidas?

— Ele não é insensível — disse Harriet, tentando manter a paz. — Ele tem medo de compromisso, só isso. Que nem a gente. Daniel não está sozinho nessa.

— Eu não tenho medo de me comprometer — disse Fliss despreocupada. — Sou muito comprometida comigo mesma, com minha felicidade e meu crescimento pessoal.

— Eu também não tenho medo de nada. — Daniel sentiu o suor brotar-lhe na nuca. — Sou cauteloso, porque trabalho com isso. Sou do tipo de cara que...

— ...faz uma mulher querer continuar solteira? — completou Fliss, pegando outra panqueca.

— Eu não quero ser solteira — disse Harriet. — Quero amar e ser amada por alguém. Só não sei muito bem como fazer isso acontecer.

Daniel captou o olhar de Fliss. Nenhum dos dois estava em posição de oferecer conselhos quanto a isso.

— Dado que gasto minha longuíssima semana de trabalho desemaranhando a vida de pessoas que não escolheram ficar solteiras — disse ele —, diria que as mulheres deveriam estar me agradecendo por mantê-las livre desse tipo de compromisso. Quem não casa não se divorcia.

— Bem, está aí uma visão positiva. — Fliss colocou xarope de bordo sobre a panqueca. — Mais dia, menos dia, alguma garota bem esperta vai ensinar umas lições sobre mulheres para você. Estão deliciosas, Harry. Você deveria abrir um restaurante. Eu ajudo.

Harriet enrubesceu.

— Eu me confundiria toda com os pedidos e, mesmo te amando, não deixaria você chegar perto da cozinha. Não seria justo com o corpo de bombeiros de Nova York.

— Não preciso aprender nada sobre as mulheres. — Daniel roubou um pedaço de bacon do prato de Fliss. — Já sei tudo que é preciso.

— Você *acha* que sabe tudo sobre as mulheres, o que o torna dez vezes mais perigoso do que um homem que admite não fazer ideia.

— Não tenho como não saber. Crescer com vocês duas foi um curso intensivo sobre o que as mulheres pensam e sentem. Por exemplo, sei que, se eu não sair correndo daqui, vocês duas vão explodir. Por isso, vou me despedir enquanto ainda somos amigos.

— Não somos amigos.

— Você me ama. E, quando não está mal-humorada, eu também te amo. E Fliss tem razão — disse sorrindo para Harriet —, você é uma cozinheira incrível.

— Se você me amasse — disse Fliss entredentes —, ficaria para o café da manhã. Você me *usa* da mesma forma que usa todas as mulheres.

Daniel alcançou o paletó.

— Eis uma dica de como funciona a mente dos homens. Deixe de ser tão brava ou nunca vai conseguir um encontro. — Daniel viu o rosto da irmã ficar vermelho.

— Sou solteira por opção — gaguejou. Em seguida, suspirou e encarou o irmão. — Você está me enrolando. Por que sempre demoro para perceber? Você me tira do sério até eu não conseguir mais pensar. É uma das suas táticas, sei disso, mas mesmo assim sempre me deixo levar. Você é irritante desse jeito no tribunal também?

— Lá sou pior ainda.

— Não é à toa que sempre vence. Os advogados da outra parte devem querer distância de você o mais rápido possível.

— Em parte, é isso. E, só para deixar registrado, eu não uso as mulheres. Deixo que elas me usem. De preferência à noite. — Daniel se inclinou para beijar a irmã, pensando em quanto provocá-la era seu segundo jogo favorito, depois do pôquer. — Então, que horas posso vir buscar o cachorro?

Capítulo 2

Prezada Aggie, se os homens são de Marte, quando é que vão voltar para lá?
Atenciosamente, Terráquea Desesperada

ANTES DE QUALQUER COISA, ELA notou o cachorro dele. Era um pastor alemão tão forte e atlético quanto o dono. Havia visto os dois ao longo de toda a semana, logo depois do nascer do sol. Permitiu-se uma olhadinha ou outra, pois... Bem, não era de ferro. Como qualquer outra mulher, sabia apreciar a forma masculina, ainda mais um modelo tão bom quanto aquele. Além disso, seu trabalho consistia em estudar as pessoas.

Como tantas outras pessoas no parque naquele horário, ele estava usando roupa de corrida, mas algo em seus movimentos dizia que, fora daquelas trilhas, devia usar terno e ser o comandante de algum império. Seu cabelo era escuro e curto. Médico? Banqueiro? Contador? A julgar pelo ar de confiança que exalava, era muito bom no que fazia. Se tivesse que adivinhar algumas de suas características, diria que era extremamente focado em seus objetivos, trabalhava muito e tinha dificuldades em demonstrar suas fraquezas. Ele tinha fraquezas, é claro, todo mundo tem. Por ser inteligente, provavelmente sabia quais eram as suas, mas as escondia, pois a fraqueza não era algo a ser compartilhado. Era o tipo de cara que, se soubesse o que ela fazia da vida, daria risada e mostraria surpresa por alguém precisar de conselhos em algo tão simples como relacionamentos. Um homem como ele não devia ter ideia de como é não se sentir confiante, não conseguir chegar em uma mulher que achasse interessante e atraente.

Um homem exatamente como Rupert.

Ela franziu a testa. De onde *aquele* pensamento saíra? Sempre tinha o cuidado de não pensar em Rupert. Molly era esperta o suficiente para saber que sua experiência com ele havia transformado sua visão de mundo. Que tinha, em especial, influenciado sua visão sobre relacionamentos. Provavelmente aquele homem não tinha nada a ver com Rupert.

A única informação que contrastava com sua impressão sobre ele era o cachorro. Ela nunca acharia que um homem como ele quisesse se responsabilizar por um animal. O cachorro talvez fosse de algum amigo que estava doente ou de algum parente falecido, mas, nesse caso, seria provável que ele contratasse um serviço de passeadores como o que ela mesma usava de vez em quando com Valentine. O Guardiões do Latido.

O cão era a peça do quebra-cabeça que impedia que a imagem que ela fazia daquele homem se harmonizasse por completo.

Decidida a não ser flagrada o encarando, seguiu correndo num ritmo confortável que agora era instintivo. Correr era uma forma de se testar. De sair da zona de conforto. De tomar consciência da potência e da força que tinha no corpo. Correr lhe mostrava que, quando achava que não tinha mais nada para dar, ainda era possível encontrar mais.

Era cedo e o parque ainda estava fechado para carros, mas o movimento já era intenso. Corredores mesclavam-se a ciclistas para cima e para baixo pelas trilhas do Central Park. Em poucas horas, dariam lugar a mães e pais com carrinhos de bebê e turistas explorando os 3,41 quilômetros quadrados de área verde que iam da rua 59 à rua 110 e de leste a oeste da 5ª Avenida à Central Park West.

Molly não conseguia dizer qual estação preferia em Nova York, mas, naquele momento, tendia para a primavera. As árvores estavam cheias de flores e lançavam ao ar um intenso aroma doce. Macieiras-bravas, cerejeiras e magnólias banhavam o parque em um clarão de tons rosa e creme, e pássaros exóticos da América do Sul e Central preparavam-se para a migração de primavera.

Ela contemplava aquele esplendor praticamente nupcial quando Valentine passou disparado, quase a derrubando.

Ele parou diante do pastor alemão, que ficou tão empolgado que começou a ignorar o dono.

— Brutus! — A voz do homem trovejou pelo parque.

Molly diminuiu o passo. Sério? Ele batizou o cachorro de Brutus?

Brutus o ignorou. Nem sequer virou o rosto na direção do dono. Nenhum sinal de que um conhecia o outro.

Molly pensou que, ou Brutus devia ser do tipo de cão que gosta de desafiar a autoridade, ou não estava acostumado à presença de outros cachorros e ficava animado demais para obedecer a qualquer ordem.

Era evidente que havia uma coisa que o poder não podia dominar: um cachorro desobediente. Existe nivelador melhor?

Ela assoviou para Valentine, que se divertia com o novo amigo.

O cão levantou as orelhas e os dois se olharam à distância. Depois de um breve instante de reflexão, Valentine veio correndo na direção de Molly, comprido e musculoso, gracioso como um bailarino. Ela ouviu o som opaco das patinhas na grama macia e o ofegar rítmico de sua respiração, até que o cão finalmente parou diante dela, com a bunda balançando a cada abanada do rabo, o termômetro canino da felicidade.

Certamente não existe saudação mais animadora do que um rabinho balançando. Expressa tantas coisas. Amor, carinho e reconhecimento incondicional.

Valentine foi seguido por seu novo amigo, o pastor alemão, que derrapou meio desajeitado diante dos pés de Molly, mais para brutamontes do que para bailarino. Ele lançou para ela um olhar esperançoso, em busca de aprovação.

Molly percebeu que, apesar de seu jeito malvado, ele era fofo. Mas também sabia que, como todos os malvadões, exigia pulso firme e limites.

O mesmo deve valer para o dono.

— Mas como você é lindo! — Ela se agachou para fazer carinho no cachorro, alisando sua cabeça e pescoço. Molly sentiu o calor do hálito contra a pele e as batidas do rabo na perna, enquanto ele a circulava. Ele tentou subir com as patas em seus ombros, quase a derrubando de bunda no chão. — Não. Senta.

O cão respondeu com um olhar de reprovação e se sentou, evidentemente questionando seu senso de diversão.

— Você é fofo, mas isso não quer dizer que quero patinhas de lama em minha camiseta.

O homem parou ao seu lado.

— Ele se sentou quando você pediu. — Tinha um sorriso tranquilo, um olhar caloroso. — Ele nunca senta quando eu peço. Qual é o seu segredo?

— Pedi com jeito. — Ela se levantou, consciente das mechas de cabelo suado grudadas na nuca e irritada por se preocupar com isso.

— Parece que você tem o toque mágico. Ou talvez seja o sotaque britânico que tem esse efeito sobre ele. Brutus... — O homem lançou um olhar severo ao cachorro. — Brutus.

Brutus nem sequer virou a cabeça. Era como se não soubesse que estavam falando com ele.

Molly ficou intrigada.

— Ele costuma ignorar você?

— Direto. Tem problemas de comportamento.

— Problemas de comportamento costumam dizer mais sobre o dono do que sobre o cachorro.

— Ai, essa doeu. Bem, agora você me colocou no meu lugar. — A risada dele era de uma sonoridade rica e sedutora. Molly sentiu um calor lhe atravessar o corpo até desembocar no ventre.

Sua expectativa era de que ele ficasse na defensiva. Em vez disso, foi ela quem ficou. Havia construído muros e barreiras que ninguém conseguia transpor, mas sabia bem que aquele homem com olhos azuis perigosos e voz sedutora estava acostumado a superar obstáculos. Molly se sentiu avoada e sem ar, algo que não era comum.

— Ele precisa de treinamento, só isso. Não é muito bom em fazer o que mandam. — Ela tentou se concentrar mais no cachorro do que no dono. Assim não teria que lidar com os olhos sorridentes daquele homem insanamente atraente.

— Também nunca fui muito bom em fazer o que mandam, então não vou usar isso contra ele.

— Pode ser perigoso, para um cachorro, desafiar a autoridade.

— Não tenho medo de ser desafiado.

Isso não a surpreendeu. Molly soubera imediatamente que aquele era um homem que sabia o que queria e que trilhava seu próprio caminho. Sentia também que as camadas delicadas de charme e carisma escondiam um núcleo de aço. Somente um idiota o subestimaria. E Molly não era idiota.

— Você não quer ser obedecido?

— Ainda estamos falando sobre cachorros? Pois estamos em pleno século vinte e um e me considero um cara moderno.

Sempre que uma pessoa ou situação a desconcertava, Molly tentava se desprender e imaginar o que Aggie aconselharia.

Ficar sem ar e sem palavras perto de um homem pode ser desconfortável, mas lembre-se de que, por mais atraente que seja, ele também tem suas inseguranças, ainda que escolha não mostrá-las.

Isso não a fez se sentir melhor. Molly começava a pensar que aquele homem não tinha uma insegurança sequer.

Não importa como você se sinta por dentro, contanto que não mostre por fora. Sorria e aja naturalmente e ele nunca vai saber que deixa suas entranhas com consistência de papinha de bebê.

Sorria e aja naturalmente.

Parecia a melhor abordagem.

— Você devia levá-lo a aulas de adestramento.

Ele ergueu uma sobrancelha.

— Isso existe?

— Sim. Talvez ajude. Ele é um cachorro lindo. Você o comprou de um criador?

— Eu o adotei. Ele foi vítima de um caso terrível de divórcio no Harlem. O marido sabia que Brutus era a coisa que a esposa mais amava no mundo, então lutou pela guarda dele no processo de separação. Seu advogado era melhor do que o dela, ele ganhou, mas se viu dono de um cachorro que não queria.

Molly ficou tão chocada que esqueceu a estranha sensação de estar derretendo por dentro.

— Quem era o advogado dele?

— Eu.

Advogado. Esquecera dessa opção em sua lista de possíveis empregos. Agora se perguntava como, pois tudo se encaixava perfeitamente. Era fácil imaginá-lo intimidando seus adversários. Ele era um homem acostumado a vencer todas as batalhas que lutava, ela tinha certeza disso.

— E por que ele não devolveu Brutus à esposa?

— Em primeiro lugar, porque ela voltou para Minnesota para morar com a mãe. Em segundo lugar, porque a última coisa que ele queria era ver sua ex-mulher feliz e, em terceiro lugar, porque, tanto quanto amava o cachorro, a ex o odiava. Ela queria dificultar sua vida ao máximo, então o fez ficar com o cachorro.

— Que história horrível. — Molly, que já tinha ouvido muitas histórias ruins no trabalho, estava em choque.

— Relacionamentos são assim.

— Isso foi um divórcio. Não representa todos os relacionamentos. Então você o adotou? — Essa informação implodiu todas as suas ideias pré-concebidas sobre ele. Molly achara que ele era do tipo que punha a si mesmo à frente de tudo e todos, que raramente devia se preocupar com os outros, mas ele tinha salvado aquele cão lindo e vulnerável que havia perdido a única pessoa que o amava. Podia até ser um sedutor com uma boa lábia, mas com certeza era uma boa pessoa. — Isso foi bem legal da sua parte. — Ela fez carinho na cabeça de Brutus, triste por aquele animal ter tido que pagar pelo fracasso dos humanos em lidar com suas diferenças. Quando um relacionamento desmorona, o estrago vai longe. Molly sabia disso melhor que qualquer pessoa. — Coitadinho. — O cachorro cutucou seus bolsos com o focinho, o que a fez sorrir. — Você quer um biscoitinho? Ele pode?

— Pode, sim. Se você tiver sobrando.

— Sempre trago para o Valentine. — Ao ouvir seu nome, possessivo e protetor, Valentine se aproximou imediatamente da dona.

— Valentine? — O homem a observou alimentar os dois cães. — Ele é substituto de algum homem?

— Não. Até onde sei, ele é um cachorro.

Ele sorriu satisfeito.

— Pensei que você talvez tivesse desistido dos homens e se contentado com o amor de um bom cachorro.

Essa afirmação estava mais próxima da verdade do que ele seria capaz de imaginar, mas Molly não tinha a menor intenção de confessar isso a quem quer que fosse, menos ainda a alguém que parecia ter o mundo a seus pés. O que ele sabia sobre ter suas fraquezas expostas publicamente? Nada.

E não seria ela que explicaria.

Seu passado era seu, apenas seu. Mais privado do que uma conta bancária, seguramente guardado por um sistema de segurança impenetrável. Se houvesse uma senha de acesso, seria ERRO. Ou então ERRO ENORME.

— Valentine não é substituto para nada nem ninguém. Ele é meu número um. Meu melhor amigo.

O olhar de Molly colidiu com o dele e ela sentiu algo como um chacoalhão.

Molly estava impactada, e não se lembrava da última vez que sentira aquilo. Aqueles olhos. Ela poderia apostar que eles já haviam levado uma quantidade considerável de mulheres a mandar a prudência para o inferno. Em alguma parte daquele homem devia ter uma plaquinha dizendo USE COM CUIDADO.

Ela tentou ignorar o que estava sentindo, mas seu coração tinha outros planos.

Ah não, Molly. Não, não, não. Sua caixa de mensagens estava lotada de perguntas de mulheres querendo saber como lidar com homens exatamente como ele e, ainda que ótima dando conselhos, sua expertise parava por aí.

Sentindo de alguma forma que era o assunto da conversa, Valentine balançava o rabo freneticamente.

Molly o havia encontrado abandonado quando ele era apenas um filhote.

Ainda lembrava do olhar em seu rosto. Um pouco surpreso, bastante machucado, como se não acreditasse que alguém pudesse querer abandoná-lo na sarjeta. Como se aquela atitude o tivesse feito se questionar sobre tudo que sabia a respeito de si mesmo.

Molly conhecia aquele sentimento.

Foi um momento de encontro de almas, e eles criaram um vínculo instantaneamente.

— Eu o chamei Valentine em homenagem ao Dia dos Namorados, por causa do narizinho em forma de coração. — Esse era o único detalhe que Molly estava preparada para compartilhar. Hora de ir embora. Antes de dizer ou fazer algo que a botasse em um caminho que ela não queria trilhar. — Boa corrida para você.

— Espera... — Ele estendeu a mão para detê-la. — Não é a primeira vez que vejo você por aqui. Você mora perto?

Saber que ele a tinha observado enquanto ela mesma o havia notado elevou a frequência cardíaca de Molly a outro patamar.

— Até que sim.

— Então devo vê-la novamente. Meu nome é Daniel. — Ele estendeu a mão, e Molly, cujo corpo ignorava os avisos do cérebro, o cumprimentou. Sentiu os dedos dele se fecharem em volta dos seus em uma pegada firme. Imaginou o que ele conseguiria fazer com aquelas mãos, e as imagens que surgiram lhe trouxeram uma sensação ofegante que dificultava sua linha de raciocínio.

Estava com dificuldades para se concentrar, mas ele a encarava, esperando a resposta.

— Vamos tentar de novo — murmurou ele. — Meu nome é Daniel e você é...

Seu nome. Ele estava esperando que ela dissesse seu nome. E, a julgar pela graça que seus olhos refletiam, ele sabia exatamente por que Molly não conseguia dizer nada.

— Molly.

Às vezes, era estranho usar aquele nome, o que não fazia sentido pois aquele *era* seu nome. Ou um deles. O fato de só ter começado a usá-lo depois de se mudar para Nova York não devia importar.

Não concedeu a ele mais que isso, mas, mesmo assim, viu Daniel registrá-lo mentalmente e soube que ele lembraria. Ele não parecia ser um homem de memória curta. Era inteligente. Mas ainda que descobrisse seu sobrenome e a procurasse na internet, Daniel não encontraria muita coisa. Ela mesma se certificara disso.

— Vamos tomar um café, Molly. — Daniel soltou-lhe a mão. — Conheço um lugar ótimo aqui perto que serve o melhor café do Upper East Side.

Era algo entre um convite e uma ordem. Inteligente e delicado. Uma abertura desenvolta vinda de um homem que desconhecia o sentido da palavra *rejeição*.

Mas ele estava prestes a aprender, pois de forma alguma ela iria com ele tomar um café ou o que quer que fosse.

— Obrigada, mas tenho que trabalhar. Boa corrida para você e para o Brutus.

Ela não lhe deu oportunidade de argumentar, nem a si mesma uma chance de repensar sua decisão. Saiu correndo na hora. Correu em meio à claridade furta-cor, ao aroma de flores, com Valentine ao seu lado e a tentação beliscando seus calcanhares. Não virou a cabeça para olhar para trás mesmo que a vontade chegasse a lhe machucar o pescoço. Aquele era o maior desafio a seu autocontrole de que conseguia recordar. Ele a estava observando? Será que ficou incomodado com a recusa?

Só quando chegaram ao que considerava ser uma distância segura que Molly diminuiu o ritmo. Estavam perto de uma das muitas fontes baixinhas para cachorros, então ela parou para respirar e deixar que o sedento Valentine se refrescasse.

Venha tomar um café comigo...

E depois?

E depois, nada.

Quando o assunto era relacionamentos, ela era ótima na teoria, mas péssima na prática. Quão péssima era de conhecimento geral. Primeiro, o amor. Depois, a dor.

Você é especialista em relacionamentos, mas é um caso perdido em namoros. Tem noção da loucura que é isso?

Ah sim, ela tinha noção. Ela e alguns milhões de estranhos. Era por isso que, nos últimos tempos, escolhera ficar só na teoria.

E quanto ao belo advogado Daniel, pensou que bastariam uns cinco minutos para que ele esquecesse aquele encontro com ela.

Ele não conseguia tirá-la da cabeça.

Irritado e um tanto intrigado pela novidade da experiência, Daniel apertou a campainha e Harriet abriu a porta.

Ele sentiu o cheiro de café fresco e algo delicioso sendo assado no forno.

— Como foi sua corrida? — perguntou Harriet.

Ela trazia um chihuahua minúsculo nos braços e Daniel segurou firme a coleira de Brutus, impedindo o entusiástico rompante de energia que estava prestes a lançar o cachorro porta adentro.

— Sério mesmo que você vai deixar esses dois juntos? Brutus poderia comê-lo de uma bocada.

Harriet pareceu confusa.

— Quem é Brutus?

— Ele é o Brutus. — Daniel tirou a coleira e o pastor alemão entrou correndo no apartamento. Seu rabo balançava tanto que acabou batendo em uma das plantas de Harriet, espalhando terra e flores pelo chão.

Harriet pôs o cachorrinho no chão e recolheu a sujeira sem emitir uma palavra de reclamação.

— O nome dele é Xarope. E ele é grande demais para este apartamento.

— Eu me recusei a gritar "Xarope" no meio do Central Park, por isso o rebatizei. Esse cheiro é de café?

— Você não pode rebatizar um cachorro.

— Posso sim, se alguém foi idiota o bastante para chamá-lo de Xarope. — Daniel entrou na cozinha bem iluminada e pegou uma xícara de café. — Como é que você escolhe esse nome para um cachorrão como ele? Ele vai ter crise de identidade.

— Foi o nome que deram a ele — respondeu Harriet com paciência. — É o nome que ele conhece e ao qual responde.

— É o nome que o deixa com vergonha, isso sim. — Daniel deu um gole no café e checou as horas. Ele tinha muitas coisas para fazer e, ultimamente, estava sempre sem tempo, em parte por causa de sua corrida matinal prolongada.

— Você está mais atrasado do que o normal. Aconteceu algo? Ela finalmente conversou com você? — Harriet jogou os cacos do vaso fora e desenterrou com cuidado o que sobrara de sua planta.

Daniel sabia que, uma vez que fosse embora, ela arranjaria outro vaso e faria o que precisasse para que a planta se recuperasse.

— Sim, nós conversamos. — Se é que aquelas poucas palavras que trocaram pudessem ser chamadas de conversa. Ele fez algumas perguntas. Ela respondeu. Mas suas respostas foram breves e pensadas para não encorajar outros movimentos. Molly deixou claro que estava mais interessada em seu cachorro do que em Daniel, o que teria esmagado a moral de um homem mais desavisado sobre relacionamentos.

Mas, mesmo sem qualquer indicação verbal, ela havia deixado pistas não verbais.

No breve instante antes de as barreiras terem se erguido, Daniel vira interesse da parte dela.

Agora se perguntava quem fora o responsável por aquelas barreiras. Um homem, provavelmente. Algum relacionamento que deu errado. Daniel já vira muitos exemplos disso no trabalho. Pessoas com casos extraconjugais, que se distanciam ou que simplesmente deixam de amar. O amor é uma caixinha de surpresas com mágoas e catástrofes. Escolha o que quiser.

— Ela conversou com você? — O rosto de Harriet se alegrou. — O que ela disse?

Muito pouco.

— A gente está indo aos poucos.

— Em outras palavras, ela não está interessada. — Fliss entrou na cozinha. Vestia calça de ginástica, moletom e um par de tênis de corrida pretos com detalhes em neon. Ela pegou as chaves de cima do balcão. — Claramente, é uma mulher de bom senso. Ou você está perdendo o jeito. Isso quer dizer que você não vai passear com o Xarope amanhã?

— Não estou perdendo o jeito e, sim, vou passear com o *Brutus*. Aliás, ele tem alguns problemas de comportamento, em especial não atender quando é chamado.

— Deve ser uma experiência completamente nova para você.

— Que engraçadinha. Alguma dica?

— Não tenho nenhuma dica sobre relacionamentos a não ser, talvez, "não tenha".

— Eu estava falando do cachorro.

— Ah. Bem, você poderia começar chamando-o pelo nome que ele conhece. — Fliss foi até a porta. — E, se ele tem problemas de comportamento, pelo menos uma coisa vocês dois têm em comum.

Capítulo 3

Prezada Aggie, se há tantos peixes no mar, por que minha rede está sempre vazia?

MOLLY ENTROU NO APARTAMENTO, JOGOU as chaves no pote perto da porta e foi direto para o chuveiro.

Dez minutos depois, estava de volta ao computador. Valentine se encolheu em sua pequena cama embaixo da mesa e apoiou a cabeça nas patas.

A luz do sol fluía janelas adentro, ressaltando o chão de carvalho polido e iluminando o tapete artesanal que comprara em um ateliê de design que Molly tinha descoberto na Union Square. Em um dos cantos do quarto, havia uma grande girafa de madeira que seu pai enviara de uma das viagens que fizera para a África. Ninguém que passasse os olhos por suas estantes de livros conseguiria dizer muito sobre sua personalidade. Biografias e clássicos aninhavam-se entre suspenses e romances. Em uma das prateleiras, aliás, estavam algumas das cópias remanescentes de seu primeiro livro, *Parceiro para a vida: ferramentas para encontrar o companheiro perfeito.*

Faça o que eu digo, não faça o que eu faço, pensou. Molly dedicara o livro a seu pai, mas provavelmente devia tê-lo feito a Rupert. *Para Rupert, pois sem ele este livro jamais teria sido escrito.*

Mas isso implicaria o risco de se expor, e ela não tinha intenções de deixar quem quer que fosse descobrir a verdadeira identidade por trás da "Doutora Aggie".

Não. Seu pai era a opção mais segura. Assim, garantiria que tudo que construíra ficasse de pé e poderia mandar todo o episódio com Rupert, como dizia seu pai, para uma caixinha mental com a etiqueta "Experiência de vida".

Quando se mudou para Nova York, dividiu um quarto em um prédio sujo, sem elevador, nos confins do Brooklyn, com outras três moças, que só queriam saber de beber e sair. Depois de seis meses subindo 192 degraus — ela contou — e tendo que ir a Manhattan de metrô, Molly gastara suas últimas economias em uma quitinete no segundo andar de um prédio a várias quadras do Central Park. Apaixonou-se de primeira pelo apartamento e pelo prédio, com suas alegres portas verdes e corrimãos de ferro.

Apaixonou-se também pela vizinhança. No térreo morava um jovem casal com um bebê. No andar de cima deles vivia a sra. Winchester, uma viúva que morava no mesmo apartamento havia sessenta anos. Ela tinha o hábito de perder suas chaves, então agora Molly mantinha uma cópia de emergência. Logo acima de Molly moravam Gabe e Mark. Gabe trabalhava com publicidade e Mark era ilustrador de livros infantis.

Ela os conhecera em sua primeira noite no apartamento, quando tentava consertar sua fechadura. Gabe resolveu o problema e Mark fez um jantar. Eles se tornaram amigos. Novos amigos, descobriu Molly, às vezes são mais confiáveis do que aqueles de longa data.

Quando sua vida ruiu, seus amigos de infância a abandonaram de uma vez só, com medo de serem tragados pela areia movediça mortal de sua humilhação. No começo, Molly recebera algumas ligações solidárias, mas a situação piorou, e o apoio e as amizades secaram até virar nada. Eles se comportaram como se a vergonha de Molly fosse contagiosa. Como se ficar ao seu lado pudesse contaminá-los.

De certa forma, ela não os culpava. Ela sabia do inferno que era ter jornalistas acampados no lado de fora de sua casa e ver sua reputação sendo destruída na internet. Quem precisava daquilo?

Muita gente quer fama e dinheiro, mas ninguém, aparentemente, quer ser um dos assuntos do momento no Twitter.

Aquilo tudo tornara sua decisão de deixar Londres ainda mais fácil. Ela pôde começar uma nova vida, com um novo nome. Em Nova York, conheceu novas pessoas. Desconhecidos que não sabiam o que havia acontecido. As pessoas em seu prédio eram incríveis, bem como o Upper East Side. Em meio às alamedas arborizadas e avenidas da região, descobrira um bairro inundado de história e tradições nova-iorquinas. Molly adorava tudo aquilo, dos prédios ornamentados de cooperativas anteriores à Segunda Guerra Mundial e casas de arenito marrom, até as mansões ao longo da 5ª Avenida. Aquele era seu lar, e Molly tinha seus refúgios prediletos. Quando não queria cozinhar, saía para buscar um panini ou algum salgado caseiro no Via Quadronno, entre a Madison e a 5ª Avenida; e quando estava no clima de comemorar, ia à confeitaria Ladurée e se presenteava com uma variedade de macarons.

Havia explorado Manhattan e descoberto clubes de salsa, de jazz e galerias de arte escondidas. Perambulara pelas galerias, pelo Metropolitan Museum of Art, pela galeria Frick e pelo Guggenheim. Mas seu lugar favorito era a imensidão do Central Park, a dez minutos de caminhada de seu apartamento. Ela e Valentine passavam horas explorando juntos os cantos secretos do parque.

Ela abriu o computador e alcançou a garrafa d'água enquanto esperava a máquina iniciar. Sua mesa estava entulhada de coisas. Pilhas de papel, rabiscos, anotações e duas canecas de café abandonadas.

Quando estava trabalhando, Molly se concentrava tanto que conseguia ignorar a bagunça.

Seu telefone tocou. Ela checou o número de chamada e respondeu imediatamente:

— Pai! Como você está?

Ouviu o pai contar sobre sua última aventura. Ele se mudara de Londres alguns meses antes de Molly cair em desgraça, algo pelo qual ela seria eternamente grata. Depois de trabalhar a vida inteira em uma empresa de eletrônicos, ele tinha se aposentado, comprado um trailer e saído em uma viagem épica pelos Estados Unidos, explorando sua terra natal estado por estado. Em uma cidade empoeirada e ensolarada do Arizona, conhecera Carly, e os dois estavam juntos desde então.

Molly a havia visto uma vez e gostara dela, mas o que mais gostava em tudo isso era que seu pai estava feliz. Recordava-se de quando havia tomado conta dele, ajudando-o a seguir em frente depois que a mãe de Molly tinha ido embora, quando sua confiança afundara sob o peso de uma rejeição monumental.

Molly não lembrava exatamente quando começou a incentivá-lo a namorar. Começou na época da escola, em sua adolescência, quando percebeu que tinha mais interesse em observar o relacionamento dos outros do que ter um para si. E observar revelou sua capacidade de juntar as pessoas. Molly conseguia ver com muita clareza. Quem daria certo junto e quem não. Quais relacionamentos durariam e quais romperiam contra as pedras ao primeiro sinal de tormenta. Começaram a correr boatos de que ela tinha um dom. E ela adorava usá-lo. Por que não? Era difícil encontrar a pessoa certa neste mundo louco e cheio de gente. As pessoas às vezes precisam de um empurrãozinho.

Eles a apelidaram de Casamenteira. Bem melhor do que o nome que ganhou alguns anos depois.

Na escola, grande parte do recreio e de suas tardes livres era dedicada a dar conselhos amorosos. Por ter visto o pai se exaurir na tentativa de agradar à mãe, e fracassar, Molly sempre encorajava as pessoas a ser elas mesmas. Se você não for amado por ser quem você é, seu relacionamento não tem futuro. Ela sabia disso. Se você não bastasse para o outro desde o começo, nunca bastaria.

Não importava quanto tentasse, seu pai nunca fora o suficiente para a mãe dela.

Molly tampouco.

A voz do pai disparou do outro lado do telefone, trazendo Molly de volta ao presente:

— Como vai minha garota?

— Estou bem. — Molly deletou alguns e-mails de spam com alguns cliques no mouse. — Na correria. Trabalhando nas provas do meu próximo livro.

— Sempre ajudando os outros com relacionamentos. E os seus, como estão? Não estou falando do Valentine.

— Estou cheia de homens na minha vida, pai. Minha agenda está lotada. Terça e sexta tenho aula de salsa, às quintas tenho spinning, quarta é o curso de culinária e na segunda o grupo de teatro... Tem homens em todos esses lugares.

— Mas você está solteira.

— Exato. E é justamente *porque* estou solteira que consigo fazer todas essas coisas.

— Se relacionar é importante, querida. Você sempre me disse isso.

— Tenho relacionamentos. Jantei com a Gabe e o Mark umas noites atrás. Mark está frequentando aulas de culinária italiana. O *tortellini* dele é incrível, você deveria provar.

— Gabe e Mark são gays.

— E daí? São meus melhores amigos. — Ainda que nunca tivesse colocado aquela amizade à prova, é claro. Molly descobrira com a própria experiência que o teste da amizade verdadeira era a disposição de alguém de ficar ao lado de uma pessoa sendo difamada e humilhada. Ela esperava nunca mais ter que testar ninguém. — Amizades são relacionamentos. Eles são excelentes ouvintes e estão muito bem juntos. É bom estar por perto.

— Você sabe que é uma hipócrita? Por anos tentou me juntar com alguém e me disse para eu assumir o risco, mas você mesma não faz isso.

— É diferente. Eu não gostava de ver o senhor sozinho. Você tem qualidades incríveis e estava implorando para dividi-las com alguém especial.

— Você também tem qualidades incríveis, Molly. — Ele deu uma fungada. — Ainda é estranho chamar você assim.

— É meu nome, pai.

— Mas não o que você usava antes de se mudar para Nova York. Você se sente Molly?

— Com toda certeza me sinto Molly. Gosto de ser a Molly. E divido as qualidades da Molly com um monte de gente que as valoriza.

Um suspiro reverberou no telefone.

— Eu me preocupo com você. Acho que é tudo minha culpa. Eu me sinto responsável.

— Você não é o responsável.

Aquela era uma conversa que já haviam tido diversas vezes ao longo dos anos. Molly fizera o possível para que o pai não a visse triste nas semanas e meses depois de sua mãe ter ido embora, se escondendo no banheiro para chorar e fingindo que estava bem no restante do tempo, a fim de não piorar o sofrimento dele. Era horrivelmente injusto, pensou, que ele se sentisse culpado por algo sobre o qual não tinha controle.

— Carly leu seu livro. Ela acha que você tem complexo de abandono.

— Ela tem razão. Tenho mesmo. Mas me resolvi com isso há bastante tempo. — Molly pegou uma caneta e começou a rabiscar em um bloquinho na mesa. Talvez ela devesse comprar um livro para colorir. Era a última invenção antiestresse não medicinal. Ela olhou para Valentine. — Talvez eu devesse comprar um canetão preto e me encher de pontinhos, que nem você.

— O quê? — Seu pai pareceu confuso. — O que você está planejando?

— Nada. É brincadeira. Pai, você precisa deixar de se preocupar comigo. Eu sou a psicóloga do nosso relacionamento.

— Eu sei, e sei que as pessoas conversam sobre tudo com você. Mas com quem *você* conversa, querida? Faça isso por mim. Saia com alguém. Por mim.

— Você tem alguém em mente? Ou devo agarrar o primeiro que aparecer? — Molly pensou no homem do parque, com seus lindos olhos azuis e sorriso sedutor. Só de pensar nele seu coração batia mais rápido.

— Se for preciso… Só vá para o mundo. Recupere sua confiança. Você está dizendo que, em todos esses lugares que vai, não conheceu nenhum homem solteiro que tenha atraído sua atenção?

— Nem um sequer. — Molly olhou para Valentine, grata que ele não pudesse falar. Se falasse, a estaria chamando de mentirosa.

— Então, aonde você e Carly vão agora?

— Para o norte de Oregon. Vamos fazer um pedaço de uma trilha que vai do México ao Canadá, passando por montanhas.

— Divirtam-se e mandem fotos.

— Carly começou um blog. Se chama "Não há idade para a ousadia".

— Vou dar uma olhada. Agora preciso ir, tenho muito trabalho a fazer. Vão lá, seus ousados. Só tentem controlar essa ousadia toda em público. E mande um beijo para a Carly.

Com um sorriso, Molly encerrou a ligação e voltou para o computador.

Ela estava feliz solteira. E, se isso parecia estranho para uma especialista em relacionamentos, ela não estava nem aí. Agora, separava sua vida profissional da pessoal.

Sua mente se voltou de novo para o cara no parque. Por alguns instantes secretos, imaginou como seria estar com um homem como ele. Em seguida, arrastou-se de volta para o presente.

Ela sabia como seria estar com um homem como ele: traumatizante e problemático.

Molly não ia se achar covarde por não aceitar o convite para um café.

Não era covardia, era bom senso.

Ela aprendera com experiências passadas, e por isso que um convite para um café nunca parava por aí. Era o começo, não o fim, e ela não estava no clima de começar nada. Principalmente com um homem como Daniel. Daniel…? Molly percebeu que não sabia seu sobrenome.

Ela abriu o e-mail e leu uma pergunta.

Prezada Aggie, minha mãe escolheu lingeries sensuais para minha namorada, mas ela não quer usar. Por quê?

Com um grunhido de desespero, Molly encostou-se na cadeira e alcançou a água.

Esse cara estava falando sério?

Porque nada é mais broxante do que lingerie escolhida pela sogra.

Alguns caras não têm noção.

Ela suspirou e começou a digitar.

Não apenas ganhava bem para fazer o que fazia, como também prestava um serviço à sociedade.

—⟀—

No dia seguinte, não houve sinal dele.

Valentine corria em círculos, fungando o chão e o ar, com olhar esperançoso. Quando ficou na cara que ia ter que brincar sozinho, lançou à dona um olhar de reprovação.

— Não é minha culpa. — Molly parou para respirar. — Ou talvez seja. Eu lhe dei um chega-pra-lá. Mas vai por mim, foi a melhor coisa a fazer. Vamos embora.

Valentine se sentou, recusando-se a partir.

— Não temos motivos para ficar aqui, pois tenho certeza de que ele não vai aparecer. O que é bom. Fico feliz que ele não esteja aqui. — Molly sentiu um tranco esquisito no estômago. — Você tem muito o que aprender sobre relacionamentos. Eles são complicados. Até amizades. Meu conselho é diminuir suas expectativas. As pessoas vão te decepcionar e deixar você na mão. Imagino que seja a mesma coisa com cachorros. Ficar esperando o Brutus não é uma boa.

Valentine a ignorou e continuou fungando o chão, dispensando, na espera de coisa melhor, a companhia de um elegante labrador e de um buldogue megaempolgado.

Sem fôlego para correr, Molly se alongou e então se sentou em um banco.

Aquilo que sentia não era decepção, não é? Os dois conversaram uma vez. Uma única vez.

Mas houve a troca de olhares ao longo da semana, olhares que viraram sorrisos e, então, sorrisos de polidez que foram ficando íntimos. O resultado era a sensação de conhecê-lo havia algum tempo.

Incomodada consigo mesma, ela se levantou e estava prestes a retomar a corrida com Valentine quando ele latiu entusiasmado e deu um tranco na coleira.

Molly virou a cabeça e viu Daniel caminhando em sua direção com a coleira de Brutus em uma mão e uma bandeja com quatro copos na outra.

Mesmo à distância, ele chamava a atenção. Uma corredora diminuiu a passada ao cruzar com ele, virando a cabeça para ver se a vista traseira era tão boa quanto a frontal, mas Daniel não lhe dispensou um olhar. Molly se perguntou se atrair as mulheres era algo tão comum para ele que nem percebia mais.

Ou quem sabe não percebeu pois tinha o olhar preso em Molly.

Conforme ia se aproximando, o coração dela batia mais forte contra as costelas. Um desejo dormente despertava de um longo sono e uma sensação lhe atravessou a pele, alojando-se em algum lugar sob o ventre. A percepção de que o desejava veio acompanhada de um tremor de espanto.

Trouxe lembranças de quando conhecera Rupert. Foi como encostar em uma cerca elétrica. Cinco mil volts de pura energia sexual atravessaram-na, fritando seu cérebro e fundindo por completo seu sistema de alerta. Sem sua proteção, Molly entrou cega no relacionamento, esquecendo-se de suas limitações pessoais nesse tema. Percebeu mais tarde, com o benefício da distância, que ficara deslumbrada.

Ela nunca se permitiu deslumbrar novamente. Bastava de corações partidos.

Querida Aggie, tem um cara de quem gosto muito, mas sinto que me envolver com ele é uma má ideia. Por outro lado, ele me desperta sensações como ninguém mais. O que devo fazer?

Você deveria ouvir a voz que diz ser uma má ideia e sair correndo, pensou Molly. *Em disparada, nada de corridinha leve. Em disparada no sentido oposto.*

Os últimos três anos foram dedicados inteiramente à reconstrução de sua carreira e de sua confiança. Molly não faria nada que ameaçasse isso.

Algumas áreas do parque permitiam que os cachorros ficassem sem coleira por algumas horas do dia. Eles estavam em uma delas. Assim, Molly soltou Valentine, que correu na direção de Brutus, saudando-o com um balanço de rabo frenético.

Molly abriu a garrafinha d'água e tomou alguns goles apressados.

Ele a vira sentada? Achou que ela o estava esperando, na expectativa de vê-lo?

Molly quis ter continuado sua corrida.

Seu pai tinha razão. Ela era uma hipócrita. Se estivesse aconselhando, diria para suas leitoras manterem distância dele, ou pelo menos ficarem alertas, mas lá estava ela, tão ansiosa em vê-lo quanto Valentine por encontrar Brutus.

— Me desculpe o atraso.

O sorriso dele poderia iluminar uma noite escura. Molly sentiu algo palpitar-lhe por trás das costelas.

Sua sorte é que era boa em resistir aos homens, caso contrário estaria perdida.

— Atraso? Que atraso? — Ela se esforçou para soar natural. Tranquila. Tudo em vão, pois o sorriso dele dizia saber que ela estava esperando. E ansiosa.

Molly tinha certeza de que um homem como aquele estava habituado a ter as mulheres esperando, ansiosas.

Quantos corações ele já destroçara? Quantos sonhos já despedaçara?

— Era para eu ter chegado aqui dez minutos antes, mas a fila estava maior do que de costume.

— Fila?

— Na cafeteria. Como você recusou meu convite para ir até lá, eu trouxe café para você.

Muito tempo atrás, Molly havia concluído que existem dois tipos de pessoa na vida. O tipo que via um obstáculo e desistia, e o tipo como o dele... Pessoas que ignoravam os obstáculos e simplesmente encontravam uma maneira diferente de atingir seus objetivos.

— Eu não bebo cappuccino.

— Por isso trouxe um chá. Você é britânica, tem que beber chá. — Ainda segurando Brutus, Daniel se sentou. — English Breakfast ou Earl Grey? Isso eu não soube adivinhar.

— E qual trouxe?

— Os dois. Sou um cara que gosta de cuidar de todos os detalhes.

— Você é sempre assim persistente?

Ele sorriu, afrouxando um pouco a coleira de Brutus.

— A sorte não favorece quem cede ao primeiro obstáculo.

— O que é isso, um provérbio chinês?

— Americano. De minha autoria. Senta. Eu disse *senta*.

Molly ergueu as sobrancelhas.

— Eu ou o cachorro?

Os olhos dele brilharam.

— Ambos, mas acho que nenhum dos dois vai me ouvir. Minha vida tem sido assim.

Molly não se sentou, mas sorriu.

— E se eu dissesse que só bebo chá de hortelã?

— Nesse caso, me ferrei. — Ele tentou desenroscar a coleira da perna de Brutus. — Mas você não me parece do tipo de mulher que só bebe hortelã. Pode até ser que não tome café, mas você precisa de uma dose de cafeína.

— Bebo café, sim. Mas não cappuccino. E adoro Earl Grey.

— Vou tentar não ficar muito convencido. — Ele passou um dos copos para Molly. — Está aqui seu Earl Grey. Com uma rodela de limão.

— Você está de brincadeira.

— Quando o assunto é bebida, eu nunca brinco, especialmente em uma semana como esta. Cafeína é minha droga favorita, pelo menos durante o dia.

Molly observou Brutus e Valentine brincarem juntos.

— Podemos soltar os cães da coleira aqui.

— Ele não é muito bom em voltar quando chamado.

— Ele vai voltar enquanto Valentine estiver aqui.

Depois de avaliar o risco, Daniel soltou Brutus da coleira.

— É melhor que você esteja certa, pois, se não tiver, sinto que a próxima vez que o verei será em Nova Jersey.

— Ele vai voltar. Olha só. Valentine!

Valentine ficou em posição de alerta e olhou para Molly. Em seguida, veio correndo em sua direção, seguido por Brutus.

— Bom garoto.

Ela fez um carinho e o dispensou novamente.

— Todos os caras reagem assim com você?

— Todos. — Ela tirou a tampa do copo para esfriar o chá. — Não acredito que estou sentada em um banco do Central Park bebendo Earl Grey com limão. — Ela se sentou ao lado de Daniel, deixando espaço suficiente entre os dois para garantir que sua perna não roçasse por acidente na dele. Se conversar com aquele homem já causava aquele efeito sobre ela, não queria correr o risco de tocá-lo.

— Você nunca aceita um "não" como resposta?

— Só quando "não" é a resposta que quero receber. E, neste caso, não era.

Os dois riram. Molly levantou o olhar e viu uma mulher em um longo vestido branco de noiva abraçada com um homem de terno enquanto um fotógrafo fazia retratos. O casal encenou alguns abraços íntimos e Molly desejou que os dois tivessem escolhido outro cenário para as fotos. Aquela cena a deixava constrangida. Não era algo que gostaria de testemunhar, especialmente na companhia de um estranho.

— Nunca entendi o sentido disso. — Daniel esticou as pernas, relaxado na mesma proporção que Molly estava tensa. — Fotos montadas. Como se precisassem anunciar em público quão felizes são.

— Talvez eles sejam felizes.

— Talvez. — Ele virou a cabeça para olhá-la. — Você acredita em finais felizes?

Havia algo na intensidade daquele olhar que tornava difícil para Molly lembrar de qualquer coisa que ela acreditava.

— É claro. — Ela acreditava em finais felizes para os outros, não para si mesma. Felizes para sempre era sua meta para as pessoas. Sua própria meta era ser feliz sozinha. E estava muito bem com isso. — Acho que é uma boa época do ano para fotos de casamento. As flores estão lindas.

— Vamos torcer para que, daqui a cinco anos, não olhem para essas fotos e pensem: "Onde é que a gente estava com a cabeça?".

Era o tipo de comentário que ela mesma poderia ter feito, exceto que, em seu caso, teria pensado em como os dois se conheceram e o que tinham em comum. *Será que ia durar?*

— Pelo visto você não é casado.

Molly bebeu um gole do chá pensando que era improvável que um homem como ele, que poderia ter a mulher que quisesse, se prendesse a apenas uma.

— Não sou casado. E você? Deixou um cara satisfeito e exausto em casa?

— Deixei dez caras lá. Há chances de que eles nunca mais se recuperem. Se ainda estiverem lá quando eu chegar, vou chamar uma ambulância.

Ele deu uma risada.

— Soube disso no momento em que vi você. Se estiver procurando um homem para substituir esses dez, sabe onde me encontrar.

— Você tem a energia de dez homens?

— Quer testar?

— No momento, não. — Era o tipo de troca que deixava Molly confortável. Do tipo superficial, que não levava a lugar algum. E Daniel era bom nisso. Bom nesse flerte arrebatador, de tirar o fôlego, leve como uma borboleta, que muito dificilmente ficaria estagnado em um único ponto. — E você? Tem dez mulheres esperando você em casa?

— Espero que não. Tenho certeza de que tranquei a porta.

Ele era tão sem-vergonha que era impossível não dar risada.

— Você não acredita em casamento?

Tão logo a pergunta lhe saiu dos lábios, Molly se arrependeu. Quis ter escolhido algum tema impessoal, como a imprevisibilidade do clima ou o monte de turistas que surgira do nada nas ruas da cidade. Qualquer coisa menos o tema íntimo de relacionamentos. Agora ele pensaria que ela estava interessada no tema. Pensaria que, para ela, era mais que um chá em um banco de parque, em uma ensolarada manhã de primavera.

— Já corri muitos riscos na vida... Pulei de paraquedas, fiz bungee jumping... mas nunca casei. — Seu tom sugeria que não planejava mudar isso tão cedo.

— Você vê o casamento como um risco?

— É claro que é um risco. Se você consegue encontrar a pessoa certa, tenho certeza de que casar é ótimo. Mas encontrar a pessoa certa... — Ele deu de ombros. — Essa é a parte difícil. É mais fácil errar do que acertar. E você?

Os cachorros estavam correndo um atrás do outro em frente ao banco e Daniel se inclinou para fazer um carinho em Brutus. Molly viu a camiseta dele se agarrar contra o ombro, moldando-se aos seus músculos potentes.

— Nunca. — Ela o observou pegar um dos outros copos e beber um gole. — De quem é o quarto copo?

— Meu.

— Você comprou duas bebidas para você? Tem dificuldade de escolher?

— Não. Tenho dificuldade de ficar acordado depois de trabalhar até as duas da madrugada. Como disse, cafeína é minha droga favorita. Os dois cafés são para mim. E o que você faz, Molly? Não... Deixa eu adivinhar. Seu cachorro é bem treinado, está na cara que você é disciplinada, então poderia ser professora, mas acho que não. Imagino que, independente do que faz, você é sua própria chefe. Está na cara que é inteligente, então imagino que seja dona de um negócio. Trabalha em casa, talvez? Em algum lugar perto daqui. É escritora? Jornalista? Acertei?

— De certa forma. — Molly sentiu-se recuar instintivamente. Lembrou a si mesma que usava um pseudônimo para trabalhar. Era como usar um disfarce. — Meu trabalho envolve escrever, mas não sou jornalista.

— O que você escreve? Vou ter que adivinhar? É algo sacana? Se sim, com certeza vou querer ler.

Molly conhecia bastante da natureza humana para saber que, se não lhe contasse o que era, o assunto só ficaria mais interessante.

— Sou psicóloga.

— Então deve estar analisando meu comportamento. — Ele abaixou o copo. — Não nego que isso é um pouco desconcertante. Agora me pego repassando mentalmente nossa conversa, tentando lembrar o que eu disse. Por outro lado, você continua aqui sentada, então não deve ter sido nada de muito ruim.

Ela *estava mesmo* sentada ali e ninguém estava mais surpreso com isso do que ela.

— Talvez eu ainda esteja sentada aqui pois vejo você como um caso perdido que precisa de ajuda.

Ele confirmou com a cabeça.

— É exatamente o que sou. — Daniel observou Brutus e Valentine se sujarem enquanto brincavam na grama. — Então você vai me aceitar?

— Como?

— Você disse que preciso de ajuda. Nada mais justo do que me oferecer esse cuidado. Se quiser que eu visite você e deite em seu divã, por mim tudo bem.

— Você não caberia nele. Qual é sua altura? Um e oitenta?

— Um e noventa.

— Como eu disse. Alto demais.

Na verdade, ele era demais em todos os quesitos. Bonito demais. Charmoso demais. Ameaçador demais para o equilíbrio dela.

E, para confirmar isso, ele sorriu para Molly. Derretendo-a como um lança-chamas contra gelo.

— Não vai fazer diferença se você sorrir para mim. Continua não cabendo no meu divã.

— Não precisa se preocupar. — Ele se inclinou e abaixou o tom de voz. — Prometo ser gentil com você.

— Ah, *pelo amor*... Sério que você disse isso? — Como as mãos de Molly tremiam, ela derramou um pouco de chá na calça de ginástica. — Ai!

Ela se levantou na hora e o sorriso de Daniel transformou-se em preocupação.

— Tira a calça, rápido.

— Não tem graça.

— Não estou tentando ser engraçado. É sério. Primeiros-socorros básicos para queimaduras. O tecido vai continuar queimando sua perna.

— Não vou tirar a calça no parque.

Mas Molly puxou o tecido da pele, o que claramente diminuiu a dor.

— Me desculpe.

Ele pareceu genuinamente arrependido.

— Pelo quê? — Ela pegou um punhado de guardanapos e pressionou-os contra a coxa. — Fui eu quem derramou o chá.

— Mas só porque deixei você nervosa. — Ele tinha a voz suave e o olhar íntimo, como se estivesse dividindo algo pessoal.

— Você não me deixou nervosa — mentiu ela. — Não estou acostumada com insinuações sexuais a essa hora da manhã. Nem com homens como você. Você é...

— Lindo? Irresistível? Interessante?

— Eu estava pensando mais em irritante, previsível e inconveniente.

O sorriso de Daniel prometia diversão, pecado e mil coisas que Molly não ousava pensar enquanto estivesse com chá quente nas mãos.

— Eu a deixei nervosa. E abalada. Se fosse analisar você, diria que é do tipo de mulher que detesta ambas as coisas.

Abalada? Ah sim, ele tinha a abalado. Estar perto dele deixava Molly avoada e tonta. Ela sentia de forma agonizante cada detalhe dele, da masculinidade da barba por fazer ao brilho malicioso de seus olhos. Por debaixo do senso de humor de Daniel, porém, morava um olhar atento para os detalhes, e isso a preocupava mais que qualquer coisa.

Molly tinha a impressão de que ele era capaz de ver muito além do que a maioria das pessoas.

Era como se esconder em um armário, sabendo que alguém estava logo em frente à porta, esperando você se revelar.

E isso já era perto demais para Molly. Ela jogou o copo fora e pegou a coleira de Valentine.

— Obrigada pelo chá.

— Espera. — Ele esticou o braço e segurou-lhe a outra mão. — Não vá embora.

— Preciso trabalhar. — Era verdade, mesmo que não fosse por esse motivo que estava indo embora. Ela sabia disso. Ele sabia disso. Conversar, flertar de leve... estava bem assim. Ela não queria que a situação evoluísse. — Adeus, Daniel. Um bom dia para você. — Molly assoviou para Valentine, prendeu a coleira nele e saiu andando pelo parque sem olhar para trás.

Amanhã, tomaria um caminho diferente.

Sem chances de correr o risco de encontrá-lo outra vez.

Sem chances.

Capítulo 4

Seu dia não tinha sido dos melhores. Fora um dia longo, frustrante e cansativo durante o qual Molly não saíra de sua cabeça. Daniel ficou se perguntando para onde ela fora depois de correr no parque. Ficou pensando em quem seriam seus amigos e que tipo de vida levava. Tinha milhões de perguntas sobre ela e pouquíssimas respostas.

Sobretudo, ficou pensando no que havia dito para que ela saísse correndo.

Daniel gostou das faíscas da conversa, do flerte. Era o equivalente verbal de esqui aquático: deslizar e se equilibrar na superfície sem nunca mergulhar em águas profundas e obscuras. Isso lhe convinha pois não tinha interesse em se aprofundar.

Imaginava que o mesmo valia para Molly.

Daniel sabia, só de olhá-la, que ela tinha questões em aberto. De sua mesa de trabalho, tinha visto aquele mesmo olhar inúmeras vezes, então sabia reconhecer os sombreados de dor. Aquilo não o preocupava. Jamais vira um ser humano com mais de 20 anos que não tivesse suas questões. Isso era estar vivo. Se você estiver vivendo, mais cedo ou mais tarde terá algumas cicatrizes para mostrar.

Perguntou-se quem teria sido responsável pelas cicatrizes de Molly.

Foi a necessidade de saber mais sobre ela que o levou ao parque na manhã seguinte com Brutus, que esticava a coleira, ansioso. Não passou por sua cabeça que ela poderia não aparecer. Para começo de conversa, ela teria que passear com Valentine, e algo dizia a Daniel que Molly não mudaria seus hábitos somente para evitá-lo. Assim, com Brutus a seu lado, tomou o mesmo caminho de antes.

Sem Valentine para mantê-lo na linha, havia grandes chances de Brutus não voltar, por isso Daniel o deixou de coleira. Até gritou "Xarope" uma vez para ver se fazia diferença, mas apenas confirmou o que já suspeitava: o cachorro não tinha problemas em reconhecer seu nome. Ele tinha problemas em reconhecer autoridade.

Tendo ele mesmo, em sua juventude, sido questionador e desafiador, Daniel simpatizava com o cão.

Estava tentando evitar que o cachorro enfiasse o focinho num lamaçal quando Valentine apareceu.

Não havia sinal de Molly.

— Onde está ela? — Daniel se inclinou para fazer carinho no dálmata. Ele não era um grande especialista no assunto, mas era visível que Valentine era um belo cachorro. E aquele narizinho em forma de coração era bem bonitinho. — Talvez aí esteja meu erro. Preciso de um cachorro com nariz em forma de coração para conquistá-la.

Estava se perguntando se deveria continuar segurando o animal ou soltá-lo quando Molly apareceu, sem fôlego e irritada.

— Valentine! — Ela os alcançou e franziu a testa para o cachorro. — O que você pensa que está fazendo?

Daniel teve a impressão de que Valentine sabia direitinho o que estava fazendo.

Ele suspeitou que a intenção de Molly não era pegar aquele caminho, mas que se dane. Lá estava ela. Era isso que importava.

Ela estava com uma calça de ginástica colada ao corpo com uma estampa de espirais roxas e pretas. Seu cabelo, preso em um rabo de cavalo impecável, curvava-se como um ponto de interrogação sobre suas costas.

Daniel soltou a coleira de Brutus, que saiu correndo com Valentine.

— Sempre que o solto, tenho medo de que será a última vez que a gente vai se ver. Só faço isso quando Valentine está por perto.

— Valentine nunca sai correndo. — Ela franziu a testa, olhando para o cão. — Não entendi o que aconteceu.

— Acho que ele quis brincar com seu melhor amigo. Olha como os dois estão felizes. — A aposta de Daniel era que, se Molly visse seu cachorro tão contente, não ia querer ir embora. A julgar pelo sorriso dela, tinha razão. Ela já perdoara a transgressão de Valentine. — Então, como você faz para um cachorro atender quando é chamado?

— É treino.

— E se não funcionar?

— Aí você se ferrou.

Daniel adorava a forma como os olhos dela se iluminavam. Adorava a covinha que surgia no canto de sua boca. Adorava como seu cabelo balançava enquanto corria. Adorava sua maneira de correr como se fosse dona do parque. Adorava como ela amava seu cachorro…

É, ele estava mesmo ferrado.

— Quer tomar um Earl Grey? Se quiser, é só dizer a palavra mágica.

Daniel não acreditava que estava oferecendo chá, quando o que queria de verdade era champanhe, luz do luar e Molly sem roupa.

— Qual é a palavra mágica? *Por favor?*

— Pega!

O sorriso dela virou uma risada.

— Você "pegou" na última vez. Agora sou eu.

Ele gostou de como isso soou, como se fosse algo frequente, que aconteceria novamente.

— Mas, neste caso, eu precisaria cuidar dos cachorros, e você é a adulta responsável aqui.

— Você não é responsável?

Ele olhou para a boca de Molly.

— Tenho fama de ser irresponsável de vez em quando.

Molly se sentou no banco e observou os cachorros brincando. Irresponsável? Irresponsável era ela, por estar ali sentada, esperando-o voltar em vez de terminar sua corrida e ir para casa.

Ela havia começado o dia de forma responsável. Pegara um caminho diferente para a corrida, mas Valentine não tinha gostado. Ele saíra correndo e, pela primeira vez, se negara a voltar quando Molly o chamara. E agora lá estava ela, no mesmo banco, esperando por Daniel.

Ainda é superficial, lembrou a si mesma. Ainda é leve e divertido.

Um coração não vai se machucar se não se envolver.

— Me conta sobre ele — disse a Brutus, mas o cachorro estava ocupado demais tentando morder a orelha de Valentine e não prestou atenção.

Daniel chegou quando Brutus e Valentine estavam enroscados no chão.

— Imagino que você não seja psicóloga especializada em animais. Meu cachorro precisa de ajuda.

Molly pegou o chá, tomando cuidado para não tocar os dedos de Daniel.

— Sou melhor em entender comportamentos humanos.

— Psicologia comportamental? Essa é sua linha?

— Sim. — Molly não via sentido em não ser honesta quanto a isso.

— E você prefere gente bem ou malcomportada? — A voz dele deslizou por dentro da pele de Molly. Ela sentiu que aquele homem era capaz de fazer uma dose elevada de maldade quando lhe convinha, provavelmente outro fator que o tornava magnético para as mulheres.

— A maioria das pessoas é uma mistura dos dois. Eu observo. Nunca julgo.

— Todo mundo julga. — Ele deu outro gole no café. — O que uma psicóloga comportamental faz? Você dá conselhos amorosos de vez em quando?

— Sim.

Ele abaixou o copo.

— Bom, se você é psicóloga e estudou essas coisas, todos os seus relacionamentos devem ser perfeitos.

Molly quase caiu na gargalhada, mas, ciente de que o som pareceria histérico, ela se segurou.

Era surpreendente a quantidade de gente que achava que seus relacionamentos deviam ser perfeitos. Era como esperar que um médico nunca ficasse doente.

— Você tem razão. Meus relacionamentos são todos perfeitos.

— Mentirosa. O relacionamento de ninguém é perfeito. — Com o olhar, ele foi dela a Valentine. — Você está todas as manhãs no parque com seu cachorro, o que me diz que ele é seu relacionamento mais importante.

De alguma maneira, a conversa caminhara para temas pessoais. Molly recuou instintivamente.

— Concordo que o relacionamento de ninguém é perfeito. O melhor que se pode fazer é torná-lo perfeito para você.

Relaxado e confortável, Daniel esticou as pernas.

— Perfeito, para mim, seria breve. Não gosto de me envolver a partir de certo ponto. A julgar pela sua reação, o mesmo deve valer para você.

Ele acertou na mosca, e Molly não pôde evitar a curiosidade.

— Você tem medo de intimidade?

Por que ela estava tendo aquela conversa? Qual era seu problema? Molly devia estar tomando seu chá e indo embora.

— Não tenho medo de intimidade. Só não tenho tempo para lidar com as demandas que vêm com a intimidade. Meu trabalho exige muito e, nas horas que tenho para mim, não quero mais complicações.

— Isso é comum em pessoas com comportamentos de fuga e evitação.

— Fuga e evitação?

— Você se afasta constantemente. — Ela percebeu que Valentine cheirava algo na grama e se levantou para puxá-lo. — Pessoas que evitam intimidade costumam fazer isso pois têm medo de se machucar. É um mecanismo de autoproteção. Normalmente, em seus relacionamentos, essas pessoas não apresentam os parceiros para amigos e parentes, pois não acham que vai durar. Usam uma série de técnicas de distanciamento. O problema não é o relacionamento atual, mas algo que aconteceu no passado. De modo geral, a raiz do problema está na infância. Costumam ser pessoas que não tiveram uma boa relação com os pais e vínculos saudáveis.

— Minha infância não poderia ser descrita como acolhedora, mas superei isso há muito tempo. Se você está se perguntando sobre a origem de meus pontos de vista sobre relacionamentos, posso garantir que não tem nada a ver com meus pais. Não sou do tipo de gente que gosta de levar o passado para o futuro.

— Todo mundo carrega pelo menos um pouco de seu passado.

— Se é assim, o que você está carregando?

Ela caíra na armadilha direitinho. Até ajudara a armá-la.

— Estamos falando sobre você.

— Mas agora eu gostaria de falar um pouco sobre você. Ou você sempre desvia a conversa quando fica muito pessoal?

— Não desvio nada. — Ela suspirou. — Está bem, talvez eu desvie. Às vezes. Você perguntou se Valentine é meu relacionamento mais importante. A resposta é sim, no momento ele é. Estou curtindo as coisas simples da vida.

— Está evitando intimidade, então? — Ele usou os termos de Molly, ao que ela retribuiu com uma risada relutante.

— Com certeza. E nunca fui tão feliz.

— Se continuarmos a nos ver, você vai analisar cada movimento meu?

— A gente não vai continuar se vendo. Estamos conversando no parque, só isso.

— Você já me conhece melhor do que as últimas três mulheres com quem saí e vem me dizer que é só isso?

Daniel sorriu, e Molly sabia que aquilo seria sua ruína. Aquele sorriso e uma noite inteira atualizando o *Pergunte a ela*, o que a deixara cansada e sem defesas.

Muito de sua fraqueza vinha do déficit de sono.

Ela bebericou o chá, quase deixando cair quando Brutus veio roçar-lhe a perna.

— Senta. — Daniel lançou um olhar severo ao cachorro. — Esse bicho está fora de controle.

— Ele precisa saber quem manda.

— Ele acha que é *ele* quem manda. Estamos trabalhando nesse problema.

— Brutus! — Molly disse o nome com firmeza, mas o cachorro nem sequer virou a cabeça. — Talvez não seja uma questão comportamental. Ele tem algum problema de audição?

— Não que eu saiba. Por quê?

— Porque ele parece não reconhecer o próprio nome. Não é normal um cachorro ignorar seu nome, mesmo que não obedeça ao comando que recebeu. Ei... Brutus. — Ela tirou um biscoitinho do bolso e o cachorro virou o rosto na hora. — Você sabe seu nome quando tem comida na parada. Que surpresa... Há quanto tempo ele é seu?

— Não muito. Há quanto tempo você tem o Valentine?

— Há três anos.

— Foi quando você se mudou para Nova York?

Molly precisou lembrar a si mesma que milhares de pessoas se mudam para Nova York diariamente. Ele não ia tirar uma foto dela e buscá-la no Google.

— Sim.

— O que a trouxe aos Estados Unidos?

Catástrofes românticas.

Humilhação pessoal e profissional.

Molly poderia fazer uma lista.

— Quis progredir na carreira. E tenho família aqui. Meu pai é americano, nasceu em Connecticut.

— Carreira? Por um instante, achei que poderia ser um término. — Daniel estudou o rosto de Molly. — Você acha que vai voltar para lá em algum momento?

— Não. — Ela manteve o sorriso no rosto e o tom de voz leve. — Amo Nova York. Adoro meu emprego, meu apartamento e meu cachorro. Não tenho interesse em voltar.

— Que tal um jantar? — Daniel se inclinou e fez carinho na cabeça de Valentine. — Isso é do seu interesse?

Fascinada, Molly observou aqueles dedos longos e fortes acariciarem seu cachorro. Seu coração disparou. Seu estômago se revirou todo. Ainda assim, continuou assistindo a Daniel seduzir seu cachorro com carícias suaves e acolhedoras.

Ele fez uma pergunta. O que era mesmo? Por que era tão difícil se concentrar perto dele?

Jantar. Era isso. Um jantar.

— Você está me convidando para jantar?

— Por que não? Sua companhia é agradável. Quero oferecer a você algo além de Earl Grey.

Tempos atrás, Molly teria ficado tentada. Com certeza, teria se sentido lisonjeada. Que mulher não teria? Mas aquele tempo tinha passado.

— Ando muito ocupada. — Ela se levantou meio desajeitada e pisou no pé de Valentine. Ele deu um grito revoltado e se afastou. — Desculpa. — Tomada de culpa, Molly se inclinou e beijou-lhe a cabeça. — Me desculpa, bebê. Eu machuquei você? — Valentine balançou o rabo em sinal de perdão. — Preciso ir.

Ela sabia que Daniel a observava com seus olhos azuis especulativos e com um toque de humor.

— Imagino que você não tenha nenhuma alergia fatal a comida, então vou levar para o pessoal.

— Não saio com caras que conheço no parque.

— Qual é a diferença de sair com caras que conheceu em um bar?

— Também não saio com eles.

Daniel terminou a bebida e se levantou. Ele era quase trinta centímetros mais alto do que ela e tinha os ombros largos e fortes. Seu cabelo brilhava sob o sol matinal.

— Do que você tem medo?

— Só porque recusei o convite você acha que estou com medo? Não é um pouco arrogante de sua parte? Eu talvez só não queira jantar com você, simples assim.

— Talvez. Mas nesse caso tem a outra alternativa. De que você *queira* jantar comigo, mas está assustada. — Brutus roçou-lhe a perna querendo brincar, mas Daniel manteve os olhos fixos em Molly.

A tensão entrou fundo na pele dela.

— Não estou assustada.

— Ótimo. Você conhece um bistrô francês pequenininho a umas duas quadras daqui? Nós nos encontramos lá às oito. É um lugar público, você vai poder satisfazer suas dúvidas quanto a eu ser um tarado ou psicopata.

— Mesmo que eu quisesse, não posso. Hoje é terça. Terça é meu dia de salsa.

— Salsa?

— Sempre que estou livre, danço salsa nas terças e sextas à noite.

— Com quem você dança?

— Com qualquer pessoa. Com todo mundo. É bem informal.

— E gostoso, suado, sexy e divertido. Divertido e inofensivo. Nada muito profundo. Nada sério. Nada que a fizesse se sentir como se sentia ao lado de Daniel.

— Para você tudo bem dançar com estranhos, mas não pode jantar comigo. Que tal amanhã?

— Amanhã é quarta-feira.

— E quarta-feira é dia de quê? Tango?

— Quarta é dia de aula de culinária italiana.

— Você está aprendendo culinária italiana?

— Comecei recentemente. Quero fazer *tortellini* tão bem quanto meu vizinho. Se você experimentar, vai entender.

— Quinta-feira?

— Quinta é dia de spinning.

— Nunca entendi o sentido de pedalar um monte e não chegar a lugar algum. Sábado? Nem precisa dizer… Aula de bordado.

As trilhas ao redor estavam ficando cheias de corredores, caminhantes e pessoas com carrinhos de bebê, mas os dois não tiraram o foco um do outro.

— Eu deixo o sábado livre. Costumo sair com amigos.

— Ótimo. Às oito da noite no sábado, então. Se não quiser me encontrar no restaurante, você pode cozinhar. Levo o champanhe. — Ele parecia tranquilo e confortável com a situação, enquanto Molly tinha a sensação de estar se debatendo no fundo de uma enorme piscina.

— Se quiser jantar, pode vir comigo na aula de culinária italiana.

Decepcionado, ele balançou a cabeça em negativa:

— Sua aula de culinária italiana é na quarta, e quarta-feira é dia de pôquer.

— Você joga pôquer? É óbvio que sim.

— Por que é óbvio?

— Esse instinto assassino implacável combinado à habilidade de esconder suas emoções. Aposto que você é bom.

— Sou bom, sim. — Seus olhos brilhavam com malícia. — Quer descobrir o quanto sou bom?

A boca de Molly secou. Ele estava flertando, e ela ia ignorar isso.

— Eu não jogo pôquer.

O sorriso de Daniel se alargou, mas ele deixou para lá.

— É mais uma desculpa para me encontrar com os amigos e beber. Não sou tão competitivo.

— Até parece.

Ele deu risada.

— Eu devia levar você comigo. Você poderia ler a mente deles e me dar dicas.

— Sou psicóloga, não vidente.

— Com essa agenda lotada, quando você marca encontros?

— Nunca. — Droga, ela não devia ter dito isso. Não somente pareceu patética, como um homem do tipo dele tomaria isso como um desafio. — Quer dizer, pelo menos não agora. Estou focada no trabalho. Adoro minha vida do jeito que ela é.

— Agora entendo por que você pratica tanto exercício.

— Gosto de me manter em forma.

— Não. É porque você não tem transado para valer. Precisa encontrar outro jeito de extravasar sua frustração reprimida e liberar endorfina.

Molly bufou.

— Não estou frustrada! Não é todo mundo que pensa em sexo o tempo todo.

Pelo menos não até o dia em que o conhecera. Desde então, Molly praticamente só pensava naquilo.

— Não o tempo todo, mas boa parte do tempo. Você deve saber disso, é psicóloga. Nós nos escondemos por detrás de um véu de civilidade pois é o que a sociedade espera, mas, embaixo, somos todos conduzidos pelas mesmas necessidades primitivas. Quer saber quais são? — Ele se inclinou para perto e Molly viu que o brilho malicioso nos olhos de Daniel se intensificou. — Procriar e pegar uma fatia melhor do que os outros.

— É por isso que *nunca* vamos jantar juntos.

— Não vamos jantar porque você está ocupada demais. E está ocupada porque substituiu sexo por aulas de salsa e spinning.

— Prefiro fazer aula de spinning do que transar com você.

— Não seria mais sensato transar comigo antes de bater o martelo? — O sorriso de Daniel se alargou e ele desceu o olhar para a boca de Molly. — Talvez você esteja dizendo não para a melhor noite de sua vida, Molly-sem-sobrenome.

— Tenho sobrenome. Só não quero dividi-lo com você.

— Só um jantar. — A voz de Daniel era uma verdadeira tentação. — Se você ficar entediada, nunca mais vou encher seu saco.

Entediada? Que mulher ficaria entediada com ele? Ficariam muitas outras coisas. Vulneráveis, na maioria dos casos. Nenhuma arma masculina é mais letal do que o charme. E esse cara tinha charme de sobra.

— Não, obrigada.

Ele lançou um olhar longo e perscrutador a Molly.

— Quem deixou você com tanto medo assim, Molly? Quem te fez escolher as aulas de salsa e spinning em vez de sexo?

Ela estava tão acostumada a se esconder que ficou surpresa por Daniel enxergar através do verniz.

— Preciso ir embora. Obrigada pelo chá. — Ela jogou o copo na lixeira, pegou Valentine e saiu correndo pelo parque, tomando o atalho que a levava de volta para casa.

É óbvio que ele tinha razão.

Ela estava com medo.

Quando alguém cai, toma mais cuidado por onde pisa da próxima vez. E a queda de Molly tinha sido feia.

Capítulo 5

— Daniel! Graças a Deus você voltou. Precisamos conversar sobre a confraternização de verão e você precisa assinar esses documentos. — Marsha, sua assistente, encontrou-o ainda na porta, com uma pasta cheia de papéis e uma lista em mãos. — A Elisa Sutton está em seu escritório.

— A Elisa? Ah, aliás, feliz aniversário.

— Feliz eu ficaria se passasse o dia em um spa. Mas aqui estou eu. — Ela empurrou a pasta para as mãos dele. — Espero que reconheça minha fidelidade.

— Reconheço, e é por isso que um buquê de flores ridiculamente extravagante está a caminho. Agora me fale da Elisa.

— Ela chegou há uma meia hora, desesperada para conversar com você. — Marsha baixou o tom de voz. — Mandei comprarem mais lenços. Ela usou uma caixa e meia da última vez.

— Você também choraria uma caixa e meia de lenços se fosse casada com o marido dela.

— Ele é um cara para uma caixa e meia. Você é o único homem que conheço que leva jeito com mulheres aos prantos. De onde conseguiu tanta paciência?

Daniel tinha muita experiência.

Uma visão de sua mãe lhe veio à mente, mas foi repelida na hora.

Não era homem de revirar o passado. Ele lidara com aquilo e seguira em frente. Por que diabo aquela imagem lhe viera à mente naquele momento?

A resposta era: por causa de Molly.

Molly, buscando respostas sobre a infância dele.

Ela mexera em uma ferida que agora latejava.

Isso, pensou Daniel sombriamente, é o que acontece quando você vai além da superfície. Quando não se conhece alguém direito, muita coisa pode ser dita.

Irritado consigo mesmo por deixar aquela situação invadir seu dia, concentrou-se no trabalho:

— Divórcio mexe com as emoções. Lidar com elas faz parte do meu trabalho.

— Também era o trabalho do Max Carter, mas ele acabou de deixar uma cliente que chorava tsunâmis no escritório dele. Disse que ia dar um tempo para ela se "recompor". Se eu não soubesse que o cara é, na verdade, um advogado brilhante, não teria acreditado. Você se incomoda por eu ter deixado a sra. Sutton entrar em seu escritório sem hora marcada? Pode me demitir, se quiser.

— O dia em que você sair daqui, eu saio também. Vamos embora juntos, levando nossas plantas mortas.

— Ei! Eu rego as plantas.

— Então precisa parar. São plantas de interior, estão morrendo.

— Quem sabe as clientes não andaram chorando nelas também? Ou talvez as plantas estejam deprimidas. Se eu tivesse que escutar todas as histórias tristes que contam por aqui, também estaria deprimida.

Marsha começou a trabalhar para Daniel quando sua filha mais nova largou a faculdade. No mesmo dia, seu divórcio foi concluído. Daniel foi seu advogado na separação.

Seu jeito calmo, maturidade e senso de humor a tornavam inestimável.

— Você sabe por que a Elisa veio?

— Não. — Marsha olhou em direção à porta fechada e baixou o tom de voz. — Na semana passada, veio chorar por causa daquele traidor preguiçoso e péssimo que é o marido dela, mas hoje veio sorrindo. Você acha que ela o matou e ocultou o cadáver? Devo chamar algum colega da área criminal?

Daniel deu um sorrisinho leve.

— Vamos esperar para dar o veredito.

— Talvez tenha vindo para dizer que arranjou um amante. Seria a melhor vingança.

— Talvez, mas isso tornaria a luta pela guarda dos filhos ainda mais complicada, então espero que você esteja enganada. — Independentemente de qual fosse o motivo da visita repentina, Daniel sabia que não seria algo bom. — Por que você quer conversar sobre a confraternização de verão?

— Porque eu estou cuidando da organização, e a do ano passado foi um fiasco. Contratamos a Estrela Eventos e tive que lidar com uma mulher horrível com complexo de superioridade. Não lembro o nome dela. Cynthia, acho. Posso usar outra empresa?

— Pode usar a empresa que quiser. Contanto que a bebida role solta, não me importo.

— Tem uma empresa nova chamada Gênio Urbano...

— Criada por três jovens brilhantes que saíram da Estrela Eventos. Paige, Frankie e Eva. Boa ideia. Pode acioná-las.

Marsha ficou boquiaberta.

— Você conhece todo mundo em Nova York?

— O Matt Walker, irmão mais velho de Paige, foi quem fez meu terraço da cobertura. A Gênio Urbano deu muito apoio ao negócio de passeadores de cachorro das minhas irmãs. Além disso, elas são competentes. E foram demitidas por aquela mulher horrível, então contratá-las é como um carma.

— Você não acredita em carma.

— Mas você acredita. Pode contratar a empresa delas.

— Eu vou. — Ela riscou um item da lista. — Só mais umas coisinhas antes de você ir conversar com a Elisa... Você foi convidado pela Editora Phoenix para uma noite de coquetéis no Metropolitan, daqui a duas semanas. Invento alguma desculpa?

— Com certeza.

Riscou aquilo da lista também.

— A entrevista que você deu foi publicada hoje. Quer ler?

— Vou gostar do que vou ler?

— Não. Eles chamam você de destruidor de corações e o solteirão mais requisitado da cidade. Deviam ter me entrevistado, isso sim. Eu teria dito que nenhuma mulher em sã consciência deveria sair com você.

— Obrigado.

— De nada. E então, quer ler a entrevista?

— Não. Próximo.

— Próximo é a Elisa. E ah, parabéns.

— Pelo quê?

— Pelo caso Tanner. Você ganhou.

— É um caso de divórcio litigioso, ninguém sai ganhando. Todo mundo perde.

Marsha o estudou.

— Está tudo bem? Percebi agora que você chegou mais tarde do que o normal e que parece diferente.

— Estou bem.

Pronto para mais um drama matrimonial, Daniel entrou no escritório. Havia muitos dias em que se perguntava por que trabalhava com aquilo. Aquele era um deles.

Mas Elisa Sutton não estava chorando. Pelo contrário, parecia animada.

Mesmo Daniel, experiente em lidar com a montanha-russa emocional que vinha com o divórcio, estava surpreso.

E desconfiado. Marsha estava certa? Será que Elisa arranjara um amante?

— Elisa? — Imaginando que ela confessaria algo de natureza sexual, Daniel fechou a porta. Se sua cliente ia lavar a roupa suja em seu escritório, era preciso manter isso entre quatro paredes. — Aconteceu alguma coisa?

— Sim. Nós voltamos!

— Como é? — Daniel colocou o laptop na mesa, tentando acompanhar a história. — Com quem? Não sabia que você estava saindo com alguém. Nós conversamos sobre os riscos de se envolver com alguém a esta altura do campeonato...

— Não é outra pessoa. É com o Henry. Nós voltamos. Você acredita nisso?

Não, Daniel não acreditava.

Elisa chorara tanto nos últimos meses que ele tinha considerado disparar o alerta de inundação em Manhattan.

— Elisa...

— Você está usando seu tom sério de advogado. Se for me alertar de que não é uma boa ideia, nem gaste a saliva. Já me decidi. No começo, quando ele me disse que ia mudar, eu não acreditei, mas depois de algum tempo percebi que estava sendo sincero. Resolvi dar uma chance. Afinal de contas, ele ainda é meu marido. — Lágrimas vieram-lhe aos olhos, e Elisa levou a mão à boca. — Nunca imaginei que isso fosse acontecer. Fui pega de surpresa. Pensei que tivesse acabado.

Daniel ficou imóvel. Também foi pego de surpresa. Pelo que tinha visto até então, o casamento de Elisa e Henry era tão ruim que, se conseguissem engarrafar o veneno que saía deles, poderiam ter intoxicado Nova Jersey inteira. Ainda que tivesse aprendido ao longo de sua carreira que em um divórcio, em geral, as duas partes tinham sua parcela de culpa, mesmo que não igualmente, naquele caso o carrasco era Henry, o homem mais frio e egoísta que Daniel conhecera na vida.

Para se defender durante o processo de separação, contratara um advogado agressivo como um dobermann e o lançara contra a esposa, a mulher que supostamente amou um dia e com quem teve dois antes felizes, agora traumatizados, filhos.

Por sorte, Daniel não tinha problemas em virar um rottweiler quando precisava.

Ele franziu a testa. Desde quando fazia analogias com cachorros? Passear com Brutus estava o influenciando.

— Na semana passada, você estava aqui chorando — disse ele com cuidado. — Me disse que não importava o custo, não queria vê-lo nunca mais.

Daniel manteve o tom sem emoções. Seus clientes traziam tantas emoções ao escritório dele que aprendera a não contribuir com ainda mais.

— Isso foi na semana passada, quando achei que não tínhamos esperança. Ele me *machucou*.

— E você quer esse cara de volta?

— Acho de verdade que ele está comprometido em mudar.

Daniel sentiu um arrepio de desespero.

— Elisa, depois de certa idade é raro que as pessoas mudem, ainda mais da noite para o dia. — Ele tinha mesmo que dizer essas coisas? As pessoas já não sabiam disso? — Você já deve ter ouvido aquela história de que "pau que nasce torto nunca se endireita".

Daniel esperou que Elisa reconhecesse o que ele dizia, mas foi ignorado.

— Já percebo a mudança dele. No sábado, ele voltou para casa com presentes. Presentes tão atenciosos. — Os olhos dela se iluminaram. — Você sabia que, em todos esses anos de casados, Henry nunca tinha me dado um presente de verdade? Ele é um cara prático. Ganhei coisas de cozinha e um dia ele me deu um aspirador de pó, mas nunca tinha comprado algo pessoal ou romântico para mim.

— O que ele comprou para você?

— Um par de sapatilhas de balé e ingressos para ver o Bolshoi.

Sapatilhas de balé? O que ela ia fazer com sapatilhas de balé? Para Daniel, era Henry quem precisava delas para andar na ponta dos pés sobre o gelo fino em que estava.

Ele manteve a expressão neutra.

— E você gostou?

Elisa corou.

— Ele as comprou pois, durante a infância, eu adorava balé. Quando nos conhecemos, eu ainda pensava em virar bailarina, mas fiquei muito alta. Não sei de onde ele tirou essa ideia. Foi tão *atencioso*. Além disso, comprou rosas. Uma para cada ano de casamento. Ele tirou uma, por conta do ano que ficamos separados.

Daniel esperou que Elisa comentasse sobre a ironia nisso, mas ela não disse nada.

— Bastou isso para que você esquecesse as brigas, a tristeza e começasse tudo de novo? Um par de sapatilhas de balé que você nem pode usar e um monte de rosas? Até o final da semana, essas rosas vão ter morrido.

E o casamento deles possivelmente em menos tempo do que isso.

— Ele também comprou um anel para mim.

— Um anel? Elisa, há dois meses tive que segurar você para não jogar a aliança no rio Hudson.

— Eu sei, e foi um excelente conselho. Avaliei o preço dela e... Bem, deixa para lá. Agora isso tudo é passado. O Henry me disse que andou pensando muito e que aquilo que tínhamos no começo ainda devia estar vivo. Ele quer redescobrir os sentimentos e me deu outro anel como sinal de comprometimento.

— Comprometimento? Da parte de um homem que minou toda a sua confiança e que foi embora sem dar qualquer apoio?

— Ele precisava de espaço, só isso. Nossos filhos estão em uma idade que demanda muito.

— Ele falou isso? Pelo que você me disse, ele deixou essa responsabilidade inteira para você.

— Eu estava tão absorvida pelas crianças que não dei a atenção devida a ele.

Daniel se sentou atrás da mesa, respirou fundo e guardou a raiva para si. Algo estava acontecendo com ele, algo que não lhe agradava nem um pouco.

— São crianças, Elisa, e ele precisava agir como adulto. Cuidar delas tem que ser algo compartilhado. Sei que você está com medo e entendo que ficar com ele pode parecer a opção mais fácil, ao menos a curto prazo. Desfazer um casamento, especialmente com filhos na história, pode ser no mínimo assustador. Mas…

— Ah, não estamos fazendo isso porque é a opção mais fácil. Estamos fazendo isso pelas crianças.

— Foi por isso que, inicialmente, você quis o divórcio.

— Mas os filhos sempre ficam melhor com os dois pais presentes, você não concorda?

Daniel pensou em Harriet escondida debaixo da mesa, de olhos fechados e tapando os ouvidos com as mãos.

— Eu discordo. — Ele manteve a expressão vazia de emoções. — Minha opinião é que é melhor para um filho crescer em um ambiente calmo e positivo com apenas um pai do que em um lugar explosivo com dois.

Droga. Daniel nunca havia expressado seus sentimentos pessoais na frente de um cliente.

— Você é advogado especialista em divórcios. — Por sorte, Elisa não percebeu que havia algo de errado. — Eu não esperaria que você nos ajudasse na reconciliação. Você precisa pagar suas contas e, quanto mais arrastarmos isso, mais você ganha.

Daniel sentiu um rompante de irritação.

— Não sou nenhum santo, Elisa, mas posso garantir que meu conselho vem do desejo de fazer o que é melhor para você e seus filhos, não de ganhar mais dinheiro. E meu conselho, neste caso, é que você não retome o casamento. Você me procurou porque sua filha começou a ter problemas de comportamento e a fazer xixi na cama e porque a asma do seu filho piorou. Você estava convencida de que o clima da casa era responsável por isso.

— Eu era parcialmente culpada. Fiquei muito triste com os casos extraconjugais dele e não fui bem-sucedida em esconder meus sentimentos.

— Foi ele quem teve os casos.

Daniel lembrou que seu trabalho era oferecer conselhos legais, não matrimoniais. Normalmente não teria problemas com isso, mas hoje...

— Está tudo bem? Você está doente? — Elisa o observou mais de perto. — Você parece mudado.

— Não estou doente. — Esforçando-se, Daniel empurrou as emoções de volta para dentro. — Não se apresse. Por ora, continuem morando separados e respire um pouco.

— Ele quer que a gente renove os votos. Quero fazer isso o mais rápido possível, antes que Henry mude de ideia. Agora, nós dois queremos que tudo dê certo. Engraçado como gastamos rios de dinheiro em terapia de casal e, no final das contas, o melhor conselho que conseguimos veio de graça.

Daniel ficou em alerta repentinamente.

— Vocês foram aconselhados por outra pessoa?

— Sim. Nunca achei que fosse agradecer a uma mulher por me devolver o marido, mas daria um abraço na Aggie se a conhecesse.

— Aggie? O Henry teve outra amante desde que vocês se separaram?

— Não! Estou falando *da* Aggie. Ela está em toda parte, tem um blog incrível: *Pergunte a ela*. Enfim, Henry ficou tão confuso com o que aconteceu que escreveu para ela e ela respondeu que, como tínhamos filhos, seria melhor tentar com mais empenho. Você já deve ter ouvido falar nela. Ela sabe tudo sobre relacionamentos. Como consertar seu casamento, escolher o presente perfeito, o que for. Ela tem milhões de seguidores nas redes sociais.

— Você está dizendo que Henry recebeu conselhos de uma blogueira? De alguma consultora de relacionamentos? — Daniel tentou, mas não conseguiu esconder a incredulidade. — É isso mesmo? Qual é o nome dela?

— Aggie.

— Aggie de quê? Aggie, a intrometida? Aggie, a que não faz ideia do que está falando? — Ele percebeu dúvida e tristeza nos olhos de Elisa e sentiu uma pontada de culpa. — Peço desculpas, Elisa, mas não quero que você cometa um erro. Se você vai realmente fazer isso, espero que tenha certeza de que é o que você deseja. Nenhuma estranha pode ajudar com essa decisão, não importa quantos seguidores tenha nas redes sociais.

— Às vezes, uma observadora imparcial pode ver as coisas com mais clareza.

— Temos aqui uma equipe de pessoas qualificadas que pode...

— Não. E a Aggie *sabe sim* do que está falando. Acho que ela não tem sobrenome, mas é doutora.

— Todo mundo tem sobrenome. Costuma haver algum motivo para não o revelarem. — Daniel duvidava que Aggie fosse "doutora" em qualquer coisa além de charlatanismo. — Só estou sugerindo que você pense duas vezes antes de aceitar conselhos de alguém despreparado para lidar com as questões com que você tem que lidar.

— A Aggie é boa. Você é tão desconfiado.

— Esse é meu trabalho. Sou pago para ser desconfiado. Estou fazendo os questionamentos que você deveria estar fazendo.

Daniel anotou o nome em seu bloquinho. Sua experiência lhe dizia que, se alguém não dava o sobrenome, era porque estava escondendo algo. Naquele momento, seria melhor que "Aggie" se escondesse, pois ele iria atrás dela para dizer o que achava de seus conselhos. E não seria uma conversa das mais educadas.

A ideia de Elisa e Henry voltarem a morar sob o mesmo teto fez seu corpo estremecer. Elisa voltaria a ser metade da pessoa que era, e as crianças...

Daniel voltou a pensar em Harriet e na terrível noite na escola em que o pai deles aparecera na plateia. Mesmo agora não conseguia lembrar daquilo sem estremecer.

Elisa se levantou.

— Daniel, você é o melhor advogado de divórcios em Manhattan e tem sido ótimo comigo, mas não preciso mais de seus serviços, pois não vou me divorciar. O que Aggie disse mexeu com a gente. Ela falou para pensarmos na vida que criamos juntos. Em nossa casa. Nossos amigos. Nossos filhos.

— Henry não se referiu a eles como um "peso"?

Elisa corou.

— Ele tinha bebido um pouco além da conta. Nós dois percebemos que precisamos priorizar as crianças.

Ela deixou a sala. Daniel permaneceu sentado junto à mesa, olhando através das janelas que, do teto ao chão, envolviam dois lados de seu escritório. De onde estava, podia ver o Empire State Building e, mais à distância, o cintilar de vidro e aço do One World Trade Center.

Aquela vista costumava acalmá-lo, mas não naquele momento.

Quem era aquela Aggie, que fizera uma família disfuncional ficar junta? Como poderia ter feito um julgamento tão importante com base em apenas uma carta? Independentemente do que Henry dissera na carta ou e-mail, Daniel tinha certeza de que ele não havia contado do trauma profundo que aquele casamento representava para seus filhos.

Ainda não acreditava que Elisa passaria por cima de tudo que aconteceu.

E tampouco conseguia entender por que tudo o estava afetando tão profundamente.

Com um xingamento, afastou a cadeira e se levantou.

Seu escritório era organizado e compacto, como o resto de sua vida.

Ele preferia assim. Preferia navegar pela vida sem âncora ou bagagem. Dessa forma, se chocasse seu navio contra as rochas, não afundaria as pessoas a sua volta junto.

Como seria sua vida se sua infância tivesse sido diferente? Teria escolhido ser advogado? Ou teria tomado um outro caminho, mais tranquilo?

A porta da sala abriu e Marsha entrou com arquivos e uma caneca de café.

— Achei que você poderia estar precisando disso aqui. A julgar pela sua cara, acertei.

— Sinto que passei o dia lutando. Por que não virei boxeador ou lutador de mma? Teria sido mais fácil.

— Você adora lutar. Você fica com uma cara… Mandíbula cerrada e um brilho no olhar de "não mexe comigo". Imagino que Elisa não disse nada de novo.

— Tenho um brilho no olhar? Por que você nunca me disse isso antes?

— Porque quando eles brilham fico com medo de abrir a boca perto de você, e quando param de brilhar me esqueço de comentar. As flores chegaram e são lindas, obrigada. Agora me conta, por que você está estressado?

— Nunca fico estressado. Ou estou calmo ou um pouco menos calmo. — Desistindo de fingir, ele esfregou a nuca para aliviar a tensão. — A habilidade que o ser humano tem de estragar a própria vida nunca para de me surpreender.

— Detesto ter que dizer isso, mas é por esse motivo que este escritório tem tanto trabalho e está prosperando. Se as coisas dessem certo para todos, você estaria desempregado. — Ela deixou os documentos na mesa. — Isso aqui é para você. E caso tenha esquecido, hoje também é aniversário da Audrey. O pessoal está comendo um bolo na cozinha. Se sobrar um tempinho, seria ótimo que você se juntasse aos demais. Não sei o que seria de nossos dias sem a Audrey, e o Max a está deixando louca. Umas palavrinhas da sua parte poderiam deixá-la mais contente.

Audrey era uma das assistentes paralegais do escritório. Estava na firma havia dois anos e, cinco minutos depois de contratada, mostrara-se indispensável.

— Obrigado por lembrar. Vou conversar com o Max. — Deixando de lado Elisa, e o que uma reconciliação significaria para os filhos dela, Daniel conferiu e assinou os documentos. — Você já ouviu falar em uma tal de Aggie?

— A especialista em relacionamentos?

— Como é que todo mundo conhece essa mulher, menos eu?

— Você costuma pedir conselhos sobre relacionamentos?

— Por que eu pediria conselhos sobre relacionamentos? Já vi todas as variantes de relacionamento conhecidas pelo homem. E pela mulher também.

— E ainda assim está solteiro.

— É *por isso* que estou solteiro. Me conta o que você sabe sobre essa tal de Aggie.

Marsha sorriu.

— Ela é incrível. Comprei o livro dela.

— Ela escreveu um *livro*?

— *Parceiro para vida*. Você não conhece? Ele chegou ao topo da lista dos mais vendidos em todas as livrarias.

— Compro meus livros pela internet, pois nunca estou fora do escritório no horário comercial.

— Tem e-book também. O livro é excelente. Ela é muito sensata e compreensiva.

— Sério? Porque ela disse que Elisa e Henry deviam voltar pelo bem dos filhos. Não vejo nada de sensato ou compreensivo nisso.

Pensativa, Marsha franziu os lábios.

— Talvez seja o melhor para as crianças.

— Você está brincando comigo? Elisa e Henry se detestam. Os filhos deles vão viver em um estado constante de medo. Nunca vou entender como as pessoas podem achar que essa é a melhor solução. — Percebendo o olhar curioso no rosto de Marsha, desacelerou a respiração e gesticulou para o computador. — Encontra aqui algo que ela tenha escrito. Preciso saber mais dela.

— Isso é fácil. — Marsha contornou a mesa. — Você pode começar pela carta que Max escreveu para ela.

— Ele escreveu para ela? — Incrédulo, Daniel balançou a cabeça. — Foi uma brincadeira, imagino.

— Por que brincadeira? Todo mundo sabe que Max precisa de uma bela ajuda no campo dos relacionamentos. Você se lembra da cafeteira que ele comprou de presente para a namorada?

— Pode me chamar de insensível, mas meu interesse pela vida íntima das pessoas da minha equipe se estende apenas a acontecimentos significativos, não à escolha de presentes.

— A coisa foi séria. — Marsha clicou em um link. — Ele comprou uma cafeteira de presente, ela vendeu no eBay e os dois terminaram.

Daniel franziu a testa.

— Por que ela vendeu? Ele comprou da marca errada?

— Ela não bebe café.

Daniel desatou a rir.

— E ele escreveu para perguntar o que fez de errado?

— Claro que sim, estamos falando do Max. Ele disse que ter uma cafeteira o faz feliz e que ela deveria ficar feliz por vê-lo feliz. Ela discordava. Às vezes duvido da capacidade mental dele.

— Como você disse, ele é um excelente advogado e extremamente afiado.

— Não quando o assunto é mulher. Olha só. — Ela abriu o site. — Leia. Não que você precise de ajuda com relacionamentos.

Pergunte a ela.

Estas palavras estavam escritas em azul escuro.

Daniel franziu a testa.

— Perguntar o que a ela? O que as pessoas perguntam?

— Qualquer coisa. Tudo. Ela dá conselhos sinceros e diretos. Tem muitos seguidores.

— Ela realmente sabe como se aproveitar dos outros.

— Ela é uma mulher de negócios. Tem um dom, um conhecimento, sabe usá-los. Não é muito a sua cara ridicularizar uma mulher por ela ser inteligente.

— Não a estou ridicularizando por ser inteligente. Eu a estou ridicularizando por tirar vantagem de pessoas vulneráveis e por dar conselhos perigosos.

— Essa é sua opinião, Daniel. Ainda que um monte de gente pague trocentos milhões de dólares por hora para ouvir sua opinião, isso não quer dizer que você está sempre certo.

— Nesse quesito estou certo.

— A coluna dela é boa. É interessante. Leio todas as semanas. Todo mundo lê.

— Todo mundo?

— Todas as mulheres do escritório e inclusive alguns homens. O blog é só parte dos serviços dela. Ela responde perguntas e acho que também oferece aconselhamento individual por telefone.

Daniel percorreu a página.

— Não tem foto dela. Como é que ela é?

— Ela nunca usa foto. Só o logotipo do coração.

— Ela não tem sobrenome nem mostra o rosto. Quem não mostra o rosto tem sempre um motivo para isso. Talvez ela não seja uma pessoa. Talvez seja um monte de caras que entendem de computador rindo da cara de todo mundo.

— Sem chances de os conselhos serem de um homem.

— Que comentário sexista.

— É verdade — disse Marsha secamente. — Leia com seus próprios olhos.

Daniel leu.

Prezada Aggie, tem uma mulher no meu trabalho que é uma deusa. Eu sou só um cara normal, não tenho nada de especial. Como um cara como eu pode fazer para atrair a atenção de alguém como ela? Estou desperdiçando meu tempo? Atenciosamente, O Sem Confiança.

Descrente, Daniel ergueu o olhar do computador.

— É uma brincadeira, não é?

— É real.

— E ela responde? Eu responderia que sim, você está desperdiçando seu tempo. Vai criar coragem.

— É por isso que não é você quem responde às perguntas. Não que eu espere que você entenda, mas alguns homens têm dificuldades em se aproximar de mulheres. Nem todos têm o mesmo índice de sucesso que você.

Daniel pensou na mulher do parque. Seu índice de sucesso tinha despencado seriamente.

— Ela responde?

— Rola a página, a resposta dela está embaixo. Os usuários do site também podem postar seus comentários. É uma comunidade.

— Uma comunidade de pessoas que não fazem ideia do que estão falando. Me mata, por favor. *Prezado O Sem Confiança...* — O olhar de Daniel encontrou rapidamente o de Marsha — Dá para acreditar que alguém se deu esse apelido?

— Acho que é de uma honestidade fofa.

— É profético. Você é o que pensa ser. — Continuou lendo. — *Prezado O Sem Confiança, todo mundo é especial a seu modo...* Sério? Traz um balde, vou vomitar.

— Só porque você não é sentimental não significa que isso é besteira. Nem todo mundo tem medo de suas emoções.

— Eu tenho controle total de minhas emoções, não medo. Mas tenho, sim, um respeito saudável pelos perigos que as emoções podem causar. Em um relacionamento, a emoção leva a decisões ruins. — A voz dele oscilou, e Marsha o encarou como se tivessem surgido chifres e asas em Daniel.

— Tem certeza de que você está se sentindo bem? — perguntou com cuidado. — Tem alguma coisa pessoal acontecendo que eu devesse saber?

— Não.

— Trabalhamos juntos há cinco anos e tenho idade para ser sua mãe. Apesar de você dizer que não tem coração, ambos sabemos que isso não é verdade. Você me ajudou quando estive no fundo do poço e espero que você saiba que pode falar comigo confidencialmente.

— Não preciso falar sobre nada. E você não tem nada a ver com minha mãe. — Percebendo ter falado demais, Daniel esfregou a nuca e reprimiu os sentimentos no peito. Não queria pensar na mãe. Havia se resolvido muito tempo atrás com tudo que acontecera. Pelo amor de Deus, ele era criança. Fez o que pôde na época. Além disso, ajudou muitas outras mulheres desde então. Muitas, de perder a conta. — Emoção é o que traz pessoas aos montes até meu escritório. Se as pessoas usassem mais o cérebro do que os hormônios, os índices de divórcio seriam menores.

— E você não estaria ganhando milhões.

— Sei que você não acredita em mim, mas o dinheiro tem sido um fator secundário. — Tentando se distrair, Daniel leu mais algumas perguntas do site, fascinado e ao mesmo tempo espantado. — Pessoas de verdade escrevem mesmo para perguntar essas coisas? Elas não conseguem resolver os problemas por conta própria?

Ele tentou imaginar que tipo de pessoa se sentiria à vontade expondo segredos tão íntimos e pessoais em um fórum público.

Marsha pareceu achar graça.

— Você nunca pediu conselhos sobre mulheres?

— Já sei tudo que preciso sobre elas, incluindo o fato de que *esta* mulher está explorando pessoas emocionalmente vulneráveis. — Daniel fechou a tela do computador e captou de relance a expressão no rosto de Marsha. — O que foi?

— Por favor, diga que você percebe a ironia nisso. Você é o advogado especialista em divórcios que todos temem que o cônjuge contrate.

— O que isso quer dizer?

— Que você também cobra de pessoas que estão vulneráveis. Você não pode culpá-la por tentar consertar as coisas em vez de quebrá-las de vez.

— Nunca quebrei nada que pudesse ser consertado. Tentar consertar o casamento de Henry e Elisa é como tentar colar um vaso com cuspe e esperança.

Os músculos dos ombros de Daniel doíam de tensão. Queria estar novamente no Central Park vendo o sol derramar seus raios sobre as flores, com Molly e Valentine correndo pelas trilhas.

— Talvez o conselho dela seja coerente — disse Marsha. — Talvez seja algo a se comemorar. Eles têm dois filhos pequenos, Daniel.

— Nunca vou entender por que as pessoas acham que crescer com pais infelizes é melhor do que ser criado por apenas um pai, só que feliz.

— Não espero que você entenda. Você não tem filhos.

Mas tinha duas irmãs mais novas. Daniel sabia mais do assunto do que Marsha era capaz de imaginar.

— Se voltarem, vão se separar novamente daqui a um ano.

— Espero que você esteja enganado. Mas, se não estiver, pelo menos eles mesmos terão tomado essa decisão. Não vão poder culpar os advogados.

— Não, mas vão jogar a culpa nessa conselheira amorosa. — Daniel deixou o assunto de lado e caminhou em direção à porta. — Você tem cachorro?

— Dois. Por quê?

— Eles atendem quando você os chama?

— Normalmente, sim. A não ser que estejam distraídos com algo melhor. — Ela pareceu confusa. — Por que você está me perguntando sobre cachorros?

Daniel pensou em lhe contar sobre Brutus, mas decidiu que era melhor não. Passear com ele era algo temporário. Não precisava virar especialista nisso.

— Eu não sabia que tantas pessoas tinham cachorro em Nova York. O que você faz com eles enquanto está aqui?

— Contrato uma empresa de passeadores. Esse é seu jeito de me contar que vai adotar um cachorro?

— Por que esse olhar de horror?

— Eu... por nada. Não achei que você gostasse de cachorros.

— Qual é exatamente o perfil de uma pessoa que gosta de cachorros?

Daniel pensou nas pernas compridas de Molly e em seu jeito de sorrir para Valentine. Se esse era o perfil, era o novo tipo preferido de Daniel.

— Para começo de conversa, quem tem cachorro não costuma usar terno sob medida nem trabalhar dezoito horas por dia. E eles têm sempre um lado bonzinho.

— Eu tenho um lado bonzinho. É por causa dele que estou me afastando dessa pilha de trabalho na minha mesa e indo desejar um feliz aniversário a Audrey. Amor pela equipe. Ah, Marsha... — Ele parou junto à porta. — Vamos descobrir quem é essa tal de Aggie. Coloca o Max nessa.

— Você precisa de algum conselho?

— Não. Preciso falar para ela ficar longe dos meus clientes.

Capítulo 6

Querida Aggie, por que as mulheres dizem que "está tudo bem" quando obviamente não está? O que "está tudo bem" quer dizer? Suspeito que seja algum tipo de código que preciso decifrar.
Atenciosamente, O Confuso

— Como os seres humanos podem tratar tão mal os animais? — Harriet mudou de posição para que o filhote em seu colo ficasse mais confortável. — Ele tem seis semanas de vida. Como alguém consegue machucar um bichinho tão vulnerável?

— Não sei, mas agora ele está seguro por sua causa. Você é a melhor pessoa para acolher os perdidos e abandonados. — Fliss calçou o tênis de corrida e fez um rabo de cavalo. — Preciso ir. Tenho um dia corrido.

— Já? Você nem tomou o café da manhã. — Ela sentiu o cheiro no ar. — Que cheiro horrível é esse? Tem alguma coisa pegando fogo?

— Minha torrada queimou, mas não se preocupe. Não sei cozinhar, mas consegui conter as chamas.

— Você não pode sair sem comer.

— Vou comer uma barrinha de cereais.

Fliss enfiou a mão no bolso e puxou a prova do que dizia.

Harriet tremeu.

— Isso aí não é café da manhã. Isso é um insulto nutricional.

— Não tenho tempo para outra coisa. Tenho que ver um cliente novo, levar Paris, o poodle, no veterinário para a Annie, porque ela vai passar a noite fora da cidade, e ainda tenho que passear com vinte cachorros. Pelo menos assim me mantenho em forma. O que é bom, pois quero parar na Magnólia no caminho de volta para comprar algo que outra pessoa tenha cozinhado. Quer alguma coisa de lá?

Harriet balançou a cabeça negativamente.

— Vou fazer uma sessão de confeitaria mais tarde. Você poderia deixar sua ida à padaria para outro dia.

— Seus famosos biscoitos de chocolate? Hmm. É por isso que eu te amo. — Fliss pegou as chaves a caminho da porta e parou. — Aliás, Molly reservou três passeadas com Valentine para a semana que vem. Ela tem que revisar seu novo livro e tem uma reunião com o editor.

— Sem problemas. Adoro o Valentine. Ele é o cão mais fofo do mundo.

— Você diz isso sobre todos os cães.

— Verdade. — Harriet acariciou o pelo macio do filhote com a ponta do dedo. — Um bom dia para você. Não quer esperar para ver o Daniel? Ele passou para pegar o Brutus quando você estava no banho. — Ela corou quando viu Fliss levantar as sobrancelhas. — Que foi? Também acho que esse nome combina mais com ele do que Xarope. Xarope seria bom para um poodle fofinho, um schnauzer ou um griffon de Bruxelas. Não para um pastor alemão enorme e cheio de músculos. Daniel tem razão.

— Não diga isso a ele. Ele vai ficar insuportável.

— Gosto de vê-lo com o cachorro.

— Por quê? Por que acha bom vê-lo tomar conta de alguma coisa que não seja a si mesmo?

— Ele sempre tomou conta da gente — disse Harriet teimosamente.

Fliss soltou um suspiro.

— Sim, eu sei. Não faça eu me sentir culpada. Nós duas sabemos que ele vai largar o cachorro assim que conseguir a moça. E então, assim que isso acontecer, também vai largar a moça. É o procedimento padrão do Daniel. Sem exceções. É melhor nem começar a sonhar com finais felizes.

— Ele pelo menos tem uns encontros. Já é mais que a gente.

— Você quer ter uns encontros?

— Sim — disse Harriet, honesta como sempre. — Quero sim. Gostaria de conhecer alguém. Quero ter um lar e família. — Ela agarrou o cãozinho antes que caísse de seu colo. — Você não?

— Ando ocupada demais vivendo o melhor momento da minha vida para deixar um cara qualquer estragar. Nos vemos mais tarde.

Fliss foi até a porta a passos longos e apressados. O filhote no colo de Harriet deu um pulo quando a porta bateu forte.

— Ela só sabe fechar a porta assim — disse Harriet para acalmá-lo. — Você vai se acostumar. — Mas depois percebeu que ele não se acostumaria, pois não ia ficar ali. Era um filhotinho, e dos fofos. Não demoraria muito tempo para encontrar uma família. — Precisamos encontrar o lar perfeito, pessoas que façam você feliz.

Talvez devesse fazer o mesmo para si.

Não era bom dizer que queria marcar encontros e não fazer nada a respeito.

Ela transferiu o filhote do colo para o sófa.

— Talvez eu devesse me colocar para adoção.

Molly se esparramou no sofá enquanto observava Mark regar o risoto.

— Eu o vi no parque todos os dias nas últimas duas semanas, caminhando com seu cachorro. A gente conversou um pouco. Muito, na verdade. E aí ele me chamou para jantar. Jantar não é um acidente. Jantar não é um encontro casual. É uma decisão. É um passo. E eu respondi que não. Você me acha covarde? — Molly pensou que não havia coisa mais relaxante do que ver Mark cozinhando. Seus movimentos eram suaves e tranquilos, nada parecido com o pânico que ela criava na cozinha. Mark era tão artista com a comida quanto com lápis e papel. — Quando você se acha ruim em algo, o melhor é simplesmente desistir? Ou treinar? Se você cai do cavalo por ser um péssimo cavaleiro, não seria melhor trocar as cavalgadas por natação?

— Não interessa o que eu acho. — Ele despejou mais um pouco do caldo borbulhante. — O que interessa é o que você pensa.

— Nossa amizade só tem lugar para um psicólogo, e eu já assumi o posto.

— Então você não precisa que eu explique seu comportamento. Mas só para constar, não acho você covarde. Não há nada de errado em se proteger, Molly.

— Eu sei, mas... — Ela mordeu o lábio. — Meu pai me acha hipócrita. Eu o fiz voltar a sair quando minha mãe foi embora e ele diz que me recuso a fazer o mesmo depois do Rupert.

— Pelo que você me disse, Rupert foi um babaca.

Molly sentiu seu rosto esquentar. Ela contara somente uma parcela ínfima do que tinha acontecido.

— Ele foi, mas é complicado. — *Eu não faço ideia de como me portar em um relacionamento*. Engoliu em seco. — Tenho algumas questões.

— Todo mundo tem questões, Molly.

— As questões que tenho prejudicam minha capacidade de entrar em um relacionamento saudável.

— Ouça a si mesma, dra. Parker. Se você consegue se diagnosticar, por que não consegue se tratar?

— Não sei se quero tratar isso. O amor é um risco. Tenho motivos para ser cautelosa.

— Grandes riscos trazem grandes recompensas.

— Não sei se vejo isso como uma recompensa. — Ela respirou fundo. — Não se trata apenas de proteger meu coração. Trata-se também de minha segurança profissional. Reconstruí minha vida e estou feliz. Não quero estragar isso. É importante fazer as coisas conforme nossas capacidades. E me relacionar está fora de minhas capacidades.

— Não é verdade. Você é uma excelente amiga.

Molly pensou em todos com quem perdera contato. Pessoas que cortaram relação quando sua vida ruiu.

— Amizade é diferente.

— O que é um namoro sem amizade? — Ele inclinou um pouco a panela e mexeu de novo para que o arroz não grudasse. — Acho que ser feliz e pleno é a meta. Talvez você não precise de outra pessoa. O que não quer dizer que você não tenha muitas amizades. Boas amizades. — Mark parou de mexer e olhou para Molly. — Amigos que ficarão ao seu lado nos momentos difíceis.

Molly havia lhe contado esta parte. Que, quando sua vida desmoronara publicamente, seus amigos tinham se distanciado.

— Você não quer cuidar do meu Twitter? Você dá bons conselhos.

Mark sorriu.

— Faço qualquer coisa por você, querida.

Ela sentiu um calor por dentro.

— Ótimo, mas já tive minha cota de penúria na vida. Concordo com tudo que você diz. Mas por que parte de mim quer dizer sim a ele?

Mark baixou o fogo da panela.

— Culpe seus hormônios.

— Odeio meus hormônios. E odeio como a sociedade nos pressiona a agir de certas formas, conforme certos estereótipos. Quando você está solteira, todo o mundo passa a mão na sua cabeça e diz que em breve vai encontrar alguém. Aí você se casa e perguntam quando vai ter um filho. Tem uma ordem para as coisas. Presume-se que não ter um par torna alguém digno de piedade. Como se ser solteira fosse um estado anormal que precisasse ser corrigido.

Mark colocou o resto do caldo no risoto.

— Se você quer entender a pressão que a sociedade coloca nas pessoas, tente ser gay. Tente ser o cara estranho no colegial.

— Eu *era* a estranha no colegial até descobrir que era boa em juntar as pessoas. Aí descobri um propósito. Eu amo isso. Acho que é minha vocação. Ajudar os outros a encontrar a pessoa certa. De que importa que eu não consiga fazer isso comigo mesma? Nenhum ortopedista precisa quebrar a perna para saber como curar uma fratura.

— É tudo verdade, mas você não acha cansativo levar essa vida dupla?

— Minha vida não é dupla.

— Você tem um pseudônimo e um personagem que não revela a ninguém.

— Isso não é cansativo, é divertido. Adoro essa parte. É minha capa da invisibilidade. Meu disfarce.

Mark largou a concha.

— Sei tudo sobre disfarces. Passei anos carregando esse segredo enorme dentro de mim. Era como usar uma roupa superchique. Ninguém sabia quem eu era por baixo.

— Isso não fez você se sentir mais seguro?

Mark fez uma pausa.

— Sinceramente? Não. Fez eu me sentir sozinho e isolado. Esse é o lado ruim de carregar segredos. — Ele se voltou ao forno. — Espero que Gabe volte logo, senão isso aqui vai passar do ponto.

Não havia nada melhor, pensou Molly, do que ter vizinhos que se tornaram seus melhores amigos.

O apartamento deles ficava em cima do seu. Era cheio de charme. A luz do sol penetrava pela enorme janela, inundando a sala. Livros preenchiam cada centímetro de espaço disponível, povoando prateleiras e amontoando-se em altas pilhas no chão. A arte de Mark, grandes quadros com espessas pinceladas coloridas, cobria as paredes. Durante os dias quentes de verão, eles abriam as portas e se sentavam na escada de incêndio para beber mojitos e fingir que estavam em uma praia em algum lugar distante, longe daquele calor sufocante e melado de Nova York.

— Não vou jantar com um estranho. — Molly voltou ao assunto. Ela tirou os sapatos e cruzou as pernas enquanto Valentine se ajeitava no tapete junto ao sofá. — No final das contas, Daniel é um cara qualquer que conheci no parque. É loucura, não acha?

— Depende de quão bonitão ele é. — Gabe entrou no apartamento trazendo uma caixa de champanhe.

Molly ergueu as sobrancelhas.

— Uau. Quando você disse "apareça para um drinque", não percebi que a coisa era séria.

Gabe deu um sorriso.

Ele tinha uma beleza masculina clássica, com maçãs do rosto esculpidas e olhos azuis. Mark contara para Molly que, em seu primeiro dia de trabalho na agência de publicidade onde trabalhava como diretor criativo, Gabe avisara a todos que era gay. Aparentemente, essa política o havia resguardado de muitos constrangimentos em empregos anteriores, mas não evitava que as mulheres de seu trabalho se apaixonassem por ele.

— Mark mandou mensagem falando que você queria conversar sobre um cara. Conta tudo. — Gabe tirou a jaqueta. — Ele é bonitão?

— Ele é. Quer dizer, se acharmos que a aparência importa.

— É charmoso? Carismático?

Molly pensou nas conversas com Daniel.

— Acho que sim. Ele é seguro de si. Isso sempre é atraente.

Ah, quem ela estava enganando? Ele era mais que atraente. Era isso que a apavorava.

— Então o que você está esperando?

— Não quero entrar em um relacionamento.

— E que tal se divertir um pouco? — Gabe cortou uma fatia fina de parmesão e comeu. — Não quer?

— Não vejo graça nos meus relacionamentos.

— Você sabe de relacionamentos mais que qualquer outra pessoa que conheci. Quando o assunto é gente, você tem um sexto sentido. Não entendo por que não consegue aplicar esse bom senso e experiência em seus próprios relacionamentos.

— Também não entendo. — Entendia sim. Molly acariciou a cabeça de Valentine. Uma coisa era se resguardar ao conversar com um estranho no parque; outra era guardar segredos de amigos queridos que não escondiam nada de você. — Está bem, é mentira. Entendo sim. Mas entender algo não implica que você possa consertar. O que enche o saco, pois sou psicóloga e deveria saber como deixar minha bagagem no passado.

— Bagagem é bagagem, meu bem. Você pode até esquecer nos achados e perdidos por um tempo, mas ela sempre volta. — Gabe tirou uma garrafa de champanhe da caixa e colocou-a na geladeira.

Mark ergueu as sobrancelhas.

— Estamos comemorando algo e eu não sei?

— Conseguimos uma marca de champanhe como cliente. Até o mês que vem, vamos ter garrafas de uma parede à outra.

— "Conseguir uma marca" significa "beber o produto"?

— Claro. Não posso pegar um trabalho se não estiver inteiramente familiarizado com o produto.

Molly sorriu.

— Graças a Deus que não é uma marca de xarope.

— Escolho meus clientes com cuidado. — Gabe começou a desabotoar a camisa. — Preciso tomar uma ducha rapidinho. Fiquem aí conversando.

Dez minutos depois, voltava à sala enquanto Mark servia o risoto e Molly colocava a mesa. Com o nariz apoiado nas patinhas, Valentine a observava com um olhar atento.

— Já disse antes, mas vou repetir. Esse cachorro vai ser uma excelente babá quando você tiver filhos. — Gabe colocara uma camisa limpa e calça jeans. Estava descalço. — Por que você está aqui com a gente e não com esse bonitão charmoso que conheceu no parque?

Molly trouxe os pratos da cozinha.

— Gosto de ficar com vocês.

— Porque é confortável e seguro.

— Porque vocês são meus amigos.

Ultimamente, Molly escolhia suas amizades com muito, muito cuidado. A vida a tornara cuidadosa.

Mark se sentou à mesa:

— E o que o sr. Gostosão do Parque faz? A escolha de carreira diz muito sobre a pessoa.

Gabe franziu a testa.

— Discordo.

— As pessoas se tornam médicos pois gostam de cuidar.

— Nem sempre. Dinheiro e status são fatores importantes também. No livro que estou lendo agora, o médico é um serial killer. Ele escolheu medicina pois gostava de cadáveres.

Molly fez uma careta.

— Você precisa mudar suas leituras.

— Não consigo. Sou viciado no Lucas Blade. Leio tudo que ele escreve.

— Bem, o cara do parque não é médico. Ele é advogado.

— Então deve ser inteligente e bom com as palavras. Já gostei dele. Quantas vezes vocês se encontraram?

— Uma ou duas. — Molly sentiu as bochechas esquentarem. — Talvez mais.

— Quantas mais?

— Ele tem aparecido todas as manhãs nas últimas duas semanas.

— Uau. — Gabe arregalou os olhos. — Então é uma relação séria, longa.

— Nós nos sentamos juntos em um banco do parque. Ficamos o tempo todo em um lugar público. Nossos cachorros são amigos.

— Então você tem conversado com ele para que o Valentine tenha um momento de diversão?

— Em parte, sim. É como um encontro para brincar.

— Meu bem, você não engana ninguém. Está na cara que você está interessada nesse homem. Por que não aceita o convite para jantar?

Molly se remexeu.

— Porque ele é muito… — Ela mordeu o lábio, ao que Gabe levantou uma sobrancelha.

— Muito…?

— Sei lá. Ele é muito… tudo. Bonito demais, charmoso demais.

— Nenhum homem pode ser qualquer coisa "demais" para você. — Gabe recostou-se na cadeira. — Você, Molly Parker, merece o que há de melhor. Inclusive champanhe. Falando nisso… — Ele se levantou, pegou a garrafa na geladeira e tirou a rolha com um estalo de satisfação.

— Sua opinião é tendenciosa.

Molly observou Gabe servir o líquido borbulhante em três taças.

— Por que você acha que não merece o melhor? Por causa de algum babaca de ego inflado que te fez se sentir um lixo há milênios?

— Há três anos. Não faz tanto tempo.

Molly contara só um pedaço da história, é claro. Ninguém sabia de tudo. Mas grande parte viera à tona certa noite, enquanto comiam espaguete à bolonhesa de Mark com uma garrafa de vinho. Na mesma noite, Gabe contou que seu pai não falava com ele desde que saíra do armário, no último ano do ensino médio, e Mark confessou ter um armário inteiro de camisas rosas porque sua mãe achava que era só isso que os gays vestiam.

Famílias, pensou ela. As relações mais complexas que existem.

— Para falar a verdade, não sou muito boa com gente do tipo dele.

— Bonito, sexy e charmoso? Realmente, é uma péssima combinação. Entendo sua hesitação.

— Homens muito confiantes me deixam desconfiada.

— Só porque eles têm mais chance de esmagar todas essas defesas que você ergueu? Meu bem, confiança é sexy.

— Confiança pode ser intimidante. Além disso, ele é advogado especialista em divórcios. Eu sou entusiasta de relacionamentos.

— Mesmo sem ter um. — Mark remexeu o risoto com o garfo, examinando, aparentemente satisfeito, a textura do prato. — Seu bonitão do parque sabe de sua identidade secreta?

Molly sentiu seu alarme soar.

— Não! É claro que não. Para ele, sou a Molly.

— Ele não sabe da Aggie?

— Ninguém sabe que sou a Aggie além de vocês, meu pai e meu editor. E isso vai continuar assim.

— Você deve estar orgulhosa de seu sucesso.

— Estou. Mas ultimamente prefiro separar minha vida pessoal da profissional. — Molly olhou para Valentine, e Gabe seguiu seu olhar.

— Ele é lindo. Uma pena que humanos não possam se casar com cachorros. Ele é um partidão.

Molly confirmou com a cabeça.

— Até a sra. Winchester, que não é fácil de agradar, gosta dele. Gabe preencheu as taças.

— Falando na sra. Winchester, eu a vi agora há pouco. Consertaram o aparelho de audição dela, então nada de falar besteira na escadaria.

— Quando o aparelho dela não funciona, ela fica berrando. — Mark terminou a taça. — Tomara que agora pare de gritar: "Você é o gay bonzinho que mora no andar de cima!" sempre que eu encontrar com ela.

— Para mim ela diz: "Na sua idade, eu estava casada" — disse Molly. — Adoro essa. — Tomou um grande gole de champanhe, desfrutando da efervescência e do calor que se espalharam por suas veias. — Não há nada melhor do que beber champanhe com os amigos. Todo dia vira uma celebração.

Gabe olhou para ela.

— É isso!

— Isso o quê?

— Champanhe: todo dia vira uma celebração. — Ele se inclinou para trás, equilibrando-se precariamente na cadeira enquanto pegava caneta e um papel qualquer, que no caso era o folheto de alguma pizzaria. — Preciso escrever antes que esqueça. Cacete, Molly, você é um gênio.

Mark revirou os olhos.

— Olha a boca. A sra. Winchester consegue tolerar pelo de cachorro e o fato de sermos gays, mas vai nos expulsar se ouvir você falando palavrão.

Molly franziu a testa.

— Não é melhor guardar o champanhe para ocasiões especiais?

— Se as pessoas guardarem para ocasiões especiais, a empresa não vai vender tanto nem aumentar os lucros. Assim, se as pessoas beberem o tempo todo, garanto um bônus generoso. — Largando a caneta, Gabe ergueu a taça. — À amizade. E ao novo aparelho auditivo da sra. Winchester. Que ele dure mais que o anterior.

Capítulo 7

O dia começou com o céu de um escuro ameaçador, mas Daniel não mudou de planos. No dia anterior, ele e Molly haviam passado meia hora conversando sobre seus lugares favoritos em Nova York, enquanto Brutus e Valentine se esbaldavam juntos na grama. É verdade que Molly ainda não havia dito sim a seus convites para jantar, mas Daniel sentia que isso logo aconteceria. Encontrar um horário ainda era um desafio. Aquela mulher podia até não ter muitos encontros, mas definitivamente não estava reclusa em casa.

Harriet lhe entregou Brutus.

— *Não* se atrase hoje. Alguém vai vir conhecê-lo. Não passe com ele por nenhuma poça. Preciso dele bonitão.

— Você está com uma agência de namoros para cachorros?

— Ele está para adoção, Daniel. Resolvi cuidar dele pois o abrigo estava cheio, mas nosso objetivo final é sempre encontrar um lar para os cães abandonados. A Poppy conseguiu um na semana passada.

— Quem é Poppy?

— A labrador dourada que você conheceu no mês passado.

Não passara pela sua cabeça que Brutus não fosse ficar permanentemente com suas irmãs.

Daniel olhou para o cachorro que lhe fizera companhia nas últimas semanas. Brutus balançou o rabo e colocou o nariz junto à coxa de Daniel, ansioso para iniciar a caminhada.

— Pensei que ele ficaria com vocês.

— Com todos os animais que cuido, não tem espaço para mais um habitante permanente.

Daniel se perguntou se o cachorro sabia que estava prestes a morar com um monte de estranhos.

— Ele é um cão muito inteligente. Você não pode deixá-lo com qualquer um.

— Ele não vai ficar com qualquer um. O abrigo faz uma pesquisa extensa sobre todo mundo que quer adotar. Eles levam a coisa a sério.

— Como podem levá-lo sem terem passado algum tempo com ele? Não se trata apenas de ele se adaptar ao novo ambiente... Ele tem que se adaptar à pessoa. Precisa de alguém que entenda sua real condição como cachorro. Não vai ficar feliz com alguém que amarre lacinhos rosas no pescoço dele e o chame de Xarope.

Harriet olhou para Brutus.

— O que você acha? Você consegue se imaginar de lacinho rosa, Xarope?

O cachorro abanou o rabo.

Daniel ficou irritado com a irmã.

— É por causa do tom que você está usando. Ele acha que você está oferecendo um ossinho.

— Ele gosta de ouvir o nome dele.

— Garanto que o bicho está muito mais feliz agora do que quando era chamado de Xarope. Eu o salvei de uma séria crise de identidade.

Harriet olhou cuidadosamente para o irmão.

— Por que você se importa tanto? Não está se apegando, né?

— Não estou me apegando a ele. — Ou estava? — Esse cão já teve uma experiência ruim. Não seria bom passar por isso de novo.

— Ninguém quer que um cão resgatado passe por outra experiência ruim. O abrigo faz uma boa pesquisa sobre os novos donos, não se preocupe. Você vai conseguir usá-lo para seu "encontro canino" por mais um tempinho. É por isso que está preocupado?

— Provavelmente. — Parou de encarar os olhos confiantes de Brutus. — Que tipo de pesquisa eles fazem? Como sabem se a pessoa não está atuando na hora de adotar e que, uma vez com o cão, vá agir de outra maneira?

— Os membros da equipe têm experiência. São bons em desmascarar os impostores. Costumam recrutar pessoas que já tiveram cães. — Harriet estudou o irmão. — Você se apaixonou, não foi?

— O quê? — Essa simples ideia fez Daniel arrepiar de pânico. — Não. Ele é um cachorro!

— Cachorros são fáceis de amar.

— Eu não o amo, mas admito que ele é bastante útil. E tem personalidade. Não gostaria de vê-lo com alguém que não o entendesse.

O brilho nos olhos de Harriet fez Daniel pensar se não havia dito algo engraçado.

— Ele com certeza já conhece você. Começa a latir quando ouve você chegando. E, olha só, ele está abanando o rabo.

— Poderia ser por qualquer um. — Nem em um milhão de anos Daniel confessaria estar gostando das caminhadas matinais com o cachorro. Brutus o cutucou com o focinho, ao que Daniel abaixou a mão e fez carinho na cabeça dele. — Está pronto, meninão? Vamos lá ver o que o parque nos reserva na manhã de hoje?

— A mulher ainda aparece todas as manhãs? Você deveria convidá-la para sair, Daniel. Antes que Brutus arranje outro lar e você não tenha mais desculpas para caminhar no parque.

— Se isso acontecer, vou pegar outro cão. — Ele viu Brutus virar a cabeça. — Para de olhar para mim desse jeito. Está me deixando culpado. Você tem que ser meu camarada.

— Cão-marada. — Harriet deu uma risadinha. — Você não pode aparecer com outro cão. Seria estranho. A não ser que tenha dito que o cão não é seu.

— Não disse. — E sabia que cometera um erro. Daniel estava começando a ficar incomodado por não tê-lo feito. Quanto mais tempo passava com Molly, mais gostava dela. Não que tivesse dito que Brutus era *dele*. Não com todas as letras, mas sabia que ela provavelmente concluíra isso. Daniel fazia questão de nunca deixar sua vida se complicar, mas eis que, repentinamente, ela havia se complicado. Estava na hora de dizer a verdade. — Pensei que fosse conseguir falar para ela na primeira caminhada com Brutus. Que ela aceitaria sair na segunda vez que nos encontramos. Não imaginei que a coisa fosse se prolongar. Talvez Fliss tenha razão e ela não esteja interessada.

— Ela está interessada. Não falta lugar para passear com cachorro em Nova York, Daniel. Se ela quisesse evitar você, poderia fazê-lo facilmente.

— Então por que não aceitou meu convite para jantar?

— Porque dizer sim a um cara que você conheceu no parque é um grande passo. Você poderia ser um tarado bizarro.

Fliss passou por eles com uma torrada queimada em uma mão e um café na outra.

— Ele pegou um cachorro emprestado para conversar com uma garota. Ele *é* um tarado bizarro.

Harriet a ignorou.

— Dar um passeio é fácil. Você não tem que decidir nada, só vai e faz. Jantar é... — Ela hesitou para pensar — Jantar é um comprometimento.

— Jantar não é um comprometimento quando o convite vem de mim. Eu a estou convidando para comer comigo, só isso. Dividir comida, não a vida.

— Ainda assim, é um passo.

— Um passo?

— Sim. Sua namorada deve estar nervosa.

O tom melancólico na voz de Harriet sugeriu a Daniel que se tratava de um passo que ela mesma gostaria de dar.

— Ela não é minha namorada.

— Bem, é melhor você chegar ao ponto com ela logo, antes que Brutus abandone você nas caminhadas.

Ele e Brutus chegaram ao parque na mesma hora que Molly. Valentine correu imediatamente na direção de Brutus, eufórico em ver o amigo.

Molly sentiu vontade de fazer o mesmo. Ver Daniel a deixava abalada. A imagem daquele homem parecia marcada com ferro em brasa no cérebro dela, mas ainda assim, pessoalmente, ele era maior, mais bonito, mais ameaçador ao seu equilíbrio emocional. Uma estranha letargia se espalhou por seus membros e ela se sentou no que passou a ver como "o banco deles". Ele a convidaria de novo para jantar? Será que ela aceitaria?

Molly não fazia ideia. Sua mente estava uma bagunça.

— Você sabia que há cerca de nove mil bancos no Central Park? — Ela estava tagarelando, mas conversar era a única forma de quebrar o nó da tensão. — Adoro as plaquinhas com dedicatórias. Cada banco conta uma história própria. Olha… — Ela se revirou no banco para poder ler. — *Ao amor da minha vida, no dia de nosso casamento.* Muito otimista, não acha? Botar isso em um banco é algo permanente. As pessoas vão ler para sempre, você precisa estar seguro do que diz. Você já imaginou as pessoas por trás das inscrições?

— Até hoje não. — Daniel se sentou ao lado de Molly e lhe passou o copo de Earl Grey. — Se tivéssemos uma placa, ela diria que meu cachorro ama o seu.

Molly sentiu a perna de Daniel roçar contra a dela. A pressão era leve, mas, ainda assim, conseguiu sentir a força de sua coxa.

Desconcertada com a súbita efusão de sensações, inclinou-se e fez carinho em Brutus.

— Eu ficava meio tensa perto de pastores alemães. Ele é grandão, todo machão, mas tem uma natureza boa. Eu o amo.

— Você já considerou pegar outro cão?

— Por quê? Você vai vender o Brutus? — Molly estava brincando, mas algo nos olhos de Daniel a fez pensar que talvez tivesse entrado em um terreno sensível. — Era brincadeira. Dá para ver que vocês são apegados.

— Dá?

— Claro que sim. Você parece tão feliz quando está com ele. Sinto o mesmo com Valentine. Não importa quão ruim seja o seu dia, é difícil continuar triste perto de um cachorro. Ele anima você.

— Verdade. — Daniel pareceu surpreso, como se fosse algo em que nunca tinha pensado.

— E também tem o fato de vocês brincarem desses jogos que ninguém nunca ouviu falar, como o "Não pega o graveto".

— É estranho?

— Sim, pois a maioria das pessoas *quer* que seus cães corram atrás do graveto.

— Estou ensinando autocontrole a ele. Parece que está gostando.

— Ele gosta de elogios. Isso é fofo. Quando vi você pela primeira vez, não imaginei que gostasse de cachorros. Não parecia fazer esse tipo.

Daniel hesitou.

— Eu gosto de cães.

— Claro que gosta, senão não teria o Brutus. — Havia algo de dolorosamente sexy na maneira como aquele homem forte e potente cuidava de seu cão com tanta paciência e delicadeza. — O que você faz com ele enquanto está no trabalho?

— Minhas irmãs cuidam dele. — Houve uma pausa. — Molly, escuta...

Ela sentiu um rompante súbito de pânico.

— Você nunca me contou muito do que faz. Só sei que você é advogado especialista em divórcios. — Molly começou a falar antes que Daniel tivesse chance de convidá-la de novo para jantar, não porque temesse rejeitar o convite, mas porque temia, dessa vez, aceitar. E aceitar o convite poderia levá-la a se machucar, ameaçando a vida que havia construído.

Ele olhou para Molly.

— A julgar por sua expressão, você não gosta de advogados de divórcio. Algum profissional da minha área já prejudicou você?

— Nunca me envolvi com advogados de divórcio, mas é verdade que costumo pensar em separação como algo terrível.

— Concordo com você. — Tranquilamente, ele tomou um gole de café. — É por isso que um bom advogado pode fazer toda a diferença. Se tem algo pior do que um divórcio horrível, é estar preso a um casamento horrível. A parte ruim costuma começar antes de eu entrar na história. Tudo que faço é tentar não piorar a situação.

Para além do que achava sobre o assunto, Molly estava certa de que ele era um advogado muito, *muito* bom.

— Você não acha isso triste? Trabalhar para pessoas sempre no fim de seus relacionamentos?

— Às vezes. Mas também é gratificante ajudar a tirar alguém de uma situação intolerável. De um jeito ou de outro, tento manter distância emocionalmente.

Poderia alguém estar tão perto da angústia de outra pessoa e não absorver ao menos parte dela?

— O divórcio é algo tão drástico. Você não acha que seria melhor se as pessoas tentassem consertar as coisas antes que as coisas desandem? É como ignorar o buraco em um casaco.

— E se, para começo de conversa, o casaco nunca tivesse servido? — Daniel se inclinou e apoiou os antebraços nas coxas. — Às vezes é possível consertar o que está errado. Às vezes, não. Se não for possível, talvez as partes possam se separar amigavelmente, mas geralmente isso não é possível. Nesse caso, precisam de um bom advogado. Essa é minha opinião profissional.

— Você não fica mal com isso?

— Em ser bom no que faço? Não. A verdade é que às vezes o casamento não passa de um grande erro. É preciso minimizar os danos e pular fora.

Essas palavras atingiram em cheio um lugar sensível que Molly mantinha protegido.

Foi isso que sua mãe fez?

Ela viu seu marido e sua filha apenas como um grande erro?

Molly engoliu em seco.

— Como você sabe que não está destruindo algo que poderia ser consertado?

— Quando as pessoas entram por minha porta, o relacionamento já está destruído. Mostro a elas como seguir em frente com menos estragos.

— E se houver crianças envolvidas?

A mudança na expressão de Daniel foi tão fugaz que Molly não teria reparado caso não estivesse o encarando diretamente.

— Você é dessas pessoas que acreditam que os pais devem ficar juntos não importa o que aconteça? Você acha que isso é uma boa opção?

Para alguém menos obcecado em estudar o comportamento humano, Daniel pareceria relaxado. Molly, porém, percebeu os pequenos sinais de tensão. Tensão que lhe dizia que a atitude de Daniel era influenciada por algo além do interesse profissional.

— Sou dessas pessoas que acham que, se duas pessoas se amaram o bastante para casar, deveriam pelo menos tentar redescobrir os sentimentos que tiveram no começo. Acho que às vezes as pessoas desistem rápido demais.

— Essa é sua opinião profissional ou pessoal?

— Profissional. — Ela fez uma pausa. — E talvez um pouco pessoal.

— Um pouco? Seus pais se divorciaram?

— Minha mãe foi embora de casa quando eu tinha 8 anos. Deixei isso no passado, mas acho que ainda sou um pouco sensível a esse tema em particular.

Molly não fazia ideia de por que havia revelado algo tão privado. Não era algo de que costumasse falar, principalmente com alguém que mal conhecia. Sentiu-se envergonhada, como se tivesse tirado a roupa diante dele, mas ele não pareceu nem um pouco desconfortável ou desconcertado.

Em vez disso, reagiu como se trocar confidências fosse algo que fizessem regularmente.

— Como é sua relação com ela agora? É estranho quando vocês se encontram?

— Não tenho contato com ela, por isso não, não é nada estranho.

— Você nunca vê sua mãe?

— Ela achou que um rompimento total seria mais fácil para todos.

— E foi?

Molly abaixou o copo de chá. Àquela altura, já tinha revelado tanto que não fazia muito sentido parar.

— Na época, não. Foi difícil. Não é fácil lidar com a ideia de que a própria mãe não quer você na vida dela, seja como for. Conforme fui crescendo, porém, percebi que talvez fosse a solução mais fácil.

— Pois tê-la entrando e saindo de sua vida seria como ter uma ferida reaberta o tempo todo.

— Algo do tipo. — Ela sentiu o calor do copo na mão. — Principalmente porque acho que meu pai não conseguiria lidar com isso.

— Ele não lidou bem com a situação?

— Nem um pouco. — Molly não entrou em detalhes. Não contou que, em certos dias, tinha medo de ir para a escola e deixar o pai sozinho. Ou que, noutros, tinha medo de voltar e talvez encontrar algo... — Tivemos um ano difícil. Até certo dia, quando voltei da escola e senti cheiro de queimado. Aí soube que as coisas ficariam bem de novo.

— Queimar a casa era um bom sinal?

Ela riu.

— Não... Mas o fato de meu pai estar voltando a cozinhar era. Depois disso, as coisas foram melhorando aos poucos, mesmo que tenha demorado mais algum tempo até ele criar coragem de sair com outra pessoa. Essa foi a parte mais difícil. Meu pai não conseguia reconhecer o próprio valor. Ele não tinha sido suficiente para minha mãe e achava que não seria para ninguém.

Daniel observou dois esquilos correndo um atrás do outro na grama.

— Isso explica por que você tem medo de relacionamentos.

— Em parte, sim, mas não é só isso. O real motivo é mais simples. Eu não sou boa com relacionamentos. — Molly pensou em como terminaram todos os seus relacionamentos. Nunca bem, sempre uma bagunça. Com dor. Com angústia. — E você? Você passa o dia inteiro vendo relacionamentos horríveis, que deram errado. Deve ser difícil acreditar que algum possa dar certo.

— Isso com certeza me deixa cauteloso.

Ela assoprou o chá, refletindo sobre como conversar com ele parecia confortável e natural.

— Por que escolheu se especializar em divórcios? Por que não escolheu direito criminal ou empresarial?

Ele se inclinou para pegar um graveto.

— Eu me especializei em divórcios pois cresci com pais que não deveriam ter ficado juntos. Na época, daria qualquer coisa para alguém os ajudar a desfazer o casamento. Acabei aprendendo em primeira mão como é crescer com pais que não se gostam. — Ele jogou o graveto em uma bela parábola e fez Brutus esperar até finalmente dar o comando para pegar.

A franqueza de Daniel surpreendeu Molly. Ela esperava que ele fosse resguardado emocionalmente.

— Isto explica por que você não acha uma boa ideia que o casal fique junto só porque tem filhos.

— Varia de caso a caso. — Ele observou Brutus voltar com o graveto. — Para alguns talvez seja a coisa certa a se fazer.

— Seus pais acabaram se divorciando?

— Sim. Mas só depois de minhas irmãs terem saído de casa.

Daniel se virou para Molly. Emboscada por aquele olhar intenso, era difícil encontrar algum pensamento mais profissional.

— Por que ficaram juntos por tanto tempo?

— Porque minha mãe tinha medo de ir embora. E porque meu pai disse que, se ela fosse embora, perderia os filhos.

Ele terminou o café e, com uma mira perfeita, arremessou o copo na lata de lixo.

Em choque, Molly permaneceu imóvel.

— Ele foi abusivo?

— Não fisicamente, mas verbalmente. O que pode ser tão ruim quanto. Ele a diminuía e tirava toda a sua confiança, até minha mãe sentir que, sem ele, não conseguiria sobreviver. Quer saber o motivo de eu ter me tornado um advogado de divórcio? Porque certo dia minha mãe me disse que meu pai ia contratar um advogado bonzão para garantir que nunca mais a víssemos. Ela ia nos perder, perder nossa casa. Não queria correr esse risco. Eu respondi que, quando crescesse, viraria um advogado muito melhor do que o de meu pai. Prometi que ia manter nossa família, nossa casa. — Daniel se inclinou para tirar um galho preso no pelo de Brutus. — E esse é o tipo de informação que não costumo dar a alguém que acabei de conhecer no parque.

— Pensei a mesma coisa sobre as coisas que disse.

Molly observou atentamente os dedos dele tirarem, cuidadosos e pacientes, o galho preso ao pescoço de Brutus.

Daniel fez um carinho atrás da orelha do cão e recostou-se novamente.

— Sua mãe é o motivo para você não namorar?

Molly só conseguia pensar naqueles dedos acariciando o cachorro. Perguntou-se se Daniel era delicado assim em tudo que fazia.

— Eu… namorar? Ah, na verdade, não. Me divirto bastante sendo solteira.

Ele se inclinou para mais perto.

— Venha jantar comigo e vou provar que há coisas mais divertidas do que estar solteira.

Desorientada pela voz de Daniel, Molly demorou um instante até responder.

— Não vai acontecer.

— Por que não?

Porque ela possuía bom senso. Porque aquele homem já a estava fazendo agir de forma completamente diferente do que era. Desde quando Molly despejava seus segredos para estranhos no parque?

— Talvez eu não goste o bastante de você.

— Não é isso.

Ele lançou a ela um sorriso lento e seguro e Molly pensou que aquele sorriso permitiria que Daniel atravessasse uma porta fechada sem a chave.

— Você é sempre tão confiante com tudo?

— Não com tudo, mas estou confiante quanto a isso. Admita que tivemos uma conexão desde o primeiro dia que nossos cães se encontraram no parque. Que ela é a razão para continuarmos nos encontrando. Nossa relação de passeio com os cachorros já durou mais que alguns casamentos.

Seu olhar era direto, perscrutador, e Molly o encarou tentando formular pensamentos e palavras.

Era verdade que tinham uma conexão. Era esse o motivo para ela estar sentada ali. Molly não se sentia assim havia muito tempo. E, da última vez, a coisa acabara em dor.

— Você só está interessado porque recuso o convite.

— Não é verdade. Você tem senso de humor e gosto de conversar com você. Além disso, agora você sabe meus segredos mais íntimos, então preciso neutralizá-la de alguma forma antes que me cause danos.

Daniel a fez rir.

— Admita logo, você é competitivo.

— Talvez. Um pouco. Mas também achei você interessante. E sexy. Suas pernas são lindas e seu bumbum fica ótimo na calça de corrida. E seu cachorro é bonitinho.

— Você acha meu cachorro atraente?

— Acho o jeito que você ama seu cachorro atraente. Em vez de nos sentarmos aqui para assistir ao sol nascer todas as manhãs, que tal, para variar, dividirmos uma boa garrafa de vinho para assistir ao sol se pôr?

Ela conseguia imaginá-lo no tribunal deixando um grande oponente sem palavras. Daniel usava uma mistura letal de charme e precisão verbal para conseguir a resposta que queria. Tinha encontrado o ponto fraco de Molly e mirara nele.

— Adoro o nascer do sol.

Ele viu o sol saltar por cima da copa das árvores, iluminando os arranha-céus que emolduravam o parque.

— Eu também adoro, mas seria bom passar algum tempo com você sem Manhattan inteira correndo atrás.

— Aposto que você odeia perder.

— Não sei dizer. Nunca perdi. Mas, se acontecer, conto para você qual foi a sensação. — A conversa era leve, mas Molly tinha consciência de que, sob as brincadeiras, havia uma deliciosa corrente subterrânea de tensão.

Estava tentando pensar em uma boa resposta quando começou a chover. Os pingos leves esfriaram sua pele.

Daniel xingou baixinho e se levantou.

— Se formos rápido, podemos nos proteger debaixo de alguma árvore.

— Proteger? São só uns pinguinhos. Não seja um fracote.

Um brilho perigoso percorreu os olhos de Daniel.

— Você me chamou de fracote?

— Sim, mas não se preocupe. É bom saber que você tem um ponto fraco. — A chuva engrossou, e enormes pingos começaram a cair, encharcando tudo que tocavam. — Você tem razão, é melhor nos protegermos.

Ela chamou Valentine e correu, pisando nas poças recém-formadas. A chuva entrava pelo tecido fino de sua camiseta e grudava seu cabelo contra a testa.

Valentine latiu, instigado pela urgência da nova situação, e Brutus o seguiu. Os dois cães foram lado a lado buscar abrigo debaixo de uma árvore.

Molly mergulhou para debaixo dos ramos longos e pendulares de um salgueiro-chorão e sentiu as folhas roçarem contra seu rosto e braços. Ela sabia que Daniel vinha logo atrás. Conseguia ouvir as passadas pesadas de seus tênis no chão, e uma sensação tão intensa percorreu sua pele que parecia uma pressão. Ele poderia alcançá-la a qualquer instante, e quando o fizesse…

Desconcertada pela natureza explícita de seus pensamentos, Molly parou sob a árvore.

Fazia tempo que não se interessava o suficiente para arriscar se envolver com alguém. Passara os últimos três anos focada em reconstruir a vida, e sexo não fazia parte do projeto.

Ela se virou e encontrou o olhar de Daniel.

Disse a si mesma que foi a corrida que causou um aperto no peito e acelerou sua respiração, mas sabia que era mentira. Era ele. Aquele homem de olhar malicioso e sorriso lento e perigoso. Aquele homem que a fazia sentir milhões de coisas que nunca mais queria sentir, coisas que a aterrorizavam.

Será que ele sabia? Se sabia, era um sádico, pois Molly não conseguia respirar, não conseguia se recompor.

Daniel, por sua vez, parou tão perto diante de Molly que ela foi forçada, para não o tocar, a recuar um passo.

Ela sentiu a casca áspera da árvore roçar em suas costas e soube que não poderia dar mais nenhum passo. Daquele ponto em que estava era ficar parada ou ir para a frente.

— O que você está fazendo?

— Mantendo você seca. Protegendo você da chuva. — Daniel deu um sorriso lento e sexy. — Mostrando a você minha fraqueza.

Daquela distância, porém, Molly só conseguia ver força. Havia força nos braços que a enjaulavam, nas ondulações dos músculos, na largura daqueles ombros potentes que bloqueavam sua visão do mundo. Havia força nas linhas daquelas maçãs do rosto e naquela mandíbula sombreada de barba por fazer.

O olhar de Molly foi capturado pelo dele. Os olhos de Daniel fizeram-na pensar em longos dias de verão, repletos de céus azuis e oportunidades sem fim.

— Não me importo com a chuva.

A boca dele se aproximou da dela.

— Esqueci que você é britânica. Deve ter outra relação com a chuva.

— Eu e a chuva somos íntimas.

— Nunca pensei que fosse invejar o clima.

Ele ergueu a mão e tirou uma mecha molhada da frente do rosto de Molly. Ela sentiu a ponta dos dedos de Daniel tocarem demoradamente sua pele. Sabia que a intenção dele não era afastar seu cabelo ou a chuva. Era uma forma de desbravar. De possuir.

Fazia tanto tempo que não era tocada daquela forma que Molly estava com a sensibilidade aguçada. Sua imaginação e seus sentidos estavam profundamente cientes de cada toque.

Querida Aggie, tem um cara que acho incrivelmente sexy e esqueço tudo quando estou com ele. Sei que o que compartilharmos vai ser por pouco tempo. Estou preocupada que uma eventual relação termine em dor. O que devo fazer? Atenciosamente, A Atordoada.

A chuva caía mais forte, mas somente uma gota ou outra conseguia passar pelos ramos em cascata do salgueiro-chorão. Molly e Daniel estavam abrigados em sua clareira privada, protegidos por um labirinto emaranhado de verde e dourado.

Ela achou que muitas outras pessoas estariam procurando abrigo, mas pelo visto escolheram deixar o parque. Eles estavam sozinhos, ou pelo menos era essa a sensação, emboscados pelo clima e abrigados pela natureza. Era como se alguém tivesse puxado a cortina em torno dos dois, escondendo-os do resto do mundo. Molly podia ouvir o som opaco das gotas caindo sobre a copa das árvores, o ruído das folhas e o sussurro da brisa nos troncos. Sentia, ainda, a batida do coração e o ritmo dissonante da respiração de Daniel.

Ela ergueu a mão e tirou as gotas do queixo de Daniel, sentindo em seus dedos a aspereza da barba por fazer.

Querida A Atordoada, nem todos os relacionamentos terminam em dor. De vez em quando é bom confiar em seus instintos e assumir o risco.

Ele baixou a cabeça, ela ficou na ponta dos pés, levantando o rosto, e os lábios se encontraram no meio do caminho. Ao menos era isso o que Molly disse a si mesma. A verdade era que, no momento em que sua boca encontrou a dele, não houve dúvidas de quem estava no controle. Ele segurou seu rosto nas mãos, beijando Molly sem pressa, lentamente. Tinha algo de agressivo na maneira em que a aprisionava, mas havia algo infinitamente delicado na pressão persuasiva de sua boca contra a dela. Com cada roçar de lábios e cada movimento de língua, Daniel alimentava o fogo, até Molly tremer e ficar tonta de desejo. O prazer era desorientador, como uma pressão baixa no ventre, uma cintilação elétrica em sua pele sensibilizada. Os dedos de Molly se cravaram na seda delicada do cabelo de Daniel na tentativa de puxá-lo para mais perto.

Lógica e racionalidade se afogaram na maré crescente de excitação. Molly era incapaz de fazer perguntas, o que era bom, já que ela mesma não seria capaz de responder. Só conseguia sentir. Não acreditava em mágica, mas, por um instante, viu estrelas. O mundo ao redor se dissipou até sobrar apenas o toque erótico da boca de Daniel e o murmúrio suave da chuva nas folhas.

Molly se derreteu com os movimentos vertiginosos da língua de Daniel, oscilando em sua direção, e sentiu sua mão deslizar para a base de coluna dela, pressionando-a para mais perto. Aquele toque confirmava tudo que ela já sabia. Ele era forte e firme, atlético e habilidoso. A pressão inabalável dos músculos sugeria que, para ficar em forma, Daniel fazia muito mais do que simplesmente passear com o cachorro no parque.

Molly não sabia como tinha ido parar ali, mas, de alguma forma, estava presa entre aquela árvore firme e a potência do corpo de Daniel.

E, ainda assim, ele a beijava. Não lhe dava opção de se esconder; explorava, exigia e descobria o corpo de Molly até ela se tornar um conglomerado de sensações e tremores. Daniel não dava sinais de que ia parar, e a mente de Molly não estava funcionando bem o suficiente para criar motivos para impedir algo tão bom.

Ele levou a mão até o seio dela e acariciou o mamilo com a ponta do dedo. Aquele atrito delicioso a fez tremer. Molly gemeu e chegou ainda mais perto. Sentiu a mão de Daniel tocar-lhe a bainha da camiseta e, em seguida, o calor de sua mão pousando em sua pele.

Era como pegar fogo: a excitação queimava a pele e se concentrava logo abaixo do ventre.

Molly não sabia quão longe eles poderiam chegar, mas, naquele momento, Valentine latiu.

Claramente relutante, Daniel se afastou um pouco.

— Talvez seja melhor irmos para algum lugar mais reservado.

Algum lugar mais reservado?

Aquelas palavras penetraram as nuvens de seus pensamentos enevoados de desejo e finalmente trouxeram-na de volta a consciência.

Molly se soltou dos braços de Daniel e se encolheu ao arranhar o braço no casco da árvore.

— Ei, calma — disse Daniel, com a voz sexy e grossa. — Que bom que você escolheu um salgueiro-chorão, caso contrário estaríamos em uma vitrine, para todo o mundo ver.

Ouvir aquelas palavras era como mergulhar a cabeça em um balde de água fria.

Uma sensação de pânico lhe percorreu a pele. No que estava pensando? Molly sempre tomou cuidado para nunca, jamais, se colocar em uma posição que pudesse ameaçar sua credibilidade profissional, mas lá estava ela, beijando um cara no parque que nem uma adolescente, às vistas de quem estivesse passando.

Bastava uma foto. Um post. Antes que você soubesse, sua vida estaria entre os assuntos mais comentados da internet, cada detalhe íntimo descoberto e disponível para o deleite maldoso de uma audiência sedenta por mais uma humilhação pública.

Molly respirou fundo várias vezes, recordando a si mesma que, se alguém os tivesse visto, não a teriam associado a Aggie. Foi por isso que criara uma persona. Para se proteger. Uma camada de defesa para somar às outras.

Isso era o mais assustador de tudo. Desde que chegara a Nova York, ninguém havia violado suas defesas. Ninguém.

Até Daniel.

— Vem comigo. — Ele lhe envolveu o rosto com as mãos e disse as palavras contra sua boca. — Vamos tirar essas roupas molhadas e tomar um banho juntos. Você sabe que vai ser bom.

Sim, ela sabia. E era por isso que estava recuando. Com um fogo desses, alguém sempre acaba queimado.

Como foi que um flerte leve no parque acabou virando algo tão real?

Molly sabia a resposta para essa pergunta. Quando começaram a se beijar, esquecera-se de tudo. Mesmo agora, sentia-se tentada a ignorar a voz sensata em sua mente para ir com ele.

— Não.

Ela se afastou de Daniel tão abruptamente que ele teve que se apoiar na árvore para não perder o equilíbrio.

Molly se solidarizava com aquela situação. No momento em que o beijou, perdeu a confiança de que seus joelhos pudessem lhe sustentar. Se Valentine fosse alguns centímetros mais alto, ela subiria nas costas dele e cavalgaria de volta para casa.

Ela se inclinou e prendeu-o à coleira.

— Molly, espera. — A voz de Daniel ficou mais grossa. Ele soava quase dopado, como se estivesse sob efeito de alguma substância ilegal.

Ela conhecia a sensação. Só que, no seu caso, ele era a substância ilegal.

Molly realmente gostava dele e, com essa conexão a mais, vinha o risco de machucar o coração. E ela nunca mais passaria por isso.

Capítulo 8

Daniel se certificou de que a porta da sala estava fechada, depois ligou o computador e entrou no *Pergunte a ela*.

Aggie talvez pudesse dar algum conselho sobre como lidar com uma mulher que saiu correndo de algo bom. O beijo mexera com a cabeça de Daniel, e ele estava certo de que o mesmo acontecera com Molly. Ela era sexy, inteligente e desapegada. Havia contado a ela coisas que raras vezes tinha dito a alguém, e certamente não a alguém que mal conhecia. Daniel ainda não entendia por que fizera aquilo, para além do fato de que algo em sua conexão com Molly havia acelerado a marcha do relacionamento deles. E sabia que ela sentia o mesmo, motivo pelo qual não conseguia pensar em uma única razão para ela não querer dar o passo seguinte.

Ele percorreu o site e leu algumas perguntas. Não que pretendesse um dia admitir isso a alguém, mas aquela página era estranhamente viciante.

Daniel só lidava com relacionamentos arruinados. Nunca prestava muita atenção aos caminhos tortuosos que levavam as pessoas até seu escritório. Era assim que tudo começava, ele se perguntou, com uma questão simples? Com um simples mal-entendido? Uma rachadura que, negligenciada, alargava-se em desfiladeiros grandes demais para tapar.

Nunca imaginou que tantos homens se disporiam a escrever para uma mulher pedindo conselhos. Esse, supôs, era o poder da internet. Todos são anônimos. Ou ao menos acham isso. E Aggie sempre tinha uma opinião. Tinha o que dizer. O que pensar. O que sentir.

Querida Aggie, minha namorada tem uma vida tão ocupada que às vezes me pergunto se ela precisa de mim. Como posso convencê-la a me priorizar no lugar de seu grupo de leitura ou de bordado? Atenciosamente, O Insignificante.

Daniel ergueu as sobrancelhas. Se um cara luta para ser mais interessante do que um livro ou um bordado, com certeza está mal.

Mas logo depois ele se lembrou de Molly e suas aulas de salsa, spinning e culinária e sentiu uma ponta de empatia.

Talvez não fosse fácil como imaginava.

Intrigado, leu a resposta de Aggie.

Querido O Insignificante, em vez de pedir que sua namorada lhe dê prioridade a despeito das atividades favoritas dela, por que não ir junto? Dividir um passatempo pode ser uma experiência íntima e agregadora. É sempre saudável ter interesses diferentes, mas também é bom compartilhar alguns. Isso pode aprofundar o entendimento entre vocês, levando a um relacionamento mais gratificante.

Ela imaginava o cara fazendo aula de bordado? Que ilusão.

Daniel encarou a tela, pensando nos interesses de Molly. Ele não queria fazer aulas de culinária e não via sentido na aula de spinning, então só sobrava a salsa. Mas o único tipo de salsa que conhecia era aquela que se serve com nachos. Além disso, por mais atraente que achasse Molly, não havia nenhuma chance de ele ficar para lá e para cá, de legging e paetês, em uma pista de dança. Daniel preferiria passear com um poodle no parque.

Por que ela não gostava de beisebol ou pôquer? Ou de jazz? Ficaria feliz de acompanhá-la em alguma dessas atividades. Arte? Teatro? Daniel iria na hora. Mas aula de spinning? Pagar para andar de bicicleta e não chegar a lugar nenhum parecia loucura para ele.

Devia haver outra maneira.

Quão baixo tinha descido para considerar escrever a uma blogueira de conselhos amorosos que provavelmente sabia menos de relacionamentos do que ele?

Daniel iria ao parque no dia seguinte, no horário de sempre, torcendo para que Molly estivesse lá. Se ela ainda não concordasse em jantar com ele, mudaria o plano e tentaria convencê-la a fazer algo juntos, algo que não o destruísse por dentro em cinco minutos.

Houve uma batida à porta e Daniel minimizou a tela poucos segundos antes de Marsha entrar na sala.

— Seu cliente das duas horas cancelou, então adiantei Alan Bright.

— Sem problemas. Você dança?

Marsha o encarou.

— Oi?

— Dança. Você sabe... tango, salsa, essas coisas?

Ela sorriu.

— Daniel, se eu saísse para dançar tango, ia passar o resto da semana em um quiroprático. Por que você quer saber?

— Por nada.

— Você quer dizer nada que você queira me contar. Agora fiquei curiosa. — Ela cruzou os braços. — Não vai me dizer por que perguntou?

— Não.

Marsha revirou os olhos e foi em direção à porta.

— Foi o que imaginei. Se não vai contar, não provoca.

No momento em que a porta se fechou atrás de Marsha, Daniel digitou "clube de salsa em nova york" na ferramenta de busca.

Dois minutos depois, entendeu a resposta de Marsha sobre o quiroprático.

Por que não ir a uma atividade de que ela gosta?

Que tal porque ele não faz ideia de como se dança aquilo? Daniel tropeçaria no próprio pé ou, pior ainda, no dela. Isso ajudaria bem pouco em sua situação, ainda que fosse outra maneira de ficar em cima de Molly.

Marcar um encontro era complicado. Não à toa Aggie estava ocupada. Daniel ainda queria descobrir a identidade de Aggie, mas, naquele momento, não ficaria surpreso se descobrisse que se tratava de uma equipe de quarenta pessoas. A julgar pelo volume de conselhos, cada um deveria trabalhar o dia inteiro nas respostas.

Ele não precisou escrever uma letra sequer para descobrir o que fazer.

Era hora de contar a verdade a Molly. Daniel queria tê-lo feito antes, mas ela não lhe dera uma chance.

"Dar uma chance" fez Daniel pensar em Brutus. Ficou pensando se as pessoas que foram vê-lo gostaram dele. Daniel havia contado a Harriet que o cão gostava de beber água de poças?

Ele se recostou na cadeira, pensando em como Molly reagiria se descobrisse que o cão não era dele.

Com sorte, ficaria lisonjeada em saber que Daniel fizera tamanho esforço para atrair sua atenção.

Molly tinha o senso de humor aguçado, com certeza acharia graça.

Daniel contaria a verdade, ela daria risada e os dois sairiam para jantar.

Ela estava exagerando. Pelo amor de Deus, foi um beijo. Só um beijo.

O que ela *deveria* ter feito era sorrir, agradecer e seguir seu caminho com a dignidade intacta. Em vez disso, saiu correndo que nem a Cinderela ao ouvir a primeira badalada da meia-noite.

Pensar no assunto fazia Molly se encolher. Foi assim, encolhida, que passou a noite praticamente sem dormir. Quando se levantou, a cabeça estava pesada.

Levou Valentine para um rápido passeio no parque, mais cedo do que de costume, e pegou um caminho diferente, para não ter chances de encontrar com Daniel.

Valentine não pareceu impressionado com a mudança de rotina e a ausência de companhia canina.

Molly soltou sua coleira, sentou-se em um banco não familiar e tentou pensar na reunião que teria mais tarde com seu editor, mas não conseguia tirar Daniel da cabeça.

Ele apareceria mais tarde no parque?

Tentaria imaginar onde Molly estava?

Não. Àquela altura, devia achá-la uma louca.

Limpando a mente desses pensamentos, chamou Valentine e voltou ao apartamento.

— Você vai passar o dia com a Harriet. Tenho uma reunião com meu editor — disse ao cão enquanto se aprontava, preocupando-se mais que de costume com a aparência.

A editora queria que Molly saísse em turnê, o que ela recusou, da mesma forma que havia recusado pôr seu retrato na contracapa do livro. Sair em turnê significava mostrar seu rosto, arriscando se expor. Ela não queria que Aggie tivesse um rosto. Em seu site, usava um logo: um coração com um ponto de interrogação dentro. Molly usava a mesma imagem em suas mídias sociais. Qual é o sentido em usar um pseudônimo e mostrar a cara para todos verem?

Ela encarou o espelho enquanto terminava de se maquiar.

Quando respondia perguntas on-line ou escrevia seu livro, Molly tornava-se Aggie, a personagem que havia criado. Aggie era destemida nos conselhos que dava. Era forte, confiante e sábia.

Naquele momento, Molly tinha vontade de escrever para Aggie perguntando como resolver sua vida complicada. Ela franziu a testa. Nunca havia se sentido assim. Sempre fora fácil dividir sua vida profissional da privada.

Foi a conversa sobre divórcio que a desestabilizou. Ou talvez o beijo. Que conselho Aggie daria?

Seja você mesma.

Ou talvez ela não diria isso. Quem verdadeiramente revelava tudo de si? A maioria das pessoas tem um lado que mostra ao mundo e um lado que mantém para si.

Não era diferente com Molly. A diferença é que tinha criado um apelido para sua persona pública.

— Você é boa no que faz — disse com firmeza ao próprio reflexo no espelho. — Você sabe mais de relacionamento do que qualquer pessoa que tenha conhecido e tem centenas de e-mails de agradecimento para provar isso.

Mas se ela era tão especialista em relacionamentos, por que saíra correndo de Daniel?

Um beijo não é declaração de amor eterno. Ninguém falou nada de sentimentos.

Não havia motivos para exagerar, a não ser o fato de que beijos como aquele levavam a algo mais e, antes que pudessem se dar conta, alguém acabava se machucando.

Por outro lado, Daniel não era do tipo que trazia o passado à tona, então talvez pudessem viver a paixão sem a dor.

Seria possível?

Lembrar-se do beijo fazia seu estômago revirar.

Onde estaria ele agora? No parque?

Talvez sim, talvez não.

Talvez Daniel tenha previsto a fuga de Molly e, achando-a complicada demais, deixou para lá. Quem se envolveria com uma mulher que, ao ser beijada, parecia estar sendo perseguida por zumbis?

Com olhar de reprovação, Valentine observou-a vestir uma saia lápis e camisa com botões de madrepérola.

— Não me olha desse jeito. Não posso encontrar meu editor usando calça de ginástica. Preciso parecer competente e profissional. E não posso levar você comigo. Você vai se divertir com a Harriet. — Molly deslizou o pé para dentro das rasteirinhas e guardou os sapatos de salto alto na bolsa. — É isso que paga nossos boletos. E, em Nova York, pode ter certeza de que esses boletos são pesados, então seja um bom garoto que levo você no parque de tarde.

Com um jeito de dar pena, ele choramingou e estirou-se em frente à porta.

— Não faça eu me sentir culpada. Sei que você adora a Harriet. — Molly colocou o celular na bolsa e olhou ao redor para ver se tinha esquecido algo. — Você está com saudades do Brutus?

Valentine ficou de pé e latiu.

— Você reconhece o nome dele? Já está melhor do que ele. — Ela acariciou a cabeça de Valentine. — A gente vai amanhã no parque e, se o Daniel estiver lá, vou pedir desculpas por agir que nem uma doida. Vou aceitar o convite para jantar.

Jantar, prometeu a si mesma. Nada além. Ele é atraente e gosta de cachorros. Isso lhe dava uns pontos a mais.

Pegou a coleira de Valentine, alguns biscoitinhos e saiu.

Era uma caminhada de dez minutos até o local de trabalho de Fliss e Harriet.

Com aparência afobada, Fliss abriu a porta.

— Molly, você se adiantou.

— Desculpa. Você se importa? Vou pagar um extra a vocês, é claro. É que preciso passar para comprar uma lembrancinha para meu editor no caminho do escritório. — Ela sorriu ao ver Valentine entrar correndo no apartamento. — Ele se sente tão em casa aqui. Ele adora vocês.

A resposta de Fliss foi abafada por uma cacofonia de latidos.

Molly espiou por cima do ombro de Fliss para ver de onde o barulho vinha.

— A Harriet está dando abrigo de novo? O quê...? — Molly parou de falar quando viu Valentine retornar ao lado de um grande pastor alemão.

Mesmo que suas marcas não fossem inconfundíveis, Molly saberia de quem se tratava pela alegria de Valentine.

— Brutus? O que você está fazendo aqui? Que coincidência. — Sorrindo, inclinou-se para fazer carinho na cabeça do cão. — Conheço esse cachorro. Ele é do cara que vejo no parque todos os dias pela manhã. Ele é um amor. O cachorro, digo, não o cara. Mas devo confessar que o cara também é um amor. — Molly corou ao perceber que estava falando como uma adolescente. — Ele nunca me contou que usa o serviço de passeadores. — Ela ergueu o olhar e viu a expressão congelada de Fliss. — O que foi?

— Fale isso de novo. Isso que você disse — murmurou Fliss entredentes. — Você conheceu um cara no parque... Quer dizer, você o vê e passa correndo por ele?

— No começo, sim, mas depois começamos a conversar. Agora nos encontramos todas as manhãs. Não é nada de mais. Esse é o cão dele, com certeza. Reconheceria em qualquer lugar. É o Brutus.

Brutus balançava o rabo enlouquecido, e Fliss engoliu em seco.

— Droga. Molly... — Com o rosto ainda mais pálido do que antes, Fliss abriu a porta. — É melhor você entrar.

— Por quê? Tenho milhões de coisas para fazer e...

— Entra. Harriet! — Fliss berrou o nome da irmã. — Venha aqui agora, preciso de você. Temos uma situação delicada e não sou muito boa com isso.

— Que situação? — perguntou Molly, confusa. Ela seguiu Fliss para dentro do apartamento enquanto Valentine e Brutus faziam um jogo animado que envolvia latir e rolar no tapete no centro da sala. — Os dois se dão muito bem. Vai ser como um dia com os amigos, não precisa se preocupar em sair com os dois juntos.

— O que foi? — Harriet apareceu com a escova de dentes na mão. — Oi, Molly. Estou um pouco atrasada porque tive que buscar uns gatinhos abandonados ontem à noite. Estamos ansiosas para passar o dia com Valentine. Ele é o melhor cachorro do mundo.

— Segura esse pensamento. Ela talvez não o deixe com a gente — murmurou Fliss, e Harriet pareceu intrigada.

— Por que não? O que aconteceu?

— Não faço ideia. — Cada vez mais desconfortável, Molly foi com o olhar de uma gêmea à outra. — O que está acontecendo?

Fliss cerrou o maxilar.

— Molly tem passeado com o Valentine no parque todos os dias de manhã e andou encontrando o Brutus por lá. Ele e Valentine parecem se conhecer bem.

O rosto de Harriet se iluminou.

— Que ótimo. Isso facilita as coisas. Agora que são amigos, os dois podem... — Ela parou no meio da frase e arregalou os olhos. Sua alegria virou consternação. — Ah.

— Sim, ah. — Fliss passou os dedos pelo cabelo. — Molly, não há um jeito simples de dizer isso, então vou direto ao ponto e você pode me dar um soco no olho se quiser. Aquele cara no parque... O Brutus não é dele.

Molly sorriu.

— É dele, sim. Eu os vejo juntos todos os dias. Eles se amam.

— Eu *sabia* que a gente devia ter dito não. — Fervendo por dentro, Fliss andava de um lado ao outro. — Ele veio no mês passado e disse que queria pegar um cão emprestado para conhecer uma moça bonitona. Como eu poderia saber que era você?

— Como é?

— O Daniel. Ele veio falar com a gente.

— Espera. Como você sabe o nome dele?

— Sei o nome dele desde sempre. O Daniel é nosso irmão.

Molly demorou um instante até entender o que Fliss lhe dizia.

— Seu *irmão*?

— Sim. — Fliss soltou a respiração. — Não passou por nossa cabeça que você era a bonitona. Você vai me matar. E provavelmente vai querer matá-lo também, e nenhuma de nós julgaria você por isso. Na verdade, nós mesmas tivemos vontade de fazer isso um montão de vezes.

Molly encarou Brutus. O cão de Daniel. Só que não.

Ele pegou o cachorro emprestado para conhecê-la. E ela caiu na conversa dele.

Fliss parecia descontente.

— Diga algo. Você está feliz ou está surtando? Aposto que surtando. Vai logo. Pode gritar com a gente. Joga algo na nossa cara, menos as bolinhas, senão os cães vão tentar pegar.

Harriet pareceu abalada.

— Nós sentimos muito, Molly. Nunca deveríamos ter emprestado o Brutus para ele, mas estamos cheias de trabalho e esse cachorro dá trabalho, por isso, para ser bem honesta, ficamos até felizes que alguém passeasse com ele.

— E também teve seu lado romântico, Harriet.

Fliss voltou um olhar acusador para a irmã, que corou.

— Sei que, em parte, foi minha culpa. Fliss achou que era uma má ideia, mas você precisa entender, Daniel nunca se apegou a nada nem a ninguém. Achei que tomar conta de um cão pudesse fazer bem a ele. Se eu achasse que ele estava sendo rude...

Molly pensou na forma como Daniel tirara com delicadeza o graveto que se prendera ao pelo de Brutus.

— Ele não foi rude. Não com o Brutus.

Molly não conseguia entender.

Ele pegou um cão emprestado. Brutus não era dele.

A raiva começou a fervilhar.

— Mas, no fundo, ele não *mentiu* — disse Harriet, esperançosa.

— Ele mentiu por omissão. Ele sabia que eu achava que o cão era dele.

As pernas de Molly ficaram trêmulas, então ela se sentou no sofá, afundando-se entre as almofadas. Sentiu algo duro e percebeu que havia sentado em um livro. Nem sequer o tinha notado ali. Tirou-o de debaixo da perna e leu o título.

Parceiro para a vida.

— É meu. — Harriet pegou das mãos dela e colocou-o sob uma pilha de outros livros. — Eu queria umas dicas, mas acho que é avançado demais para mim. Preciso da versão para iniciantes. *Parceiro por cinco minutos*. Seria um bom começo, mas infelizmente a Aggie ainda não escreveu esse. Você já leu? É bom.

Molly emitiu um som evasivo. *Que ironia*, pensou. Harriet estava lendo seu livro e não fazia ideia de que Molly era a autora. Tampouco tinha lhe ocorrido a ideia de que Daniel fosse o irmão das gêmeas.

— Pensei que, se Daniel passasse algum tempo com o cachorro, pudesse se apegar — admitiu Harriet. — Confesso que não pensei na mulher que ele estava atrás. Peço desculpas.

— Tudo bem. Não foi você, foi ele. — Molly disse a si mesma que era normal sentir raiva, mas a verdade é que estava sentindo muito mais do que isso. Estava se sentindo enojada.

Aqueles seus primeiros instintos estavam certos. A única coisa que a deixara confusa era o cão, que, no final das contas, nem era dele. Nada daquilo foi real. E pensar que estava animada para vê-lo de novo e finalmente aceitar seu convite para jantar.

— Eu não devia ter interferido — murmurou Harriet. — Não que eu e Fliss fôssemos de nos apegar muito, nisso não somos tão diferentes.

— A gente se apega, sim — protestou Fliss. — Eu sou apegada a você, aos meus clientes, aos cachorros com que passeio. Só não tenho um homem em minha vida neste momento.

Harriet encarou a irmã com uma atitude desafiadora.

— Neste momento, não. Nunca.

— Apegar-se a um homem traz sentimentos fortes e, quando vai tudo pelo ralo, você tem que encontrar algo para fazer com esses sentimentos, algo que não envolva infringir a lei. Além disso, tem o fato de eu amar ser solteira.

— Daniel fez algo ruim, mas isso não faz dele uma má pessoa.

O modo como Harriet defendia o irmão era comovente.

Fliss estava olhando para Molly, e perguntou:

— O que você vai fazer?

O que ela faria? Molly não fazia ideia.

Ela olhou para Brutus aconchegado a Valentine.

— O que vai acontecer com o Brutus?

— Umas pessoas vieram vê-lo outro dia. Disseram que iam voltar para ver de novo amanhã. Com certeza vamos verificar as credenciais dos interessados, é claro, mas, se der certo, Brutus em breve vai ganhar um novo lar.

Molly lembrou quão cuidadoso Daniel fora com o cachorro no dia anterior, no parque. Uma ideia se formou em sua cabeça e, de repente, sabia exatamente o que fazer.

— Posso pegá-lo por algumas horas?

— Por quê? — O tom de Harriet pareceu um pouco mais frio e Molly pensou que, apesar de Harriet parecer gentil, estava mais do que pronta para lutar pelas causas com que se importava. E, no topo da lista, estavam animais indefesos.

— Quero fazer uma coisa. Prometo trazê-lo são e salvo.

Harriet ficou mais tranquila.

— Nunca duvidei disso. Mas o que você vai fazer? Devo admitir que estou surpresa por você não estar mais brava.

— Eu estou brava. — Molly levantou-se, e, dessa vez, suas pernas estavam firmes. Ainda sentia raiva, mas não corria o risco de quebrar algo. — No entanto, há muitas formas de extravasar essa raiva.

— Você não tem reunião com seu editor?

— Só na hora do almoço. Eu ia adiantar uns trabalhos e comprar um presente, mas isso tudo pode esperar. Se eu me apressar, ainda chego a tempo de meu compromisso. Mas preciso levar o Brutus.

— Está bem. Mas como você vai passar um tempo sozinha com ele, tem algo que precisa saber.

Harriet olhou para Fliss, que revirou os olhos dramaticamente. Molly se preparou para mais revelações.

— O quê?

— O nome verdadeiro dele não é Brutus. É Xarope.

Capítulo 9

— Daniel, tem uma mulher na recepção que deseja vê-lo. Ela diz que é urgente.

Soterrado nas complexidades do caso com que estava lidando, ele nem sequer levantou o olhar.

— Ela precisa marcar uma hora.

— É mais complicado que isso.

— Se é complicado, aí mesmo que ela precisa marcar uma hora.

— Não são negócios. É, hmm, pessoal.

Daniel levantou o olhar. Ele nunca, jamais, havia deixado sua vida pessoal invadir o trabalho. Era um dos motivos pelo qual nunca saíra com alguém do escritório.

— Como ela se chama?

— Ela não deu o nome, mas está com um cachorro. E essa é a parte estranha… ela diz que o cachorro é seu.

— Um cachorro? — Vários alarmes começaram a soar na cabeça de Daniel. — Que tipo de cachorro?

— Um pastor alemão agitado que está fazendo a maior bagunça na recepção. — Marsha sorriu. — Eu me perguntei o que estava acontecendo quando, no outro dia, você me fez aquele monte de perguntas. Ficou preocupado que o fato de ter um cachorro pudesse fazer você parecer mais humano? Porque, honestamente, seria bom. Você deveria ter me contado.

— Contado o quê?

— Que tem um cachorro.

A tensão se espalhou pelos ombros e desceu pela espinha de Daniel.

— Quer dizer que uma das minhas irmãs está na recepção?

— Suas irmãs? Não. Conheço a Fliss e a Harry. A mulher que está aqui tem o cabelo escuro. Ela é bem bonita. — Marsha pareceu intrigada. — Achei que você a conhecesse.

Ele a conhecia. A descrição parecia condizer com Molly e, se ela estava na recepção com um pastor alemão, queria dizer que Daniel tinha problemas maiores do que poderia imaginar.

Ela descobrira que Brutus não era dele.

Daniel se afastou da mesa, levantou-se e seu telefone começou a tocar. Era Harriet.

Ele ignorou a ligação. Se ela queria avisar sobre a situação, já era tarde demais. Naquele momento, sua prioridade era lidar com Molly, e não saber como ela descobrira a verdade.

O mais irritante é que Daniel havia planejado contar-lhe naquela manhã mesmo, mas ela não fora ao parque, provavelmente porque o que ele dissera no dia anterior ainda a incomodava. Então ele tinha deixado Brutus com as irmãs e prometido a si mesmo que tentaria novamente no dia seguinte.

A voz de Marsha o deteve à porta.

— Ela pediu para eu deixar uma mensagem. Disse torcer para que sua visita não fosse um "xarope" muito amargo. Isso significa algo para você?

Sim. Significava que não somente sabia que Brutus não era dele, mas também que aquele não era o nome do cachorro.

Xarope.

— Numa escala de zero a dez, quão brava ela parecia?

— Por que ela estaria brava?

— Por nada.

Por tudo. Daniel saiu do escritório e pegou o elevador até o térreo, pronto para seu encontro com a sorte.

Não precisou procurar muito. Uma multidão de mulheres se amontoava no meio da recepção, e Daniel avistou o rabo marrom e preto batendo entre as pernas delas. Balançava com entusiasmo.

Traidor, pensou Daniel, e fez uma nota mental para ter uma conversa séria com Brutus mais tarde. Se o cão tivesse um pingo sequer de lealdade, teria tomado o partido de Daniel e se recusado a entrar no prédio. Depois de tantas caminhadas. Tantos gravetos lançados. Tantos carinhos na barriga e pelos que teve que tirar da roupa. Nunca tinha visto tamanha ingratidão canina.

Pedaços de conversa chegavam até ele.

— Ele é *lindo*.

— Que cão incrível, sério mesmo que é do Daniel Knight? Não sabia que ele tinha um cachorro, não parece fazer o tipo dele.

— Ah, ele adora cães — disse uma voz límpida e feminina que Daniel reconheceu imediatamente como sendo a de Molly.

Por que ela não parecia brava?

Depois, ouviu a voz, doce e um tanto abafada, novamente.

— Você não sabia? Eles passeiam juntos todos os dias no Central Park. Foi assim que a gente se conheceu. Tão romântico.

Ela ia fazer esse jogo, então. Muito esperta.

Molly não tinha raiva. Queria vingança.

Em uma de suas conversas, Daniel contara que nunca levava sua vida íntima para o escritório, por isso Molly a trouxera até sua porta. Pelo visto, estava decidida a lhe causar o máximo de constrangimento possível.

Pronto para reduzir os danos, atravessou o saguão de piso de mármore rumo ao pequeno grupo.

— Molly! Que surpresa.

Molly se levantou e, por um milésimo de segundo, seus olhos encontraram os dele. Em seguida, sorriu.

Era a primeira vez na vida que Daniel sentia medo de um sorriso.

— Daniel, querido!

Ela se aproximou, deu-lhe um beijo na bochecha e o último pensamento coerente dele antes de ser consumido pela explosão foi que queria que aquilo fosse verdade. Os lábios de Molly roçaram--lhe o maxilar e Daniel foi transportado outra vez para debaixo do salgueiro-chorão, com o corpo pressionado contra o dela, o pulso acelerado pelo toque erótico das línguas.

Queria poder empurrá-la até a mesa da recepção e deitá-la sobre o vidro, mas, para a sorte de sua reputação, Brutus interveio. O cão soltou um latido de felicidade e saltou sobre ele, feliz. Daniel ficou surpreso em descobrir que o sentimento era mútuo, e não só porque o cão acabara de evitar que ele fosse preso por atentado ao pudor.

— Oi, Brutus.

Ele se inclinou para saudar o cão, ridiculamente contente por suas irmãs ainda não terem encontrado um lar para ele. O cão lambeu sua mão e balançou o rabo com tanta força que quase perdeu o equilíbrio no chão escorregadio.

— Que surpresa.

Molly deu um sorriso malicioso.

— Uma boa surpresa, espero. Você estava tossindo tanto quando saiu de casa. Pensei em trazer um xarope. — A ênfase foi sutil, mas impossível de passar batida.

Daniel se endireitou, avaliando quão disposta ela estava a humilhá-lo.

— Eu não estava esperando o prazer dessa visita.

O sorriso de Molly revelava que ela sabia quão "prazerosa" era aquela visita.

— Sei que não deveríamos atrapalhar seu trabalho, mas o *Brutus* — ela enfatizou o nome — ficou com *tanta* saudade do papai dele.

Daniel estremeceu ao ouvir a palavra "papai". Era evidente que Molly estava disposta a ir até as últimas consequências. Pelo que sabia, ela era inteligente e competente. Tinha certeza de que a palavra "papai" não fazia parte de seu vocabulário cotidiano, especialmente naquele contexto.

Ela se sentou no sofá da recepção e segurou o rosto de Brutus entre as mãos enquanto falava em tom exagerado de voz de bebê.

— Fala *pro* papai que você *tava* com saudades dele, meu bebezinho — murmurou. — Que você queria ficar abraçadinho com ele e receber carinho na barriguinha que nem ele faz em casa.

As três moças da recepção que tinham largado seus postos para fazer carinho em Brutus ficaram surpresas. Estava na cara que a imagem de Daniel ficando "abraçadinho" com o que quer que fosse era tão estranha quanto pensar nele como "papai". Ele podia ver sua reputação se desintegrando diante dos olhos. Isso não o preocupava. O que o preocupava era o importante cliente que estava saindo do carro no lado de fora do prédio. Daniel estimou ter dois minutos para reduzir os danos, caso contrário teria problemas maiores do que o pelo no terno.

— Brutus está escorregando no chão, por que não vamos lá fora...

— A gente não vai demorar. O Brutus trouxe um presente para você. — Molly continuou usando a mesma voz ridícula. Uma voz que Daniel nunca a ouvira usar.

Uma voz que lhe dizia estar completamente ferrado.

— Molly...

— Você trouxe um presente especial *pro* papai, foi? Quer dar agora ou depois?

A vozinha ecoou pelo ambiente rígido e profissional, e Brutus ficou alvoroçado com o tom, balançando o rabo com tanta força que quase mandou uma das recepcionistas voando de volta para casa.

Daniel pegou Brutus pela coleira com a intenção de levá-lo à rua, onde poderiam continuar a conversa com alguma privacidade, mas Brutus ficou tão empolgado que saltou e plantou as patas no meio do peito de Daniel.

Reconhecendo o ridículo da situação, Daniel deu risada. Se tivesse que escolher um cão, optaria por um exatamente como Brutus, que tivesse um desprezo saudável pela opinião dos outros e convenções sociais.

— Ah, ele *tá* tão feliz de ver o papai.

Parecia que Molly estava se deliciando, e Daniel decidiu jogar o jogo dela.

Às vezes, quando você cai em uma correnteza brava, o melhor é parar de nadar contra.

— E estou tão feliz que vocês tenham vindo. Saí cedo hoje, não quis acordar vocês.

Ela arregalou os olhos e suas bochechas coraram.

Por sobre o ombro de Molly, Daniel viu o cliente fechar a porta do carro.

Tinha um minuto até que ele entrasse no prédio.

Precisava dar um jeito de fazer Molly sair correndo, e só tinha uma maneira.

Ele a puxou para junto de si, o que fez Molly perder o equilíbrio e pousar a mão espalmada no peitoral dele. Ela emitiu um grunhido, mas, antes que pudesse protestar, Daniel a beijou. Sua intenção era que fosse rápido, porém, no momento em que Molly correspondeu, Daniel perdeu a noção de tempo. Ele deslizou a mão pela textura sedosa do cabelo dela, segurando-lhe pelo pescoço, firmando-a para o beijo. Então, explorou, absorveu, provou da boca de Molly.

Foi só quando alguém pigarreou alto que ele recordou onde estava e a soltou.

Estupefatos, os dois se encararam. Era difícil dizer qual dos dois ficou mais abalado pelo beijo.

— Vejo você mais tarde — Daniel de alguma forma deu conta de dizer. — Devo voltar lá pelas oito. Não precisa cozinhar. Sei que você anda com a cabeça cheia de coisa... — *Tipo mil formas de matá-lo.* — Deixa comigo.

Ele viu a expressão de alarme no rosto de Molly quando percebeu que não era mais ela que estava no comando da situação.

— Não precisa...

— Eu insisto. É minha forma de agradecer por tomar conta de Brutus enquanto trabalho.

O cliente entrou pela porta e Daniel decidiu que era hora de terminar aquela cena.

— Rebecca... — Virou-se para uma das moças que trabalhava na recepção. — Peça para a Marsha ligar para o Rob para ele vir com o carro. Ele vai levar a Molly e o Brutus para casa.

— Agora mesmo, sr. Knight.

Ela se apressou até a mesa, e o restante das mulheres dispersou gradualmente, sem dúvidas para espalhar a fofoca de que o Daniel Knight, o incurável solteirão mais desapegado da cidade, finalmente estava envolvido com uma mulher. E curtindo ter um cão.

Ele suspeitou que sua vida no escritório começaria a ser mais complicada.

Acenando para o cliente, Daniel pegou Brutus pela coleira e o levou até a rua.

Com um brilho perigoso nos olhos, Molly se virou.

— Você pegou um cão emprestado.

— Sim, eu peguei.

— Por quê?

— Conto o motivo se você me contar por que saiu correndo depois do beijo no parque.

Corada, ela recuou.

— Isso não vem ao caso. Você usou um cachorro para me conhecer.

— Sim.

— Planejava me contar em algum momento?

— Hoje, mas você não apareceu.

— Eu estava ocupada. Tenho reunião mais tarde com meu editor e...

— E o beijo de ontem deixou você surtada. Pode confessar.

A respiração de Molly estava acelerada.

— O beijo foi...

— Sim, ele foi.

Ele fixou o olhar na boca dela e refletiu se complicaria as coisas ainda mais beijando-a novamente. Mas um cliente o esperava, então talvez não fosse a melhor ideia. Da próxima vez que a beijasse, não queria ter limitações de tempo.

— Você não só pegou o cão emprestado, como mudou o nome dele.

— Sim.

— Você não vai negar nem dar desculpas?

— É tudo verdade. Estou confessando minha culpa. Por que fiz isso tudo? Porque queria te conhecer. Você me deixou absolutamente intrigado, Molly. Ainda me deixa. Respondi todas as suas perguntas, mas você ainda não respondeu a minha.

Ela ignorou a última parte.

— Eu nunca entendia como ele não atendia ao próprio nome. No começo, achei que fosse desobediente, depois, que tinha algum problema de audição. No final das contas, o motivo é que o nome dele não é Brutus! É revoltante.

— Brutus! — A cabeça do cão se virou na hora e Daniel se agachou para fazer carinho. — Agora ele sabe o nome dele.

Molly o encarou com desconfiança.

— Esse não é...

— Que nome você acha que combina mais com ele? Xarope ou Brutus?

Ela encarou o cachorro e, depois, Daniel.

— Esse não é o ponto.

— Esse é exatamente o ponto. — Daniel se levantou. — Ele é um cachorro forte e viril. Precisa de um nome forte e viril.

— Isso é tão machista. O nome de alguém não diz nada sobre sua personalidade.

— Você realmente acha que ele tem cara de Xarope?

Daniel chegou para o lado para dar passagem ao fluxo de pedestres.

Molly abriu a boca, e em seguida fechou. Por fim, falou:

— Você tem que vencer todas as discussões.

— Sou advogado. Discutir faz parte do meu trabalho, assim como analisar o comportamento dos outros faz parte do seu. Mas vou poupar você do trabalho, Molly. Quer saber o que está rolando aqui? Vou contar. Quando quero muito alguma coisa, luto por ela. E eu quero você. Simples assim.

Ele viu a respiração dela falhar.

— Você não acha um pouco inescrupuloso envolver um cão nisso?

— O Brutus estava muito feliz em ir comigo ao Central Park. Muito mais feliz, imagino, do que atravessar Nova York com você com o único intuito de me constranger na frente de meus colegas de trabalho.

Ele viu a culpa nos olhos dela.

— Eu cuidei bem dele.

— Quer saber o que acho, Molly? — Daniel chegou mais perto. — Acho que você está aliviada, pois agora tem uma desculpa para fugir de mim.

— Não preciso de desculpas. Posso simplesmente dizer para você sumir.

— Quero dizer, uma desculpa para si mesma. Você pode dizer a si mesma que está recuando porque peguei um cachorro emprestado. Mas nós dois sabemos muito bem que esse não é o motivo. — O celular dele vibrou e Daniel xingou baixinho. — Preciso ir. Tenho uma reunião. Vou tentar sair mais cedo. Com sorte, estarei livre às oito.

— O quê? Não. — Atrapalhada, Molly tirou o cabelo do rosto. — Daniel, nós *não* vamos nos ver mais tarde.

— Você tem muitas coisas para me dizer e não é bom guardá-las. Por isso, nos veremos mais tarde, e você vai poder falar tudo que está fervilhando aí dentro, ameaçando explodir. Me passa seu endereço.

— Não vou passar meu endereço. Já disse tudo o que tinha para dizer para você.

— Duvido!

— Você me fez pensar que gosta de cães!

Daniel levou o olhar de Molly para Brutus, que balançava o rabo com uma expressão boba no rosto.

— Acontece que talvez eu goste de cães, o que é um tanto confuso para nós dois. — Ele se inclinou e falou com Brutus em tom firme, de homem para homem. — Toma conta dela na volta para casa, ouviu? Você está no comando. Nada de sair correndo no meio da rua ou beber em poças sujas.

Brutus cutucou a perna de Daniel com o focinho e deu um grunhido de felicidade. Daniel pensou que, se metade de seus clientes fosse tão fácil de agradar quanto Brutus, seu trabalho seria bem menos estressante.

Molly o encarou:

— Você deve estar achando que se safou dessa.

— Não. — Daniel se levantou. — Mas podemos conversar sobre isso à noite. E podemos conversar sobre o beijo. — Ele acenou para a rua com a cabeça. — O Rob vai levar você para casa, ou para o apartamento das minhas irmãs, ou para onde você quiser ir.

— O carro vai ficar cheio de pelo.

— Rob é pau para toda a obra. Não imagino que uns pelinhos de cachorro irão atrapalhá-lo. Qual é seu endereço?

Ela hesitou e, então, o disse.

— Se você aparecer, pode ser que eu te mate.

Daniel sorriu.

— Vejo você às oito, Molly. Isso deve te dar tempo de sobra para bolar milhões de maneiras para atingir esse objetivo.

Capítulo 10

Ela não precisava descobrir o que estava sentindo. Ela sabia o que estava sentindo. Estava furiosa com ele! Daniel havia mentido. Ele achava *mesmo* que os dois iam se envolver depois da cena que ele armou? Quanto à sugestão de que Molly estava usando o que aconteceu como desculpa para afastá-lo: não era uma desculpa, era a verdade.

Nenhuma mulher em sã consciência se envolveria com um homem que pegara um cão emprestado para conhecê-la.

Molly fervilhava de raiva enquanto o elegante carro ronronava pelo trânsito que entupia as ruas.

Quando chegou à casa das gêmeas, Harriet abriu a porta, parecendo terrivelmente culpada.

— Não sei o que dizer a você. Estou me sentindo péssima. Se nunca mais quiser falar com a gente, vou entender. Posso recomendar outros passeadores de cão.

— Vocês são as melhores passeadoras de Manhattan. Não quero outra pessoa. Como vai meu meninão? — Molly esperava que Valentine viesse correndo em sua direção, mas, em vez disso, permaneceu deitado com a cabeça apoiada nas patas, incomumente anestesiado. — O que foi?

— Eu ia perguntar sobre ele. Ele parece um pouco borocoxô. — Harriet fechou a porta e retirou a coleira de Brutus. — Ele estava bem ontem?

— Sim. E estava bem quando o levei ao parque hoje de manhã.

Molly viu Brutus cutucar Valentine. Como este não respondeu, deitou-se ao lado dele.

— Eles são tão queridos juntos — suspirou Harriet. — Será que Valentine comeu algo errado? Ele costuma tentar, não? É por isso que não saio com ele e outros cachorros juntos. Para prestar mais atenção.

— Ele não comeu nada. Nem ficamos muito tempo no parque. — Molly tentou se lembrar. Estava perdida em seus pensamentos, preocupada com Daniel. Não andava atenta como de costume. Sentiu a culpa como um soco no estômago e, logo depois da culpa, vinha a angústia. Não era normal para Valentine ficar sem energia. — Ele deve ter comido algo. É possível.

— Tenho certeza de que não é nada. Vou ficar de olho nele e, se parecer preocupante, ligo para o veterinário.

— Vou cancelar minha reunião.

Molly começou a caçar o celular, mas Harriet balançou a cabeça.

— Não faça isso. Você não vai estar longe, eu ligo se precisar. Como foi com o Daniel? Espero que ele tenha pedido desculpas.

Preocupada, Molly se ajoelhou ao lado de Valentine.

— Ele está guardando as desculpas para hoje à noite.

— Hoje à noite?

— Nós vamos conversar.

O rosto de Harriet se iluminou.

— Ah, bem, isso é...

— Não é nada.

— Que pena. Você talvez seja a primeira mulher que consiga lidar com ele. Daniel está acostumado a ter as mulheres em cima dele. Desde a adolescência é assim. As meninas vinham falar comigo e com a Fliss, perguntando como chamar a atenção dele. Ele sempre foi o queridinho da mulherada. Honestamente, não acho que algum dia tenha ouvido "não" de alguma mulher.

— Bem, agora ele ouviu.

Exceto por parecer não ter escutado.

— Você está furiosa com ele. Não posso culpar você.

— O que me deixa triste não é somente o fato de ele ter fingido que o cachorro era dele, mas toda a história complexa que criou sobre a adoção. Você acredita que ele me disse que Brutus foi vítima de um divórcio? Disse que o dono só o manteve para punir a ex, porque sabia quanto ela amava o cachorro, e que, quando percebeu que não queria o cão, a mulher já não o queria de volta, pois achava que ele merecia a punição. Eu acreditei nisso. Fiquei triste por Brutus.

— Ah, essa parte não é mentira. Daniel *de fato* resgatou o cão depois de um divórcio desprezível no Harlem. Isso é verdade. A única parte da história que ele distorceu, convenientemente, foi que não ficou com o cachorro... Ele trouxe direto para a gente.

Confusa, Molly encarou Harriet.

— Mas por que ele saberia do cachorro?

Como se soubesse que era o assunto da conversa, Brutus se levantou e foi até o sofá para olhar de perto o filhote que Harriet estava cuidando.

Harriet olhou para ele.

— Nesse caso, Daniel trabalhou para o homem, mas os dois romperam o negócio, no final das contas, pois tinham opiniões divergentes. Não sei por quê. Daniel às vezes é bem seletivo com os casos que assume. Ele se especializou em casos difíceis, principalmente os que envolvem a guarda de crianças.

Molly pensou no que ele contara no parque sobre a mãe. Sobre como se tornou advogado por causa do que aconteceu na própria família.

Que droga, Molly não deixaria Daniel comovê-la.

— Ele faz isso pelo dinheiro, não é? São esses os casos que dão melhores honorários e mais fama.

— Não. Ele acha que é ruim para os filhos crescerem em um ambiente familiar hostil. Daniel adora lutar pelos indefesos. — Harriet resgatou o filhote antes que Brutus o puxasse para fora do sofá. — Ele não é nenhum santo, Molly, mas tampouco é mau como você pensa. Como você vai lidar com ele hoje à noite?

— Não vou lidar com ele. Não posso impedi-lo de aparecer na minha porta, mas não preciso deixá-lo entrar.

E não pensaria em Daniel ajudando os indefesos ou ajudando mulheres desamparadas...

Droga.

— Então você não está mesmo interessada.

Molly pensou nas últimas semanas. Nos passeios, conversas, risadas, *no beijo.*

E pensou no fato de que ele fingira gostar de cães.

— Não — disse com firmeza. — Não estou interessada.

Preocupada com Valentine e tentando não pensar em Daniel, foi à reunião com o editor e voltou para casa às sete, com uma hora livre antes de Daniel aparecer.

Valentine continuava apático e borocoxô, por isso Molly o colocou em sua caminha de cachorro, onde podia vê-lo.

Tomou um banho rápido e colocou um vestido. Em seguida mudou de ideia e o trocou por uma calça jeans.

Isso comunicaria a Daniel que não sairiam para jantar.

Maquiou-se com cuidado, mas só porque isto lhe dava mais confiança. Não porque queria estar bonita para ele.

Valentine assistia a tudo de forma apática.

— Por que você está com essa carinha tão preocupada? — Molly passou rímel nos cílios. — Você continua sendo meu homem predileto e sempre será. Só estou colocando maquiagem pois me sinto mais confiante assim. Quando ele tiver ido embora, vou pedir uma pizza. Agora, porém, vamos fazer aquilo que não deveríamos fazer. Vamos pesquisar sobre Daniel Knight na internet.

Molly serviu uma taça de vinho, sentou-se à mesa de trabalho e digitou o nome de Daniel no computador, imaginando se iria se arrepender.

O que poderia descobrir?

O que quer que fosse, poderia ser pior do que fingir ter um cão?

Vinte minutos depois, levantou-se e encheu novamente a taça.

— Bem, ele tem uma bela reputação. Sem dúvidas, é um prodígio. Durão. Mortal nos tribunais, mas justo com todas as partes. O tipo de cara que você gostaria de ter ao seu lado em um divórcio. O que não é nem nunca será o meu caso, óbvio.

Molly olhou para Valentine. Ele tentou se levantar, mas vacilou e suas pernas cederam. Ele tremia e rosnava, e Molly sentiu um golpe nauseante no coração.

— O que foi? — Ela se agachou ao lado dele e lhe fez carinho na cabeça. Valentine deu um uivo baixo e pareceu doente. Seus olhos se reviraram, e Molly sentiu uma explosão de pânico. — Valentine! Não, não... não faz isso comigo. — Com as mãos trêmulas, Molly pegou o telefone, mas estivera tão ocupada pensando em Daniel que se esquecera de carregá-lo.

Em pânico, tentou pensar. Teria que pegar o celular de alguém emprestado. Mark e Gabe. Gabe estava sempre grudado no telefone. Com certeza seu aparelho estava carregado. Molly saiu correndo pelo apartamento, abriu a porta e deu de cara com Daniel. Teria caído se ele não a tivesse segurado pelos ombros.

— Uau, onde é o incêndio?

— Preciso de um celular... Tenho que ver se Mark e Gabe estão com os deles.

— Estou com o meu. — Daniel abandonou o tom de piada. — Qual é o problema?

— Valentine. Ele está... — Molly engasgou nas palavras. — Ele está muito doente. Preciso ligar para o veterinário, mas meu celular está descarregado e...

— O meu está funcionando. — Daniel conduziu Molly para dentro do apartamento e, no momento em que ela fechou a porta, ele já estava com o celular em mãos. — Você tem o número do seu veterinário?

Ela estava de joelhos ao lado de Valentine.

— Está no meu celular, e meu celular morreu...

— Me diz o nome dele.

Ela tentou se concentrar. Sua mente estava em branco.

— É o mesmo que a Fliss usa. Ela que recomendou.

Daniel digitou no celular.

— Fliss? Preciso do telefone do seu veterinário. — A voz dele soou séria, sem vestígios de sua malícia leve. — Não... é para o Valentine. — Daniel fez uma pausa. — Sim, está bem... Agora não, mas logo se precisar de você. — Ele encerrou a ligação e discou outro número. Enquanto esperava que atendessem, olhou para Molly. — Pega a jaqueta e as chaves.

Ela continuou com a mão na cabeça de Valentine.

— Eu nunca o vi assim antes.

— Molly. — O tom de voz firme de Daniel atravessou o pânico dela. — Sua jaqueta e as chaves.

Seguindo as ordens no automático, ela se levantou. Pensamentos terríveis percorriam sua mente. Ao fundo, ouvia Daniel conversar com o veterinário.

Quando ele terminou a ligação, Molly estava ofegante.

— E se ele... — Nem sequer conseguia dizer a palavra. — Não quero perdê-lo.

— Você não vai perdê-lo. Isso não vai acontecer. — Daniel se agachou perto do cão e colocou a mão na cabeça dele. Valentine mal se mexeu. — A ambulância está a caminho.

— Como vamos levá-lo até a ambulância?

Molly não lembrava onde tinha colocado as chaves. Na bolsa? Na mesa? Não conseguia pensar. Eles precisavam levar Valentine ao veterinário, e rápido. E se, no entanto, não conseguissem fazer nada?

— As chaves — disse Daniel em tom delicado — estão no balcão da cozinha.

Com os dedos inúteis de tão trêmulos, Molly as encontrou e colocou no bolso.

— Consigo levantá-lo, mas não descer as escadas. É pesado demais para mim.

— Eu consigo, mas não quero machucá-lo. Me traz uma toalha grande. Algo para envolvê-lo.

Daniel tinha assumido o controle, o que deixava Molly aliviada, pois não estava em condições de se concentrar conforme a situação exigia. Só conseguia pensar no que faria se perdesse Valentine. Ele era seu melhor amigo.

Molly olhou para Daniel direito pela primeira vez desde que ele entrara em seu apartamento e percebeu que ele devia ter vindo direto do escritório.

—- Você não pode carregar meu cachorro. O seu terno...

— Molly — disse ele com uma voz paciente —, pega uma toalha para mim. E fique de olho para ver se a ambulância chegou.

Ela achou uma toalha e ajudou Daniel a envolver Valentine nela. Daniel o levantou, conversando o tempo todo com o cão, dizendo que logo ficaria bem, que logo estaria de novo no parque brincando com Brutus.

Molly torceu para que Daniel tivesse razão.

Ela o seguiu apartamento afora, acompanhando, com angústia, Daniel descer as escadas carregando Valentine.

— Liga para as minhas irmãs e pergunte se existe alguma chance de ele ter comido algo no parque enquanto estava com elas. O veterinário disse que seria bom descobrir. O celular está no meu bolso.

— Não foi com elas, foi comigo. — Molly sentiu um mal-estar no estômago. — Eu o levei para um passeio rápido em outro lugar hoje de manhã.

— Em outro lugar?

— Não no nosso lugar de sempre.

Nosso lugar de sempre. Soava tão íntimo, como se os dois se encontrassem no parque havia meses, não semanas.

Molly ficou esperando que Daniel perguntasse por que levara Valentine a um lugar diferente, mas ele não o fez. Provavelmente porque já sabia a resposta.

Ela o estava evitando.

— E lá ele pode ter comido algo estranho?

Molly pensou em quão distraída estava naquela manhã.

— Sim — disse com tristeza. — Não conheço bem aquela parte do parque. Ele pode ter achado alguma coisa.

— Não se culpe. Você é a melhor dona de cão que já conheci.

Daniel entregou Valentine para a equipe do hospital veterinário. Depois, segurou a mão de Molly e ajudou-a a subir na ambulância.

Ela não tirou a mão da dele. Precisava muito ser reconfortada. Arrasada de culpa, colocou a outra mão sobre o corpo inerte de Valentine.

— Me desculpa. Me desculpa. Eu devia ter prestado mais atenção no que você estava comendo.

Valentine nem abriu os olhos, e Molly sentiu as lágrimas lhe estreitarem a garganta.

Daniel segurou firme a mão dela e se inclinou para falar com o motorista.

— Você consegue ir mais rápido? — Olhou pela janela. — Não pegue a direita, tem uma obra no meio do caminho.

Quando finalmente chegaram ao hospital veterinário, Valentine ainda não se mexera, e Molly estava tomada de pânico.

— Ele é um cão muito forte e saudável. Nunca tinha ficado doente de verdade…

— Ele vai ficar bem.

Daniel pareceu tão seguro que Molly não o contradisse. Em vez disso, conforme entravam no hospital, agarrou-se ao seu otimismo como a um colete salva-vidas.

O veterinário apareceu na hora.

— Eu sou Steven Philips.

Daniel assumiu a dianteira.

— Falamos agora há pouco. O Valentine aqui está bem doente.

O veterinário não perdeu tempo. Deu algumas instruções à enfermeira e, enquanto ela cuidava de Valentine, conversou com Molly.

— Você consegue passar um pouco do histórico dele?

Molly contou o histórico médico de Valentine, o que foi breve, pois o cão nunca havia ficado doente.

O veterinário voltou a atenção a Valentine.

— Não se preocupe. Prometo que ele está em boas mãos. — Ele lavou as mãos, colocou um par de luvas e concentrou-se em Valentine. — Então você acha que ele comeu algo. Alguma ideia do que poderia ser?

— Não. Ele estava assim apático quando o busquei nas passeadoras, não comeu nada agora de noite e, de repente, ficou desse jeito que você está vendo. Ele rosnou para mim. Ele nunca rosna, nunca. E ficou imóvel. Valentine não é assim.

Movendo as mãos com cuidado, o veterinário examinou o cão.

— Suspeito que você tenha razão quanto a ele ter comido algo que não devia. Os cachorros às vezes são bem pouco criteriosos com o que colocam na boca.

— Eu sei, é por isso que tomo muito cuidado. Isso nunca tinha acontecido antes. — Sentindo-se terrivelmente culpada, Molly engoliu em seco. — Eu o levei numa parte diferente do parque hoje de manhã. Não costumo ir lá. Não prestei atenção como deveria.

— Em qual parte do parque?

O veterinário examinou Valentine enquanto Molly descrevia o lugar do parque em que haviam ido, depois perguntou:

— Você por acaso notou se tinham narcisos por lá?

— Eu... — Molly não notou nada em especial. Só pensava em Daniel. — Talvez houvesse alguns narcisos, sim. Você acha que é isso?

— Não tenho certeza, mas, se ele estava bem ontem e só mostrou sintomas depois de vocês passearem no parque, suspeito que possa ser intoxicação. Farei alguns testes.

— Que tipo de teste?

— Vou coletar sangue, fazer um raio X, ultrassom e tirar algumas amostras. Como já é tarde, e ele está doente, vamos mantê-lo aqui esta noite.

Molly sentiu um mal-estar nas entranhas.

— Você quer que ele fique aqui?

— Faremos uma infusão intravenosa para dar soro, eletrólitos e, se necessário, medicamentos.

Molly ficou alerta ao pensar em Valentine fazendo terapia intravenosa.

— Você acha que ele vai piorar?

O veterinário hesitou.

— Agentes tóxicos costumam atacar os rins. Limpá-los com fluídos pode prevenir danos ao órgão. Normalmente, quarenta e oito horas de reposição é suficiente para evitar que os rins sejam prejudicados permanentemente.

— Danos aos rins? — Molly começou a tremer. As pontas de seus dedos ficaram frias. — Nesse caso, vou ficar.

O veterinário lhe lançou um olhar pesaroso.

— Infelizmente, não temos instalações para os donos ficarem, mas se a senhora deixar seu telefone na recepção, poderemos entrar em contato ao menor sinal de mudança.

— Não vou deixá-lo aqui nessas condições. Não é como se eu morasse virando a esquina, e se algo acontecer…

— Eu moro virando a esquina. Ela vai ficar comigo — disse Daniel. — Meu apartamento fica a uma quadra daqui. Conseguimos chegar em cinco minutos, se precisar. Você já tem meu telefone.

O veterinário deu mais instruções à enfermeira e Molly permaneceu onde estava. Não conseguia deixar Valentine. E se algo acontecesse com ele enquanto não estivesse ali? E se ele descobrisse que a dona tinha ido embora e se sentisse abandonado? E se ele…

Ela se sentou em uma das cadeiras de plástico.

— Vou esperar. Tudo bem. Pode ir, Daniel, agradeço.

— É melhor vocês dois irem — apressou o veterinário. — Não há nada que possam fazer aqui. Vocês precisam descansar. Recomendo que a senhora aceite a oferta de seu amigo.

Descansar? Ele estava brincando? Achava mesmo que Molly poderia descansar enquanto Valentine estivesse doente?

— Molly — Daniel se agachou diante dela. — Eu falei sério. Moro a cinco minutos daqui. Não vai ser diferente de ficarmos nesta sala de espera, só mais confortável. Se acontecer algo, Steven vai ligar. — Daniel parecia calmo e firme como uma rocha.

Absorvendo um pouco daquela calma, Molly olhou para o veterinário.

— A que horas o doutor sai daqui hoje?

— Não saio. Hoje é meu plantão e tenho um colega novo comigo, então vou passar a noite inteira aqui.

Isto a fez se sentir um pouco melhor.

Relutante, Molly se levantou e fez um último carinho na cabeça de Valentine. Os olhos dele estavam fechados e o rabo estático. Sentindo-se mal, ela recuou um passo e tentou pensar em questões práticas.

— Preciso das informações do seguro para você. Não tenho nada comigo. Meu cartão...

— Já resolvi tudo. Podemos falar disso mais tarde. — disse Daniel, que passou o braço sobre os ombros de Molly e começou a guiá-la rumo à porta, quando um homem apareceu.

— Steven, coloquei o... — Ele parou quando viu Daniel. Molly viu surpresa e reconhecimento, além de algo mais.

Cautela.

Ela viu o braço de Daniel deslizar de seus ombros e, quando se voltou para ele, reparou que sua mandíbula estava fortemente cerrada.

Sentiu a tensão no ar, mas como poderia haver uma tensão se eles eram estranhos?

— Este é Seth Carlyle. — Steven os apresentou. — Ele é o especialista em tratamento intensivo que se juntou a nós.

Molly esperou pela resposta de Daniel, mas, com o olhar travado no de Seth, ele permaneceu em silêncio.

O silêncio se estendeu por uma eternidade, com os dois se encarando como cervos considerando o momento exato de partir para o ataque.

Foi quando Molly percebeu que eles não eram estranhos.

Eles se conheciam.

A atmosfera estava cortante.

Seth Carlyle tinha a altura de Daniel e os ombros tão largos quanto os dele. Ambos tinham o cabelo escuro, mas os olhos de Daniel eram azuis como o oceano em um dia de verão, enquanto os de Seth eram quase pretos.

Molly ficou confusa.

Daniel talvez tivesse representado a ex-mulher de Seth no tribunal. Esta era a única explicação que fazia sentido.

Com um breve meneio de cabeça para Seth, Daniel apressou Molly até a porta. Ele caminhou tão rápido que ela praticamente teve que correr para alcançá-lo.

— Hum... você quer conversar sobre o assunto?

— Sobre qual assunto?

— Sobre o que acabou de acontecer ali dentro. Você conhece aquele cara, o outro veterinário? Pensei que vocês fossem se atacar.

— Tivemos umas questões.

— E não foram boas. — Estava chovendo lá fora e, em poucos instantes, Molly ficou encharcada e começou a tremer. — Você tratou do divórcio dele ou algo do tipo?

— Não. Esqueça. Não importa. Você precisa chegar em casa, está com frio. — Emergindo de sabe-se lá que nuvem sombria que o cobrira, Daniel tirou o paletó e o lançou sobre os ombros de Molly.

O calor invadiu a pele dela, e o aroma familiar de Daniel provocou-lhe os sentidos.

A sensação de usar o paletó dele parecia ridiculamente íntima. Talvez Molly devesse devolvê-lo, mas, em vez disso, puxou-o para mais perto.

Os dois caminhavam em direção ao parque, e cada passo a afastava mais e mais de Valentine.

Molly estava prestes a parar e dizer que já era longe demais quando Daniel virou a esquina:

— Eu moro aqui.

— Aqui? — Molly pestanejou. — Aqui é a 5ª Avenida.

— Isso mesmo. Eu moro na 5ª Avenida.

Agora, ela parou.

— Você *mora* na 5ª Avenida? Com vista para o parque?

— Sim. E sugiro que a gente suba antes que você morra de choque térmico ou hipotermia.

Sem dar a Molly a chance de responder, Daniel entrou no prédio, trocou algumas palavras com o porteiro e, em seguida, entrou no elevador, que se alçou em movimentos suaves.

Encharcado, o tecido da camisa de Daniel grudava contra a pele dele. Molly não conseguia tirar os olhos dos poderosos músculos daqueles ombros e, quando os olhos dos dois se encontraram, a sensação foi de ser atingida por um raio.

— Você também está encharcado. — A voz saiu quebrada, mas Molly se sentiu aliviada por suas cordas vocais não terem fritado junto com seu cérebro. — Me desculpa.

Daniel afrouxou a gravata. Gotas de chuva brilhavam em seu cabelo e ombros.

— Sei que falar é fácil, mas tente relaxar. Minhas irmãs consultam com esses veterinários há anos. Eles são bons.

Para evitar pensar em Valentine, Molly pensou no cara que eles encontraram no hospital. Seth. Ela queria saber por que Daniel o havia encarado daquele jeito.

Estava prestes a fazer mais perguntas quando as portas se abriram, e ele a apressou para que saísse do elevador.

Seu apartamento era tão fantástico quanto a localização: um duplex cuja escadaria em caracol levava ao andar superior e ao terraço que o contornava pelos dois lados.

O apartamento inteiro de Molly provavelmente caberia naquela sala de estar.

Ela se lembrou do que tinha lido sobre ele. Daniel era considerado um dos principais advogados de divórcio em Manhattan. O advogado que você gostaria de ter ao seu lado quando as coisas dessem errado. E ele estivera ao lado de Molly a noite inteira, apesar de ela ter levado Brutus a seu escritório com o único propósito de constrangê-lo.

Em tom de gratidão patética, ela se virou para ele.

— Obrigada.

— Pelo quê?

— Por me ajudar esta noite. Depois do que fiz para você hoje mais cedo, não poderia culpá-lo se virasse as costas e fosse embora.

— Por que eu iria embora? Você parecia precisar de ajuda.

Molly estava tão preocupada com Valentine que achou quase impossível sorrir.

— Então você é um cavalheiro mesmo. De que tipo? Cavalo branco ou armadura brilhante?

— Depende do ponto de vista.

— Acho que perdi a visão.

As sobrancelhas escuras de Daniel se encontraram quando ele franziu a testa.

— Você precisa se sentar um pouco, mas antes é melhor nos limparmos. Tome um banho que depois vou preparar algo para comermos. Suas perguntas podem esperar até lá. — Ele a conduziu pela escadaria. — Você pode usar o quarto e banheiro de hóspedes. Pegue quantas toalhas precisar. Vou procurar algo para você vestir e deixar na cama.

Molly não havia prestado atenção no estado de suas roupas, mas percebia agora que estavam tão deploráveis quanto as dele.

— O Valentine arruinou seu terno e a chuva terminou o serviço. Vou pagar pela limpeza. Se não tiver conserto, eu vou...

— Molly — ele a interrompeu delicadamente. — Vai tomar seu banho.

— Ok. Banho. Parece bom.

Ela sentiu as lágrimas brotarem nos olhos e piscou rapidamente. Chorar seria o último insulto ao terno dele. Ela se virou, mas Daniel a alcançou e a segurou pelo braço.

— Ele vai ficar bem, Molly.

— Não tem como você saber.

— Tem, sim. Meus instintos são bons. — Ele abaixou a mão, como se achasse que tocá-la era uma má ideia. — Você está tremendo. Vai tomar um banho. E não tranque a porta. Se você cair, quero poder tirar você dali antes que se afogue.

— Não vou cair.

— Talvez não, mas mesmo assim não tranque a porta.

Daniel deixou o quarto, e Molly olhou ao redor.

Se as circunstâncias fossem um pouco diferentes, estaria pegando o celular e tirando fotos, pois era improvável que presenciasse uma vista daquela de novo.

Nunca havia entrado em um apartamento na 5ª Avenida. E a extensão generosa das janelas que emolduravam o quarto exibiam uma vista incrível do Central Park. De seu apartamento, se colocasse a cabeça para fora da janela do banheiro, conseguia ver o topo de algumas árvores, mas de forma alguma poderia dizer que tinha vista para o parque.

Molly tirou as roupas, deixou-as no quarto e entrou no chuveiro, deixando que a água quente lavasse o estresse das duas últimas horas. Tentou não pensar em Daniel, praticamente um desconhecido, a poucos passos de distância.

Os dois nem sequer tiveram um encontro de verdade, mas, ainda assim, ela não teria sobrevivido àquela noite sem ele.

Receosa de perder alguma ligação do veterinário, não se demorou. Envolta em uma toalha enorme, voltou ao quarto e viu uma calça jeans e um suéter sobre a cama. O suéter era de um tom suave de rosa. Não era preciso ser expert em psicologia para compreender que pertencia a alguma mulher sem medo de mostrar seu lado feminino.

Molly se perguntou quantas mulheres não deviam ter esquecido as roupas na casa de Daniel.

Suas próprias roupas tinham sumido, deixando-a sem opção a não ser usar aquelas.

A calça ficou apertada, mas a blusa caiu perfeitamente. Era boa a sensação de estar limpa, mesmo parecendo uma cobertura de glacê com aquele suéter.

— Você está vestida? — O tom de voz profundo veio de trás da porta, e Molly sentiu algo estranho, o que era ridículo uma vez que estava ali por causa de Valentine. Não era uma situação romântica nem íntima. Na verdade, sua presença naquele apartamento não tinha nada a ver com a relação dos dois.

— Sim — ela praticamente grasnou. — Pode entrar.

Daniel entrou no quarto e um súbito calor quase sufocou Molly. A situação podia até não ser romântica, mas parecia íntima. De repente, só conseguia pensar na sensação da boca dele na sua. No calor abrasador, na urgência, na química vertiginosa.

— As roupas serviram? Poderia ter dado para você um roupão, mas teria ficado enorme.

A ideia de caminhar pelo apartamento de Daniel nua sob um roupão não contribuiu em nada para diminuir o calor que circulava pelo corpo de Molly.

— As roupas ficaram ótimas, obrigada. A ex-namorada que as deixou aqui só era um pouco menor do que eu.

Ela puxou um pouco a calça jeans e viu o olhar dele explorar lentamente o seu corpo, demorando-se no quadril.

— São da minha irmã. — A voz dele parecia mais rouca. Mais grossa. Saía com uma nova camada de intimidade, como se ele também estivesse reagindo à familiaridade forçada. — Minhas visitas não costumam passar a noite aqui.

Molly presumiu que o apartamento de Daniel deveria ser movimentado como o Grand Central Terminal de Nova York, com mulheres indo e vindo conforme um cronograma rígido.

— São da Fliss?

— Da Harriet. — O canto da boca dele se ergueu. — A Fliss não usaria rosa nem morta. Para ela, seria uma mensagem absolutamente equivocada. Se você a conhece, sabe do que estou falando.

— Não a conheço bem. Trocamos algumas palavras quando deixo o Valentine lá, e só. — Agora, porém, tinha milhões de perguntas, especialmente sobre Daniel. Ela achou que ele fosse um mulherengo, mas ele estava dizendo que suas visitas não costumavam passar a noite lá. — É estranho ter uma mulher em seu apartamento?

— Trabalho muito, muito mais que qualquer relacionamento pode tolerar. Quando saio com alguém, e isso não é tão frequente quanto os boatos devem ter feito você acreditar, costumo me atrasar ou acabo cancelando. Por isso, meus momentos de relaxamento costumam ser com meus amigos. Aliás, mandei suas roupas para lavar junto com meu terno. Eles vão devolver amanhã. Você deve estar com fome. Vamos descer que vou preparar algo para comermos.

Ele saiu do quarto e Molly continuou a encará-lo, digerindo cada palavra que Daniel dissera. Seu estômago e membros tinham dado um nó com a tensão. Molly não sabia se conseguiria fazer a comida passar pela garganta.

Disse a si mesma que a falta de apetite vinha da preocupação por Valentine, mas, no fundo, sabia que o motivo era bem mais complicado.

Ela o seguiu, passando pelo escritório com sua grande fileira de livros e o quarto principal, decorado em tons opacos de verde e marrom. O lugar transmitia a sensação de um luxo discreto, mas funcional, como se cada detalhe estivesse ali para dar conforto ao morador, não impressionar as visitas.

A escadaria consistia em uma elegante curva de vidro temperado, e a peça central da sala era, novamente, as janelas do chão ao teto que emolduravam as luzes cintilantes da 5ª Avenida e a vastidão escura do Central Park.

As obras de arte nas paredes eram tão cativantes quanto a vista.

— Você gosta de arte? — perguntou ele, enquanto abria uma garrafa de vinho e servia duas taças.

— Sim, mas não sou grande conhecedora. — Naquele momento, porém, queria ser. Teria um tema neutro e seguro para a conversa na hora em que mais precisava. — Você é um colecionador?

— É algo que me interessa.

— É por isso que escolheu morar nessa região?

— Foi um dos motivos. Tem também o fato de eu gostar da vista e de ser perto de meu escritório. Não gosto muito de me deslocar.

A menção ao escritório fez Molly lembrar que ela lhe devia desculpas.

— Olha, sobre hoje... — Sentindo-se desconfortável, sentou-se em uma das banquetas junto ao balcão de granito. — Sinto muito.

— Pelo quê?

— Por aparecer no seu escritório com o Brutus e...

— Me fazer passar vergonha?

Molly captou de relance o sorriso de Daniel antes que ele se virasse para pegar o vinho.

— Você não pareceu envergonhado.

— Pode acreditar que vou levar algum tempo para esquecer esse episódio. É a primeira vez que uma mulher com que tenho saído aparece no escritório. Você não precisa pedir desculpas. Estava com raiva e tinha todos os motivos para isso. Ainda tem.

Molly ia dizer que os dois não estavam saindo, mas percebeu como soaria ridículo. Ela estava no apartamento dele, seu cabelo ainda estava úmido pela ducha no banheiro dele. Além disso, teve o beijo. O fato de nenhum dos dois tê-lo mencionado não mudava o fato de que o tema pairava entre eles. Pelo contrário: não o mencionar apenas aumentava sua importância.

— Você levou meu cachorro ao veterinário. Neste momento, independentemente do que você fizer, vou achar você um herói.

— Não sou um herói, Molly.

A forma como ele a olhava fez o coração de Molly disparar.

— Quando vi você pela primeira vez, achei que já tinha sacado você. Tinha entendido quem você era. O cachorro que me pegou. Você não parecia ser do tipo que tem um cão, e isso realmente me intrigou.

— Existe um tipo?

— Sim. Ter um cão é uma responsabilidade, e você não dá a impressão de ser um homem que se amarra a algo.

— Esperta, você.

— Meus instintos me disseram que você gostava de coisas leves e superficiais.

— Lembro-me de eu mesmo ter dito isto a você.

— Sim, mas ainda assim, hoje à noite, com meu cão doente... o que você fez... o que está fazendo... não são atitudes de um homem superficial. — Molly fez uma pausa e os dois cruzaram olhares.

Em seguida, Daniel sorriu.

— Não se engane. Ajudei Valentine pois achei que você ficaria tão grata que transaria comigo.

— Você quer que eu durma com você por gratidão?

— Contanto que transe, não me importa a motivação.

Molly sabia que era uma provocação e deu risada.

— Você é impossível.

— Isto é um sim?

— Você tiraria vantagem de uma mulher vulnerável emocionalmente?

— Com certeza. — Ele encheu a taça de Molly. — Mas não custa nada te embebedar, só para garantir. Mulheres bêbadas e vulneráveis emocionalmente são meu tipo predileto.

— Não acredito em um pingo do que você diz. Acho você um cara decente e honrado.

— Droga, o que me entregou?

— Você carregou um dálmata doente para lá e para cá. Me ofereceu um lugar para ficar, mesmo que não costume deixar mulheres passarem a noite aqui.

— Só não deixa a escova de dentes, senão vou pedir umas sessões de terapia de graça. — O tom bem-humorado e delicado na voz de Daniel fez a pulsação de Molly se intensificar.

Para se distrair, tomou um gole de vinho. Tons frutados e esfumaçados explodiram em sua língua.

— Que vinho delicioso.

— Meu vizinho e eu dividimos a paixão por vinhos. Ele que descobriu esse. Trocamos dicas.

— Você tem vizinhos? — Ela olhou o enorme apartamento ao redor. — Me parece que você vive em um castelo privado.

— Tem outros castelos privados por perto. O que é conveniente quando preciso de uma xícara de açúcar emprestado.

Molly deu risada.

— Ou de um cachorro.

— Também. — Daniel encheu a própria taça. — Era esse o motivo de você estar tão brava hoje de manhã? Foi porque peguei um cão emprestado ou porque se enganou sobre mim?

— Fiquei desnorteada. — O álcool deslizava pelas veias de Molly e ela sentia parte da tensão no corpo se dissipar. — Formei uma opinião sobre você baseada em sua relação com Brutus. No final das contas, vocês não eram nada um para o outro, por isso nada do que pensei sobre você era verdade. Foi confuso.

Ele abaixou a taça.

— Minha relação com o Brutus é bem real.

— Você gosta dele. E dado que só o pegou emprestado para que eu notasse você, isso até me surpreende.

Daniel sorriu.

— Surpreso estou eu. Brutus tem uma baita personalidade. No final das contas, parece que gosto de cachorros mais do que eu mesmo pensava.

Cada conversa que tinha com ele parecia destruir mais uma das defesas dela. Daniel era encantador, verdade, mas Molly costumava achar fácil resistir ao charme masculino. Todo charme pode ser superficial, dissimulando outras condições. Mas Daniel Knight tinha muito mais do que charme.

— Quer dizer que você está pensando em comprar um cachorro?

— Não. Quer dizer que gosto do Brutus. É um negócio individual. — Ele empurrou o celular para Molly. — Não liguei para o veterinário. Pensei que você talvez quisesse fazer isso. Vou preparar algo para comermos enquanto vocês conversam.

— Obrigada.

Ela pegou o telefone com medo de usá-lo, no caso de receber uma má notícia.

— Quer que eu ligue?

Molly comoveu-se tanto pela oferta quanto por Daniel ter adivinhado seus pensamentos.

— Não, mas obrigada.

Ela pegou o telefone e discou repetindo para si mesma que, se tivessem más notícias, teriam ligado.

E acabou que tinha razão. Nenhuma notícia. O estado de Valentine era o mesmo e, até aquele momento, nenhum dos exames havia mostrado algo de importante.

— Nada. — Ela empurrou o celular de volta para Daniel. — Ainda acham que ele comeu algo, mas sem saber o que foi, só conseguem prestar socorros básicos. Falaram de manter os órgãos funcionando até o que ele comeu sair naturalmente.

— A Harriet ligou duas vezes enquanto você estava no banho. Ficou preocupada.

— A Harriet é incrível. Quando você me disse que tinha irmãs, não imaginei que fossem Fliss e Harriet.

— Não sabia que você as conhecia. Nesse caso, teria pedido que me apresentassem a você. Teria sido mais fácil do que pegar um cão emprestado.

— Ainda não acredito que você fez isso. Você é sempre criativo assim?

— Não, mas você estava sempre tão absorvida com seu cachorro que parecia a única forma de chamar sua atenção.

— A corrida no parque foi por minha causa também?

— Eu corro no parque há anos. É a melhor parte do meu dia. Vou pouco depois de o sol nascer e antes da multidão chegar.

Molly fazia o mesmo.

— Hoje pela manhã, no seu escritório, nunca no mundo teria imaginado que viria a seu apartamento à noite.

No momento da crise, Molly não conseguira pensar muito. Só queria ficar perto de Valentine caso acontecesse alguma coisa. Só agora que o pior tinha passado começava a sentir a intimidade da situação. Independentemente do motivo, isso não mudava o fato de que estava sozinha com ele, de que estavam jantando juntos e iam dormir sob o mesmo teto.

Molly percebia cada detalhe de Daniel agudamente.

Ela dizia a si mesmo que sentia isso por causa de Valentine. Daniel foi forte, decidido e protetor. Tudo bem se amparar em alguém de vez em quando. Isto não a tornava fraca nem incapaz. Isto a tornava humana. E qualquer mulher se sentiria meio avoada naquelas circunstâncias.

Ele a analisou por um momento longo e desconcertante. Depois, virou-se e abriu a geladeira.

— Eu não estava esperando visita, por isso o nível de hospitalidade não vai ser grande coisa. Tenho queijo e uns frios que vão cair bem com o vinho. E não venha me dizer que está sem fome. Você precisa comer. Se não comer, vai desmaiar, e já tive minha cota de hospital por hoje. — Daniel tirou várias coisas da geladeira, desembrulhou-as e arrumou-as em pratos. — Não tem pão. Espera que vou fazer uma ligação.

Molly bebeu outro gole do vinho, prometendo a si mesma que comeria um pouco, pediria licença e subiria para dormir. Fecharia a porta e tudo ficaria bem.

Enquanto formulava o plano, ouviu Daniel perguntar "Você tem aí algum daquele seu pão delicioso?" para alguém no telefone e tentou imaginar quem poderia ser àquela hora da noite. Ele tinha intenções de sair por Manhattan atrás de pão fresco? Ou estava pedindo um delivery?

Momentos mais tarde, bateram à porta, e Molly ouviu uma voz feminina:

— Trouxe o pão. E você está com sorte, pois eu estava experimentando algumas receitas de miniquiches para um evento que organizaremos no mês que vem e preciso de alguém para provar. Vê o que acha.

— O Lucas já não provou?

— Sim. O parecer dele foi "saboroso", mas disse que se eu não preparar um bife suculento e gorduroso nas próximas vinte e quatro horas, ele vai me transformar em personagem de algum livro e me matar.

Reconhecendo a voz, Molly deslizou do banco e caminhou até a porta.

— Eva?

A bela loira rindo com Daniel virou a cabeça.

— Molly! Uau, que surpresa.

Eva empurrou a comida para os braços de Daniel e, um segundo depois, Molly se viu envolvida em uma nuvem de perfume, calor e amizade.

— O que você está fazendo aqui? — Molly se afastou pensando, não pela primeira vez, que Eva provavelmente era a pessoa mais amigável que conhecia na vida. — Pensei que você morasse no Brooklyn.

— Eu moro. Quer dizer, morava. Agora passo a maior parte do tempo aqui porque estou com o Lucas e não consigo arrastá-lo de casa quando ele tem que cumprir algum prazo. Além disso, a cozinha dele é um ótimo cenário para os meus vídeos do YouTube. O que *você* está fazendo aqui? Pensando bem, é a primeira vez que vejo uma mulher no apartamento de Daniel. — Ela lançou a Daniel um olhar cheio de significado, ao que Molly interveio.

— O Valentine está doente e Daniel me ajudou, e aqui era o lugar mais próximo do veterinário, por isso...

— O Valentine está doente? — A expressão de Eva mudou da curiosidade para preocupação. — Doente quanto? — O terror em sua voz tornou a situação bem mais real, e Molly sentiu o pânico que estava reprimindo voltar à superfície.

— Bem doente.

— Mas ele vai ficar bem — disse Daniel. — Como vocês duas se conhecem?

— Molly é cliente da Gênio Urbano. Fomos nós que arranjamos os Guardiões do Latido para ela. Você tem tudo de que precisa?

Está contente com sua escolha de veterinário? Posso encher sua geladeira? Lavar sua roupa? Qualquer coisa que ajude você a se concentrar no Valentine, é só me avisar.

Molly ficou tão comovida que, por um instante, não conseguiu falar.

Daniel assumiu a situação:

— Você pode encher a minha geladeira — falou arrastadamente.

— Ela está de dar dó.

— Você não tem um plano de refeições?

— Meu plano é embebedar minhas visitas para que não percebam a falta de comida.

Eva deu risada.

— A Marsha me ligou hoje, você sabia?

— Sobre a confraternização de verão?

— Isso mesmo. Sabia que você estava por trás disso. Obrigada.

— Eu adoraria poder receber o crédito, mas foi tudo ideia da Marsha. A reputação de vocês está se espalhando.

— Você não vai se arrepender. Prometo que a festa vai ser memorável.

— Costuma ser, ainda que pelos motivos errados. Certos membros de minha equipe tendem a perder a linha.

— Podemos dar um jeito nisso. Agora vão lá comer. — Eva acenou para a comida. — As quiches saíram do forno há meia hora, ainda estão quentes. Vocês têm salada? Posso arranjar um pouco.

— Vocês deveriam se juntar a nós — disse Molly impulsivamente. A porta se fecharia atrás de Eva a qualquer momento e ela ficaria sozinha com Daniel. Não estava certa de que daria conta de mais intimidade.

O olhar de questionamento dele informou Molly que Daniel sabia o motivo para o convite.

— Eu adoraria, mas Lucas está preso na frente do computador e eu também tenho trabalho a fazer. Em outro momento, talvez? Podem ligar se precisarem de alguma coisa.

Eva foi embora. Daniel fechou a porta e virou-se para Molly. O olhar dele a deixou tonta.

— Daniel...

— Você está com medo de mim ou de si mesma?

— Oi?

Molly quis não ter bebido o vinho de barriga vazia.

— Você convidou a Eva para se juntar a nós porque não queria ficar sozinha comigo, mas não precisava fazer isso. — Ele caminhou até a cozinha e colocou a comida sobre o balcão. — Quando eventualmente levarmos as coisas adiante, vai ser tanto por sua vontade quanto pela minha. E isso não vai acontecer enquanto você se sentir frágil e vulnerável.

— Não estou vulnerável.

— O Valentine está doente e você está no apartamento de um cara que mal conhece. Isto a deixa em uma posição vulnerável.

— Talvez. Um pouco.

Era verdade. Para que negar?

— Você não precisa da Eva para proteger você de mim, Molly. — Daniel falava de maneira delicada. — Quando ficarmos juntos, o motivo vai ser o que sentimos um pelo outro, e nada mais.

O modo como Daniel fazia tudo parecer inevitável levava o coração de Molly a bater forte no peito.

Ela provavelmente teria discutido, mas as palavras lhe faltaram. Em vez disso, escolheu um assunto mais seguro:

— Eu não sabia que você conhecia a Eva.

Os olhos de Daniel captaram os de Molly por um instante. Em seguida, ele esboçou um leve sorriso e aceitou a mudança de assunto.

— Não a conheço muito bem. Eva, Frankie e Paige são donas da Gênio Urbano. Sou amigo do irmão da Paige, então, quando descobri que elas ofereciam serviços de *concièrge* e eventos, coloquei-as em contato com Fliss e Harriet. Muita gente em Manhattan precisa de passeadores de cão. Tenho visto a Eva com mais frequência desde que ela se mudou para a casa do Lucas, meu vizinho.

— Que mundo pequeno.

— É mesmo. Mas ela voltou para o mundinho dela, nos deixando no nosso. Sugiro o seguinte: vamos fingir que esquecemos aquele beijo. Se eu não olhar para a sua boca e você não olhar para a minha, talvez a gente consiga. Vamos ignorar a química e o fato de manter minhas mãos longe de você ser um desafio... Hoje à noite, vamos nos concentrar em conhecer um ao outro um pouco melhor.

— Você tem razão. É melhor esquecermos tudo.

Exceto pelo fato de que tentar não pensar no beijo fazia disso o único pensamento em sua mente.

— Não disse para esquecermos totalmente. — Os olhos dele brilharam. — Planejo retomar o assunto assim que você estiver menos ansiosa e preocupada com o Valentine.

— Não vamos retomar nada. — Mas ela gostou do fato de ele não ter dito "seu cachorro". Deu a impressão de que Daniel se importava.

— Eu gosto de você, Molly. — Aquela honestidade era desarmante. — Gostei tanto que peguei um cão emprestado para conhecer você.

— Àquela altura não me conhecia, então não poderia saber que gostava de mim.

— Admito que primeiro devo ter prestado atenção em suas pernas. E no seu cabelo... no balanço dele. Tenho vontade de soltá-lo e... Deixa para lá — disse, com voz grossa. — Não importa o que quero fazer com ele.

— Você pegou um cão emprestado pois gostou do meu cabelo?

— E do seu jeito de correr. Como um avião entrando na pista. Droga, podemos falar de outra coisa? — Daniel voltou à cozinha, pegou os pratos de comida e levou-os até a mesa da sala de estar. — Você já foi para a Antártida?

— Não. — Molly ficou intrigada com a pergunta. — Você já?

— Não.

— Mas quer? Por que a pergunta?

— Pois estava querendo dar um gelo no clima. Tentei pensar no gelo triturado em uma margarita, mas não foi o suficiente. Nem no inverno de Nova York. Pensei na Antártida, mas pelo visto vou ter que desistir e tomar uma ducha de água fria. Não, não sente do meu lado… — Ele gesticulou com a mão. — Senta do outro lado da mesa. Me sinto mais seguro com uma mesa de comida entre nós.

Desconcertada e um pouco mais que lisonjeada, Molly sentou-se.

Os sofás eram fundos e confortáveis, arranjados de modo a privilegiar o máximo a paisagem. Àquela hora, a vista era apenas escuridão e luzes cintilantes.

— Sempre imaginei como seria ter vista para o parque.

— É bom. Quando tenho tempo para contemplá-la. — Daniel acrescentou mais algumas coisas ao prato e entregou-o a Molly. — Coma. E me conta sobre o Valentine. Como você o encontrou?

Ela hesitou um instante. Em seguida, tirou os sapatos e sentou-se sobre as pernas dobradas.

— Eu tinha chegado há poucos meses em Nova York e me deparei com ele no parque. Alguém o tinha abandonado. Levei-o primeiro ao veterinário, depois ao centro de adoção, mas me dei conta de que não queria que ele fosse de outra pessoa.

— Você nunca teve um cão antes dele?

O coração de Molly começou a bater um pouco mais rápido.

— Tive um cachorro na infância. O Caramelo. Era um labrador cor de chocolate. Eu o adorava.

— Sempre é difícil perder um animal de estimação.

Molly apenas confirmou com a cabeça e deixou o assunto seguir em frente. Não tinha por que corrigir o mal-entendido, mas, por algum motivo, quis fazê-lo.

— O Caramelo não morreu... não naquele momento, pelo menos. Minha mãe o levou.

— Levou?

— Quando foi embora. — Molly se inclinou e cortou uma fatia fina de queijo. Colocou-a no prato ao lado dos tomatinhos suculentos e de uma das miniquiches de Eva. — No final das contas, ela era capaz de viver tranquilamente sem a minha companhia ou a de meu pai, mas não queria perder o Caramelo. Foi bem difícil.

— Posso imaginar. Você sofreu duas perdas de uma só vez. É difícil para qualquer pessoa. Ainda mais quando se é criança.

Daniel compreendia. Não porque lidava com isso no trabalho, mas porque vivera algo parecido. Talvez por isso Molly se sentisse tão compelida a contar-lhe coisas que nunca havia dito a ninguém.

— Foi especialmente difícil porque, quando ela tentava explicar os motivos para ir embora, me dizia que queria ser livre. Mas daí levou o Caramelo. — Fez uma pausa. — O que estava dizendo era que queria ficar livre de *mim*.

A comida continuava intocada em seu prato. A de Daniel também. Ele permaneceu imóvel, com o olhar fixo no rosto dela.

— Que droga, Molly...

— Está tudo bem. Você não precisa me dizer nada. Na verdade, não existe nada *para* ser dito. Imagino que você ouça histórias assim o tempo todo no trabalho. Deve ser imune a elas.

— Não sou imune. — Ele hesitou. — É por isso que você não sai com ninguém?

— Não, é claro que não! Isso foi quando eu tinha 8 anos, segui em frente há muito tempo. Sou cautelosa? É claro que sou, como um montão de gente, inclusive você. Lidar com gente terminando casamentos deve destruir sua visão sobre a vida.

Daniel parecia prestes a dizer algo, mas mudou de ideia.

— Às vezes. Mas tento tirar algo de positivo de todas as situações e ajudar as pessoas a encontrar a melhor forma de resolver seus problemas. Em alguns casos, isso consiste em aconselhar e reconciliar.

Pensar nisso fez Molly sorrir.

— Você é do tipo de cara que fala de seus problemas?

— Falar é o que eu faço de melhor. Falo com clientes, se necessário falo no tribunal, na frente do juiz.

— Tenho certeza de que você é bom nisso. — Molly decidiu confessar. — Eu pesquisei sobre você.

— Na internet? — Ele pareceu mais bem-humorado do que incomodado. — Agora entendo por que pareceu tão relutante em ficar sozinha comigo. Que parte da minha história você leu? A parte que me pintam como uma mistura de Cavaleiro das Trevas e Gladiador ou a que me chamam de Destruidor de Corações?

Molly recordou o que havia lido. Sobre como ele era um mestre da estratégia, sempre encontrando os pontos fracos de seus oponentes. Depois, lembrou que seu coração acelerou e suas pernas ficaram moles e percebeu que, quando o assunto era ele, todos os pontos eram fracos.

— Não sou boba de acreditar em tudo que li. — Ela pensou no que ele descobriria se pesquisasse sobre ela na internet. Talvez já o tivesse feito. Se sim, não encontrara nada. Não havia nada sobre Molly Parker. Se tivesse descoberto alguma outra coisa, a conversa estaria sendo outra. — Você tem uma bela reputação.

— A mídia gosta de exagerar.

E Molly sabia bem disso.

— É por isso que leio tudo com olhar crítico.

— E o que seu olhar crítico disse?

— Que você quase sempre vence suas causas e que, por isso, ou é muito, muito bom, ou só leva ao tribunal causas que vá ganhar. O que provavelmente o torna mais esperto do que bom no que faz.

— Um divórcio litigioso nunca é a primeira escolha de um advogado. Dito isto, nunca recomendaria os serviços de um advogado que tenha medo de entrar em embates no tribunal. Caso contrário, seu poder de barganha é pequeno, ou nulo. Você precisa de alguém que esteja pronto para lutar por seus interesses, mas que também saiba quando é melhor fazer um acordo. A melhor solução é a resolução rápida.

— Você faz acordos? Pensei que você lutasse sempre pela vitória.

— "Obter cem vitórias em cem batalhas não é o cume da habilidade. Subjugar o inimigo sem lutar é o cume da habilidade."

— Oi?

— É do Sun Tzu. *A arte da guerra*.

— Guerra? Não me parece uma forma saudável de ver um divórcio.

— É um livro sobre estratégia e conhecer o inimigo. Sun Tzu foi um militar chinês. *A arte da guerra* é uma obra-prima da estratégia. Você devia conhecer, pois é mais sobre ter vantagem psicológica sobre o inimigo do que sobre usar a força.

— Você está me dizendo que é discípulo de um antigo militar chinês?

— Estou dizendo que, sim, as ideias dele são relevantes. — Daniel terminou de comer. — Se você pesquisou meu nome na internet, então já sabe tudo que tem para saber sobre mim. Eu ainda não sei quase nada sobre você.

O coração de Molly bateu um pouco mais rápido.

— O que você quer saber?

— Por que, no outro dia, você fugiu de mim no parque?

— Você disse que a gente não ia conversar sobre isso.

— Não, eu disse que, por ora, íamos deixar o beijo para lá. — Ele colocou outra fatia de queijo no prato. — Minha pergunta não é sobre o beijo. Estou perguntando sobre sua fuga. Você é cuidadosa. Reservada. Cautelosa. Não deixa as pessoas chegarem perto demais. Eu diria que tem a ver com ter sido abandonada na infância, mas, se não for esse o caso, diria que tem raízes em algo mais recente.

— Ou talvez eu não tenha sentido uma química entre nós.

Os olhares se encontraram.

— Acho que você fugiu *por causa* da química entre nós. Não foi por não ter sentido, mas por ter sentido demais.

— Ei, eu sou a psicóloga aqui.

Daniel colocou o prato sobre a mesa devagarzinho.

— Quem machucou você, Molly?

A boca dela secou.

— O que faz você pensar que alguém me machucou?

— Você vive sozinha, seu melhor amigo é um cachorro e você evita se relacionar. São atitudes de alguém que se machucou. Que se machucou, e muito. Agora você se protege. Faz o que for preciso para não machucar o coração de novo. Tenho razão?

Ela poderia deixá-lo achar isso. Poderia encerrar a conversa naquele instante.

Ou poderia ser honesta e encerrar a relação.

Molly encarou o prato por um instante, ponderando as opções, mesmo sabendo desde o início que não poderia não ser honesta.

Reconhecendo isso, ergueu a cabeça.

— Você acertou a primeira parte. Vivo sozinha, Valentine é meu melhor amigo e evito envolvimentos românticos. Mas ninguém machucou meu coração. Você inverteu — disse lentamente, para que não houvesse mal-entendidos. — Não fui eu quem se machucou. Eu que machuquei. Não tive o coração partido. Sou eu quem parte o coração dos outros. Sempre.

Daniel encarou-a.

— Como assim "sempre"?

— Meu primeiro namoro de verdade foi aos 18 anos. Um amigo de faculdade. Ele se apaixonou e eu não. Terminei porque sabia que nunca corresponderia aos sentimentos dele e achei que seria pior prolongar a situação. Ele ficou tão destruído que largou a faculdade. Os pais dele me mandaram uma carta dizendo que eu havia arruinado o futuro dele. — Molly podia ter elaborado mais, mas se ateve aos fatos básicos. — Depois disso, fiquei com um cara mais velho. A gente se conheceu em uma balada, com meus amigos. Ele disse que só queria se divertir. Eu acreditei. Talvez fosse verdade na hora.

— Ele também se apaixonou por você?

— Ele me pediu em casamento seis semanas depois, com o maior anel de diamantes que já vi na vida. Teve que pegar um empréstimo para comprar a joia.

Daniel ergueu a sobrancelha.

— Você parece exercer um efeito e tanto sobre os homens.

— O Adam era ótimo. Era incrível… — Molly engoliu seco. — Na teoria, nossa situação era perfeita. Depois da minha experiência na faculdade, só saía com homens que combinavam muito comigo, pois não queria machucar ninguém. Isto talvez soe um pouco estéril e forçado, mas não era. Eu fazia por mim o que sempre fiz com os outros. Ainda assim, o relacionamento não deu certo. Acredite em mim, eu tentei. Tentei tanto me apaixonar por ele. Eu *trabalhei duro* por isso. Você não faz ideia.

— Falando assim, parece que você estava tentando passar no exame de admissão da ordem dos advogados, não se apaixonar. — O tom dele era leve, e Molly deu de ombros.

— Aceitei que me apaixonar talvez não fosse algo natural para mim. Por causa do meu DNA.

— Do seu DNA?

— Minha mãe não era boa em se comprometer.

— Não sou cientista, mas estou seguro de que isso não é genético.

— Não tenho tanta certeza. Enfim, depois do Adam, não saí com mais ninguém por algum tempo.

— Não estou surpreso. Mas, de alguma forma, sinto que a história não acabou por aqui.

Daniel esperava, em expectativa. Molly soltou um suspiro.

— Você talvez queira mais vinho.

— Quanto mais?

— Compra uma vinha inteira.

— Me parece uma ótima estratégia de investimento. — Ele encheu as duas taças. — Manda ver. Quem foi o próximo?

— Os detalhes não importam. Digamos somente que, apesar do fato de sermos ótimos no papel e ele ser uma pessoa incrível, eu não sentia nada. Absolutamente nada. Agora já desisti. Não consigo fazer acontecer. Basicamente terminei todos os relacionamentos que comecei. E esse último foi… feio.

Daniel encarou Molly.

— Feio quanto? Feio o bastante para você deixar o país?

— Sim. E a parte mais triste sobre esse desastre em particular foi que tentei tomar todo o cuidado. Fiquei de olho nos sinais de que ele estivesse envolvido emocionalmente, mas não vi nada. A gente se divertia, mas ele nunca tinha usado aquela palavra com "A" até a noite em que me pediu em casamento. Quase morri de choque. E olha que era para eu entender dos comportamentos humanos. — Ela afundou no sofá. — Eles chamam você de "Destruidor de corações", mas posso te dizer que as pessoas têm nomes bem menos elogiosos para mim.

— Você me surpreendeu. Imaginei que você tivesse se apaixonado e tivessem machucado seu coração.

— Nunca me apaixonei na vida. Não consigo me apaixonar.

— E isso a assusta. Isso a assustava muito. Qual era o problema dela? Não fazia ideia. Só sabia que algo importante faltava. — As outras pessoas se apaixonam várias vezes na vida e eu não consigo nem uma vez sequer, por mais que tente. Você não quer se envolver comigo, Daniel. Sou problema.

— Você não me parece um problema.

Ele observava Molly e seu olhar lento e firme a aquecia de dentro para fora.

— As aparências enganam. Espero que nunca mais alguém se apaixone por mim, porque não sou capaz de retribuir o sentimento.

Pronto. Molly lançara um alerta em alto e bom som.

Daniel não se mexeu nem parou de encará-la.

— Não vou me apaixonar por você.

— O Adam disse isso antes de gastar as economias em um anel.

— Não sou do tipo que se apaixona. Você também não parece ser.

— Meu coração e minhas defesas, pelo visto, são impenetráveis. Sou como a Grande Muralha da China, só que sem os turistas. Talvez você queira se lembrar disso no futuro. — Ela se levantou, querendo não ter bebido a segunda taça de vinho. — Vejo você amanhã de manhã. E obrigada pelo que fez pelo Valentine.

Capítulo 11

A primeira coisa que o veterinário fez de manhã foi ligar, e Daniel atendeu enquanto terminava de abotoar a camisa.

Molly claramente ouviu o telefone tocar, pois apareceu à porta com o rosto pálido e o olhar ansioso.

— O que foi? Algo aconteceu?

Um rápido olhar pelas olheiras dela informavam a Daniel que ela havia dormido tão pouco quanto ele.

Ela parecia péssima.

— Ele está melhor. Está melhorando rápido.

Sabendo que Molly não ficaria satisfeita até conversar ela mesma com o veterinário, Daniel lhe passou o celular.

Ele tinha que ir ao tribunal, mas não sairia até ter certeza de que Molly estava bem.

Enquanto pegava a gravata, ouviu a dezena de perguntas que Molly fazia. Eram boas perguntas. Minuciosas. De alguma forma, Molly conseguiu manter as emoções de fora da conversa, ainda que tenha se sentado na beira da cama, como se as pernas não a sustentassem mais.

— Obrigada. Obrigada. — Ela repetiu a palavra antes de o veterinário finalmente encerrar a ligação. Então, respirou fundo algumas vezes e ergueu a cabeça. — Ele está melhor. Está melhorando. Vai ficar bem. — Molly parecia exausta, como se tivesse usado todas as forças e energias para passar pela crise.

Preocupado, Daniel observou as lágrimas transbordarem dos olhos fechados de Molly.

— Ei...

— Estou bem. Não se preocupe. — Ela pinçou o topo do nariz com os dedos, tentando conter o fluxo de sentimentos. — Eu achei... É o alívio, só isso. Fiquei com medo...

Daniel se aproximou e ajudou Molly a se levantar, abraçando-a contra o peitoral. Ele a tratou como fazia com as irmãs quando elas estavam tristes.

— Isto não vai acontecer. O veterinário disse que ele vai se recuperar. — Ele a sentiu amolecer em seus braços. Suas mãos segurarem-lhe firme a camisa. Demorou alguns segundos até os sentimentos dentro dele mudarem e perceber que estava abraçando Molly, não uma de suas irmãs.

Era para Daniel reconfortá-la, mas seu corpo aparentemente era incapaz de remover a atração sexual.

Ele permaneceu imóvel, pensando que aquele era um momento muito, *muito* ruim para ter uma ereção.

Soltou-a e recuou um passo.

— O veterinário quer deixá-lo internado até amanhã, só para garantir. — Ela soou abalada. — Vou voltar para casa.

Daniel não se deu ao trabalho de sugerir que Molly ficasse, pois sabia que isso não aconteceria. Presumiu que, como ele, ela deveria ter trabalho a fazer. Percebeu que sabia muito pouco sobre o que Molly de fato fazia. Sabia apenas que era psicóloga, mas de certo ela precisava ir a algum lugar ou responder e-mails.

— Nesse caso, encontro você lá por volta das oito da noite. Não cozinhe nada. Pego alguma coisa no caminho.

Ele viu a expressão dela mudar conforme registrava suas palavras.

— Daniel...

— O quê? Era para a gente ter jantado ontem à noite, mas as circunstâncias nos impediram. Por isso, vamos jantar hoje. Eu ia chamar você para sair, mas, para um primeiro encontro, acho que seria melhor fazermos algo mais íntimo. Assim você vai poder me dizer todos os motivos para achar que é uma má ideia, e eu posso apresentar minha argumentação.

— O que vamos fazer? — Ela umedeceu os lábios com a língua. — Ontem à noite eu disse que...

— Eu sei o que você me disse, Molly. — Ele a interrompeu. — E garanto que há zero chances de você me machucar. Zero. Como sei disso? Pois já me disseram milhões de vezes que não tenho coração. Isto não só me resguarda das suas más tendências, como me torna o candidato perfeito para um encontro com você.

— Nunca tenho encontros.

— Porque tem medo de machucar o outro, mas não vai acontecer comigo. Agora preciso ir, pois uma mulher *que tem* um coração, e cujo marido traidor a está infernizando, precisa que eu seja um verdadeiro dragão no tribunal.

— Pensei que você evitasse o tribunal.

— "Vencerá quem sabe quando lutar e quando não lutar."

— Mais uma do Sun Tzu?

Ele esboçou um sorriso.

— Tem café na cafeteira lá embaixo. Feche a porta quando sair. Preciso ir e cuspir fogo.

Prezada Aggie, acabei de sair de um relacionamento ruim e não consigo me imaginar com outra pessoa. Como posso aprender a confiar de novo? Atenciosamente, O Machucado.

Molly encarou a tela.
Prezado Machucado, não faço ideia.
Ela não tinha uma resposta. Nenhum conselho. Nenhum comentário.

Deu um branco em Molly. Agora que sabia que Valentine se recuperaria completamente, só conseguia pensar em Daniel.

Daniel carregando Valentine escada abaixo. Daniel ao seu lado no hospital. Daniel emprestando-lhe roupas e preparando comida. Daniel distraindo-a.

Daniel dizendo a ela que ele nunca se machucaria porque não tinha coração.

Será que ele viria mesmo depois do trabalho? Não. Provavelmente passaria o dia no tribunal ajudando alguma mulher saindo das ruínas de um relacionamento fracassado e optaria por não se colocar na mesma situação.

Pensou nele no tribunal, lutando por uma mulher que não poderia se defender sozinha.

Tentando se concentrar, Molly encarou a tela.

Ela esperava encontrar o apartamento do jeito que o havia deixado, mas ele estava impecável. Soube na hora que devia isso a Mark e Gabe e sentiu um rompante de gratidão.

A primeira coisa que fez foi colocar uma calça jeans e uma camisa limpa. Em seguida, sentou-se em frente ao computador.

Havia muito trabalho a sua espera, mas esse não era o problema. O problema era sua falta de atenção.

Molly precisava parar de pensar em Valentine e, principalmente, precisava parar de pensar em Daniel e no que aconteceria mais tarde.

Levantou-se e caminhou até a estante de livros. Bem a sua frente havia uma cópia de *Parceiro para a vida*. Ela o tirou da estante e o folheou. Havia escrito aquele livro no calor da paixão, despejando sobre as páginas tudo que sabia. Tudo que havia aprendido observando o relacionamento dos outros.

Olhando para o livro agora, não lembrava como conseguiu.

Sentia-se uma impostora.

O que ela sabia sobre relacionamentos?

Tudo que sabia, aprendera em livros. Estudando. Era tudo teoria. Nada vinha da experiência.

Mesmo passados três anos, a voz de Rupert ainda ecoava em sua cabeça.

Tem algo de errado com você.

Será que ele tinha razão? Molly começava a achar que sim. Apesar de ele ter dito essas palavras dolorosas sob efeito de uma dor tão grave — tão grave que levara Molly a não se envolver com ninguém desde então —, até mesmo ela conseguia reconhecer que havia verdade naquelas palavras. Rupert era um bom homem, e o rompimento fora brutal, não apenas para o âmbito profissional, mas para o pessoal também. Era difícil encarar o próprio reflexo no espelho todas as manhãs. Molly odiava a si mesma e o que havia feito com ele. Parte dela acreditava que se não era capaz de amar Rupert — que era charmoso, inteligente, divertido e tinha um monte de mulheres se acotovelando para conquistar sua atenção —, não era capaz de amar ninguém. Decidira naquele momento que deveria parar de tentar e aceitar quem era. Talvez seus problemas viessem da infância, talvez não, mas nada mudava os fatos. Não importava quanto tentasse, não conseguia se apaixonar.

Deu a si mesma uma chance de recomeçar, mas parte disso incluía nunca mais se colocar naquela posição.

Poderia ter uma vida social ativa e interessante sem se envolver com homens.

Esta resolução nunca havia sido desafiada. Até o momento.

Colocou o livro sobre a estante e preparou um café. O apartamento parecia menor sem Valentine. Vazio. Como se faltasse uma peça importante.

Estava prestes a voltar ao computador quando ouviu uma batida na porta.

Era Mark com um enorme buquê de flores.

— Como está o Valentine? Gabe e eu morremos de preocupação quando vimos sua mensagem.

— Está melhor. Se tudo der certo, vai voltar amanhã para casa. Entre.

Tudo era uma desculpa para não trabalhar.

Mark entregou o buquê a Molly. Eram gérberas.

— São para você. O Gabe mandou um beijo.

Olhar para aquelas flores em formato de sol fez Molly sorrir.

— Obrigada. É impossível ficar para baixo com gérberas. — *E com amigos.* — Obrigada por cuidar do apartamento ontem à noite. Saí em pânico daqui, nem percebi se tinha trancado a porta. E vocês limparam tudo. Vocês não existem.

— Você está péssima. Senta um pouco. Vou colocar as flores em um vaso. — Mark pegou as flores e foi em direção à cozinha. — Você estava trabalhando?

— Pensei que conseguiria, mas não consigo me concentrar.

— E isso é uma surpresa?

— Não costumo ter problemas com isso.

— Você está passando por um momento muito importante na sua vida. Algo que está ocupando sua mente.

— O veterinário disse que ele vai ficar bem. Não tenho motivos para perder a concentração.

Mark encontrou um vaso e encheu-o de água.

— A não ser que sua mente não esteja ocupada com o Valentine.

Molly sentiu o rosto perder a cor.

— O que você quer dizer?

— Você passou a noite com ele.

— Com o Daniel? Sim, mas só porque a casa dele ficava mais perto. Não aconteceu nada. Ele nem me beijou. — Mas havia olhado de um jeito especial para ela. Molly sabia que, se seus motivos para estar na casa dele fossem diferentes, Daniel a teria beijado. É claro, porém, que se não fosse por Valentine nunca teria ido até lá, o que tornava a própria ideia absurda. — Eu disse a ele que sou um problema. Que era melhor ficar longe de mim.

— E qual foi a resposta dele? Ele agradeceu educadamente por alertá-lo e concordou em procurar o que queria em outro lugar?

— Não. — Molly percebeu que estava desesperada para conversar com alguém. — Ele disse que viria para jantarmos hoje à noite.

— Estou começando a gostar desse cara.

Ela também. Esse era o problema.

— Aliás, tem outra coisa que não contei. Você sabia que Fliss e Harry têm um irmão?

— Sim, mas nunca o conheci pessoalmente. Um advogado superfamoso. O tipo de cara que você quer ao seu lado durante uma separação.

— Sim, bem, é ele. Daniel. Daniel é o irmão delas.

— Espera aí. Você está dizendo que o seu Daniel é o Daniel delas? — Mark passou a mão pelo cabelo. — O saradão do parque que gosta de cachorros é o irmão das gêmeas?

— Acontece que ele não gosta de cachorros. Ele pegou um cachorro emprestado para chamar minha atenção.

Mark se sentou à mesa.

— Estou começando a entender por que você não está conseguindo se concentrar. Isso é muito...

— Desonesto?

— Eu ia dizer "lisonjeiro".

— De que forma alguém sequestrar um cachorro e mentir é lisonjeiro? Não entendi.

— Ele disse que o cão era dele?

— Não. Mas quando alguém está com um cão, é natural achar que é dele.

— Não em Nova York. Em Nova York, metade das pessoas no Central Park estão passeando com os cachorros de outra pessoa.

— Mas ele pegou um cachorro emprestado para parecer que gostava de cães. Que tipo de pessoa faz isso? — Ela franziu a testa, pensando em como Daniel lidava com Brutus. — Na verdade, ele talvez até goste de cachorros, mas acho que só descobriu recentemente.

— Pelo que sei, esse cara não precisa se esforçar muito para atrair a atenção das mulheres. O fato de ele ir tão longe para atrair a *sua* atenção significa algo.

— Significa que ele acha que minha bunda fica bonita em calças de ginástica.

Mark sorriu.

— Ou quem sabe ele se apaixonou pelo Valentine. Então ele sequestrou um cachorro?

— Não. A Fliss e a Harry emprestaram para ele. Ainda não tive tempo de processar essa parte da história.

— Ele não conhecia o cachorro antes?

— Conhecia. Foi ele quem o resgatou durante um caso horrível de divórcio. Eles abandonaram o cão... — Ela captou o olhar de Mark. — Não me olha desse jeito.

— De que jeito? Eu estava pensando que ele realmente é muito cruel e sem coração.

— Preciso do seu apoio, não do seu sarcasmo. E não disse que ele é sem coração. Só que ele fingiu ter um cachorro.

— O cão se opôs a isso? Os dois se ignoravam?

Molly pensou em como Brutus quase lhe arrancou a mão fora para correr até Daniel quando os dois foram ao escritório.

— Não. Os dois se adoravam. Você não vai *parar* de me olhar desse jeito?

— De que jeito?

— Como se eu fosse louca por achar errado que ele tenha pegado um cachorro emprestado. Que isso seja normal.

— Estamos em Nova York. Aqui não tem normal, e eu adoro isso. Quer saber o que acho? Acho que você está inventando desculpas para afastá-lo.

— Você tem razão. É exatamente isso que estou fazendo, mas parece que ele não está me entendendo. Quando disse a ele que sempre termino meus relacionamentos, ele sorriu. Disse que somos perfeitos um para o outro.

— Talvez sejam mesmo. Estou gostando cada vez mais desse cara. Parece que ele derrubou todos os seus argumentos.

— Porque ele é advogado! É a profissão dele. Não vou entrar nessa, Mark. Não importa quão bonitão, charmoso e persistente ele seja, não vou entrar nessa. As pessoas se machucam quando eu me relaciono. É igual colocar uma ceifeira automática em uma plantação e esperar que as plantas não sejam cortadas.

Mark lançou um olhar à amiga.

— Mesmo depois de uma noite sem dormir, você não parece nada com uma ceifeira automática. Ele não parece achar que existe a mínima chance de se machucar.

— Verdade, mas não quero arriscar. — Ela pensou em Rupert. — Destruí o coração de uma pessoa em um nível absurdo. Não foi uma rachadura, nem um amassado. Ele se espatifou para valer. Em público. Isso não vai acontecer novamente.

A lembrança fez o peito de Molly se estreitar, e ela sentiu as mãos de Mark nos ombros.

— Entendo que o que aconteceu com o Rupert deixou você abalada, mas o Daniel parece se conhecer muito bem. E se estiver dizendo a verdade?

— Tenho certeza de que está, mas não é fácil controlar os sentimentos.

— Você não tem problemas em controlar os seus. E se ele for que nem você? Pensa na relação incrível que vocês podem ter.

Molly o encarou. Não conseguia pensar em nada naquele momento.

— Eu...

— Quando foi a última vez que você se divertiu, Molly? Não digo sozinha, mas com um cara bonitão. Quando foi a última vez que transou sem se preocupar com sentimentos? Quando foi seu último encontro sem se preocupar se o cara ia ou não se apaixonar?

— Faz tempo.

— Então pensa nisso. Diversão sem preocupação. — Mark levantou-se, abraçou Molly e deu-lhe um beijo na bochecha. — Volte para o trabalho.

— Não consigo. Hoje sou a Molly, e a Molly não sabe nada de relacionamentos.

— Então você deveria perguntar para a Aggie. Ela sabe coisa para cacete.

Molly observou Mark ir em direção à porta.

— Ele provavelmente nem vai aparecer. Vai pensar duas vezes.

Mark virou-se.

— Vamos esperar para ver. Ele me parece do tipo que sabe exatamente o que quer da vida. Me promete uma coisa...

— O quê?

— Que se ele aparecer, você vai abrir essa porta.

Daniel tocou a campainha, imaginando se Molly o deixaria entrar.

Havia passado o dia desfazendo relacionamentos complicados e dolorosos, e passar o fim do dia com uma mulher que não queria apegar-se emocionalmente era o equivalente a tomar uma cerveja gelada em um dia de verão. Molly era divertida, bonita e inteligente. Ele gostava dela. O fato de que não se apaixonaria era como música para os ouvidos de Daniel.

Ela abriu a porta quase que imediatamente. Estava de calça jeans, mas uma calça dela agora, e blusa azul, não rosa. Molly era fofa. Intensa. Adorável. Conquistadora. *Atraente.*

Insanamente atraente.

Não era difícil compreender por que os caras caíam de amores por ela.

— Você deveria pendurar uma placa na sua porta — sugeriu Daniel. — *Cuidado com a mulher.* Isso manteria os fracos e perdedores na deles e garantiria que apenas os caras durões tivessem coragem de vir aqui incomodar você, mais dispostos a perder dinheiro no pôquer do que gastar em um anel. Aliás, esse cara sou eu.

Ele foi recompensado com um leve sorriso. Molly viu a garrafa na mão de Daniel.

— É champanhe? Estamos celebrando algo que não sei?

— A recuperação de Valentine, juízes com bom senso e nosso primeiro encontro.

— Foi um bom dia no tribunal?

— Foi um dia longo, mas bom. E esta noite é minha recompensa. — Ele deslizou a mão por trás da cabeça de Molly e beijou-a de leve. — Você não está se apaixonando por mim, não é? Não? Ótimo, só para conferir. — E aproveitou-se da surpresa dela para entrar no apartamento. — Onde consigo taças?

Molly fechou a porta, mas continuou segurando a maçaneta como se não conseguisse decidir algo.

— Você não deveria comemorar com seus colegas?

— Vou comemorar com você. Pedi pizza.

Tinha optado por algo informal de propósito. Ninguém se sentiria ameaçado por uma pizza de pepperoni grande.

— Pizza?

— Quando você estiver no clima para um jantar fino, vou levá-la a um restaurante que vai fazer você questionar tudo que já comeu antes. Mas, hoje, vamos comer pizza.

Ele tirou o paletó e pendurou-o na cadeira mais próxima, com a ideia de que, quanto mais agisse como se estivesse em casa, mais difícil seria para ela expulsá-lo.

O apartamento era pequeno, mas ela usava o espaço muito bem. Havia um livro aberto na poltrona próxima à janela e a escrivaninha na sala estava repleta de papéis e anotações. O pôr do sol nova-iorquino lançava raios de luz dourados sobre o piso de madeira maciça. Havia uma porta que, ele supôs, levava ao quarto de Molly e outra que provavelmente dava no banheiro. Um par de sapatos estava jogado no canto da sala, como se ela os tivesse descartado enquanto pensava em outra coisa.

Molly imprimira sua identidade em cada canto do apartamento. Tudo em sua vida gritava que não precisava de nada nem ninguém.

Daniel planejava mostrar que havia certas coisas de que ela precisava.

— Gosto do seu apartamento.

O lugar tinha um cheiro familiar, e foi só depois de respirar o aroma cítrico e floral, que fez sua cabeça girar, que Daniel se deu conta de que era familiar pois era o perfume de Molly.

Foi transportado imediatamente para o beijo no parque, quando foi envolvido por aquele cheiro. Quando foi envolvido *por ela*.

— Você tem uma cobertura na 5ª Avenida.

— E daí? Gosto do que você fez com o espaço. Você aproveitou a luz da melhor forma. — Ele tirou a rolha do champanhe e despejou a bebida nas taças que Molly havia trazido, imaginando o que seria preciso para fazê-la relaxar em sua companhia. Só via desconfiança no olhar dela. Notou o computador aberto na escrivaninha e um par de copos ao lado dele. — Teve um dia ruim?

— Improdutivo.

— Dificuldades em se concentrar?

— Tipo isso.

Interessante, pensou, e decidiu sondar um pouco mais.

— Com o pensamento em Valentine?

A pausa de Molly foi um tanto longa.

— Sim.

Daniel sentiu um relampejo de satisfação. Ele poderia apostar que Molly não pensou apenas em Valentine. Ficou pensando nele. Ele a desequilibrara, e isso era exatamente o que ele queria fazer. Molly achava que o conhecia, e Daniel estava decidido a provar que ela estava errada.

— O que exatamente você estava fazendo? Me conta mais sobre seu trabalho. Você dá consultas?

— Entre outras coisas.

Ela se fechou, o que o fez imaginar se a relutância em falar do trabalho vinha de algo além do que sua dedicação à confidencialidade profissional.

Por causa do trabalho, Daniel desenvolvera a sensibilidade para descobrir quando as pessoas estavam escondendo coisas e tinha certeza de que Molly escondia muita coisa.

— Molly. — Ele manteve o tom de voz gentil. — Por que você simplesmente não me conta o que está na sua cabeça e assim conseguimos quebrar o gelo dessa situação em que tento adivinhar seus pensamentos? Não sou apenas homem, o que me torna péssimo em ler sua mente, mas também tive um dia longo.

— Achei que você não fosse vir hoje à noite. Talvez não tenha escutado as coisas que eu disse.

— Eu escutei. Ouvi cada palavra que você disse, incluindo a parte em que falou que de forma alguma eu gostaria de me envolver com você. — Daniel colocou a garrafa de champanhe sobre a mesa. — Eu entendi. Perfeitamente.

— E ainda assim está aqui. Com champanhe. E pizza.

— Exatamente. Não sabia quanto tempo levaria até convencê-la de que estamos fazendo a coisa certa. Imaginei que fôssemos precisar de provisões até eu conseguir fazer o cerco em você.

— Sun Tzu não gostava de cercos.

Ele ficou impressionado.

— Você pesquisou sobre ele.

— Estava tentando compreender você. E não consegui. Só posso achar que você está aqui pois não acreditou em mim. Você acha que eu estou exagerando.

— Não acho que você está exagerando. Estou aqui pois *acredito* em você. Gosto de você, Molly. Você é sexy para caramba e não vai se apaixonar. Para mim, isto não é um problema. Na verdade, é um pré-requisito, segundo meus critérios.

— Já machuquei um homem a ponto de ele dizer que arruinei sua vida e que nunca conseguiu se recuperar.

A angústia nos olhos de Molly fulminou Daniel.

Ele sabia que, independentemente de quanto o cara havia ficado mal, ela também havia se machucado. Por motivos distintos, talvez, mas não era preciso muito para perceber que não fazia parte da índole de Molly machucar os outros.

— Também nunca me apaixonei na vida, Molly. Nunca. Não sou assim. Fica tranquila.

Mesmo assim, ela continuou triste.

— Sou um problema, Daniel.

— Você é o maior acerto que tive nos últimos tempos. Pensa nisso... Pela primeira vez nenhum de nós precisa se preocupar com relacionamentos, pois ambos somos imunes. Fomos vacinados pela vida. Podemos deixar essa conversa de lado? A pizza vai chegar daqui a pouco. — Daniel queria dizer mais coisas, queria saber mais de Molly, mas disse a si mesmo que poderia esperar. Um passo de cada vez. Virou-se para colocar a taça sobre a mesa e percebeu o buquê de flores. — Alguém te deu flores? Tenho um rival por sua falta de afeição?

Aquilo fez Molly rir.

— Você está com ciúmes?

— Talvez esteja. Se você vai ser má, quero que seja exclusivamente má comigo.

— Você não acha que está indo rápido demais?

— Carreguei seu cachorro doente no colo e deixei você dormir na minha casa sem encostar um dedo em você. Isso vale como preliminares.

Ela abriu a boca para dizer algo, mas o celular começou a tocar. Molly checou o número.

— É o veterinário...

— Atende.

Ele pegou a taça novamente e, enquanto Molly falava no telefone, foi ver a estante de livros.

Certa vez, Daniel saiu com uma mulher cujas estantes eram projetadas para criar uma certa imagem, enquanto os livros no Kindle transmitiam outra. Achara fascinante que ela tivesse que esconder o que de fato estava lendo.

A seleção de Molly era eclética. Algumas biografias, livros de receita, algo de literatura, suspense e romance. Nada passava grandes mensagens.

Um livro capturou seu olhar. *Parceiro para a vida*.

Por que aquele título soava tão familiar?

Leu o nome da autora, Aggie, e lembrou-se de Marsha falando de como seus livros eram sucesso de vendas. Sentiu a irritação crescer. Essa mulher estava em toda a parte. Era impossível escapar dela.

Molly devia ter consultado o livro enquanto buscava o cara perfeito para ela, mas por que uma psicóloga precisaria da ajuda de uma blogueira de conselhos amorosos? O que Aggie poderia ensinar que Molly já não soubesse?

Era outra indicação do quanto Molly devia estar desesperada, o que Daniel não conseguia entender.

E daí que ela não conseguia se apaixonar? Muita gente que *conseguira* se apaixonar diria que ela tinha sorte.

Molly encerrou a ligação.

— Vou buscar o Valentine amanhã de manhã.

— Que ótimo. — Daniel preferiu não constrangê-la perguntando sobre o livro. — Foi a campainha? Parece que nossa pizza chegou.

Ele pagou e trouxe a caixa para a mesa.

— O cheiro está ótimo. — Ela puxou uma cadeira e se sentou.

— É por isso que não como pizza sempre. É difícil comer só um pedaço.

— Então você é uma garota má com problemas de autocontrole e um grande apetite. Fica melhor a cada hora. Este é o melhor primeiro encontro que já tive.

— Aposto que você era daquelas crianças que subia nas árvores e brincava com facas.

— Com fogo também. — Daniel abriu a caixa. — Não se esqueça do fogo. Principalmente por causa da minha irmã, que é uma péssima cozinheira. Eu adorava qualquer coisa que pudesse machucar.

— Me parece que você não mudou muito.

— Mais um aviso sutil? Você não vai me machucar. Por isso, assim que quiser se entregar à química, perder o controle, arrancar minhas roupas e usar meu corpo para se satisfazer, vá em frente. — Feliz em vê-la sorrir, Daniel escolheu um pedaço da pizza. — Então, tenho uma pergunta. De tipo pessoal.

Ela parou de sorrir.

— Pessoal quanto? Quer saber se gosto de azeitona na pizza?

— Não. Quero saber quando foi a última vez que você transou.

— O quê? — Molly soltou uma gargalhada chocada. — Sério que você me perguntou isso?

— Sério. E a resposta é...?

Evitando o olhar dele, Molly pegou um pedaço de pizza.

— Digamos que já faz algum tempo.

— Um tempo tipo?

— Imagino que eu consiga me lembrar como se faz, mas talvez minha memória tenha se distorcido com o tempo. — As bochechas de Molly ficaram rosadas, mas seus olhos cintilavam com um brilho desafiador. — Ficou com medo?

— Estou criando reservas de carboidratos enquanto conversamos. — Daniel pegou outro grande pedaço de pizza. — Por que, então, tanto tempo? O último cara fez você se sentir culpada e por isso decidiu parar de transar?

— Ele não "me fez" sentir culpa. Eu mesmo produzi essa emoção.

— Está falando que nem psicóloga.

— O que, no caso, eu sou.

— Você é, mas não se apaixonar por alguém não é crime, Molly. As pessoas se apaixonam e depois voltam atrás o tempo todo. Presencio isso todos os dias no trabalho. Não é algo que se possa controlar. Na vida, queremos coisas que não podemos ter. Sempre. Trabalhos que não conseguimos, casas em que não vivemos, problemas de saúde que de forma alguma queremos... Amamos pessoas que não nos amam. Não sentir o que o outro quer que você sinta não é crime. — Tinha mais naquela história. Daniel sabia pela expressão dela. E sabia que Molly não estava pronta para contar. — Agora você pode me contar segredos mais íntimos. Do tipo, você gosta ou não de azeitona na pizza?

— Amo azeitonas. Você não quer um prato? Está de terno e não parece ser do tipo de cara que come pizza com a mão.

— Estou de terno pois tive que ir ao tribunal. Você está julgando de novo... — Ele empurrou a caixa na direção dela.

— Meus julgamentos costumam ser corretos. Não achei que você gostasse de cachorros no começo e, no final das contas, estava certa. — Molly pegou uma fatia e, com um gemido de prazer, a mordeu. — Que delícia.

Daniel observou o movimento da garganta dela. Nunca imaginou que assistir a alguém comendo pizza pudesse ser sexy.

— Não é porque não tenho um cão que não gosto de cachorros, mas fico lisonjeado em saber que você prestou tanta atenção em mim.

— É meu trabalho. Eu observo pessoas.

Molly mastigava lentamente, saboreando cada mordida.

— Confesse, você me observou por mais tempo do que faz com as pessoas normais.

Ela parou de mastigar.

— Seu ego é maior do que essa pizza.

— Eu o alimento bem. Sei que você andava de olho em mim, pois eu andava de olho em você. — Daniel virou para as estantes. — Você lê bastante?

— Sim. E você?

— Também. Principalmente suspense e terror.

— Escritos por seu vizinho, Lucas Blade. Ele entra mesmo na mente das personagens. Os livros dele tratam de pessoas mais do que de assassinos.

— Ele tem conhecimentos em psicologia. Da próxima vez que Eva ficar com dó de mim e me convidar para jantar, vou chamar você. Ele é um cara interessante.

Daniel esperou que Molly protestasse, mas ela não o fez.

— O que mais você lê?

— Além de ficção? — Ele pegou outra fatia de pizza. — Biografias, um pouco de história, catálogos de arte.

— Catálogos de arte?

— Catálogos de exposições que estou ocupado demais para ver pessoalmente. São muitas. Preciso arranjar tempo.

— Você trabalha bastante.

— Mas gosto do que faço. — Daniel esticou as pernas. — Nunca faria algo que não gosto. E você? Gosta do que faz?

— Sim. — Molly se levantou e recolheu a caixa de pizza. — Estava deliciosa, obrigada. Quer um café?

Ela foi para a cozinha. Daniel a observou moer os grãos e passar o café fresco.

Molly o despejou em duas xícaras e depois se virou. Daniel afastou o cabelo dela do rosto, o que fez Molly espalmar a mão no meio do peito dele.

— Você disse que a gente não ia se beijar.
— Isto foi ontem à noite. Hoje vale tudo.
— Isso é Sun Tzu?
— Não. Isso sou eu.

Ele abaixou a boca à dela. Ajustando as formas suaves às firmes, o corpo de Molly se derreteu no calor do de Daniel. Ele sentiu o gosto dela nos lábios; sentiu o cheiro dela provocar seus sentidos.

No momento em que se afastou, Daniel estava pronto para transar no balcão da cozinha, algo que nunca havia feito na vida.

Um pouco abalada, Molly segurou-lhe a camisa com firmeza.

— Isso foi...
— Sim, foi. É por isso que decidi ir embora.

Ele deu outro beijo demorado na boca de Molly e soltou os dedos dela da camisa antes de se afastar. Foi a coisa mais difícil que já fez na vida.

— Você está indo embora? — A voz dela soou rouca. — Pensei que estivesse fazendo reservas de carboidrato.

— Estava. — Ele tomou o rosto de Molly nas mãos e aprisionou seu olhar. — Mas você ainda não está pronta para isso. Está um pouco desconfiada, um pouco insegura, com medo de me machucar. E está com medo de se machucar de novo, sentindo-se forçada a reexaminar todos os motivos para não se apaixonar. Vou facilitar essa parte para você. Nenhuma mulher em sã consciência se apaixonaria por mim, então nem perca seu tempo tentando resolver esse problema.

Molly pareceu um pouco atordoada, um pouco vulnerável.

— Você vai mesmo embora?

— Sim, porque, quando transarmos, não quero que haja dúvidas. Não quero que haja restrições.

— Então por que me beijou?

A nota melancólica de decepção na voz de Molly quase fez Daniel mudar de ideia. Quase.

Ele sorriu.

— Foi um gostinho do que está por vir.

Capítulo 12

Molly buscou Valentine na manhã seguinte e ficou aliviada em vê-lo de volta ao normal. Ele a recebeu como se tivessem ficado um século separados. Quando o abraçou, sentiu o corpo inteiro mexer ao balanço do rabo.

— Obrigada — murmurou para o veterinário com o rosto afundado nos pelos do cão. — Obrigada por tudo que fez. — Sentia-se tão grata que mal conseguia falar.

Se algo tivesse acontecido com Valentine, se ela o tivesse perdido...

— De nada. Ele é um belo cão.

Steven fez um carinho em Valentine e retornou à sala de operações.

Não havia sinal de Seth.

Dando-se conta de que Daniel ainda não havia contado de onde o conhecia, Molly prendeu a coleira de Valentine.

— De agora em diante, não vou tirar os olhos de você nem por um segundo. Vou analisar tudo o que você quiser comer.

Daniel tinha enviado uma mensagem convidando-a para jantar em seu apartamento. O fato de também convidar Valentine fez Molly decidir aceitar a proposta.

— Você foi convidado para um jantar. O que acha? — O dia em Nova York estava perfeito. A chuva deu lugar a um céu azul impecável. A luz do sol fazia os arranha-céus cintilarem e as ruas estavam cheias de carros e pessoas. — Você acha que a gente deve ir?

Valentine balançou o rabo com entusiasmo.

— Antes de tomar sua decisão, é melhor saber que Brutus provavelmente não estará lá. Na verdade, ele não vive com Daniel. Você vai precisar se comportar. O apartamento dele é muito sofisticado. Se comer alguma coisa, vai ser expulso.

Valentine soltou um latido.

— Está bem, então. Vou tomar isso como um "sim" — disse e fez-lhe um carinho na cabeça. — Se vamos sair hoje à noite, é melhor voltarmos para trabalhar um pouco.

A poucas quadras dali, no escritório, Daniel começara o dia cedo.

O escritório estava vazio, o que era bom. Passara o dia anterior no tribunal, então tinha uma montanha de tarefas por fazer.

Ele olhou pela janela e imaginou Molly e Valentine aproveitando o parque. Talvez devesse perguntar às irmãs se não precisavam que passeasse com Brutus de vez em quando. Não que Daniel fosse apegado ao cão nem nada, mas é que elas andavam muito ocupadas. Sobrecarregadas. Seria um jeito de ajudar.

De acordo com Fliss, duas famílias foram conhecer o cão. A primeira o achou grande demais, entenderam que não queriam um pastor alemão, argumento que Daniel achou pouco plausível, pois eles deveriam saber qual era a raça do cachorro antes de ir vê-lo. A segunda achou que Brutus pudesse ser uma ameaça a seus dois filhos hiperativos.

Daniel achou ultrajante que alguém pudesse sugerir que Brutus era agressivo. Nunca tinha visto um animal de natureza tão bondosa.

Não que fosse especialista em cachorros, mas ele e Brutus se enroscaram em umas belas brincadeiras quando ninguém estava vendo e ambos saíram sem um arranhão. Ele tinha a cara mais engraçada que Daniel já vira na vida. Nunca imaginou que um cão pudesse ter cara de culpa até conhecer Brutus.

Se aquela família não tinha se apaixonado por Brutus imediatamente, então, na opinião de Daniel, fora o cão quem se safara.

O sol nasceu, as pessoas começaram a chegar no escritório por volta das oito horas, os telefones começaram a tocar e Marsha apareceu com café.

— Você passou a noite aqui?

— A sensação é essa. — O aroma do café subiu até o cérebro de Daniel. Ele pegou uma xícara, permitindo-se saborear o cheiro antes de tomar um gole. A cafeína deu o choque que tanto precisava em seu sistema. — Você salvou minha vida.

— Tão ruim assim?

— Um pessoal não para de querer me vender seguro por má administração. Tomara que eles não saibam de algo que eu deva saber. — Daniel estreitou os olhos. — Você está se demorando aqui. Aconteceu algo?

— A Elisa Sutton está subindo e dessa vez veio com os filhos. Ela apareceu bem triste na recepção.

— Se está triste, devemos mandá-la para um psicólogo. Meus conhecimentos se restringem a conselhos legais. E cobro mais caro do que um terapeuta.

— Ela confia em você. Sabe que você não é um daqueles advogados que tiram vantagem dos clientes cobrando fortunas por ficar horas no telefone enquanto eles choram.

— Meu trabalho consiste em bolar uma estratégia de divórcio campeã. E nada mais.

— A julgar pela tristeza dela, é isso que vai pedir que você faça.

Ouvindo uma gritaria do lado de fora da sala, Daniel levantou-se.

— Você sabe o que aconteceu?

— Não, mas aposto que Henry não cumpriu suas promessas.

— Que surpresa.

Daniel e Marsha saíram da sala. Elisa estava ninando o bebê e Kristy quase engasgava de tanto chorar.

Daniel avaliou rapidamente a situação e resolveu começar pela criança mais velha.

— Oi, Kristy. — Ele se agachou em frente à criança. — O que foi?

Choramingando, Kristy fungou:

— Perdi a... R-Rosie.

— Compramos uma boneca nova na loja de brinquedos da Broadway e ela deixou em algum canto. — Elisa recostou o bebê contra o ombro enquanto explicava. Ela parecia exausta. — Foi culpa minha. Eu estava com pressa. Ela provavelmente deixou cair na calçada. Sei lá. Vamos procurar de novo quando sairmos daqui.

Vendo o rosto de Kristy contrair-se de novo, Daniel interveio rapidamente.

— Como é a Rosie?

— C-cabelo preto — disse, soluçando. — S-saia vermelha. Por quê?

— Porque, se temos que procurar por uma pessoa desaparecida, precisamos saber seu nome e suas características. É assim que funciona. — Lembrando o dia em que Harriet perdeu sua boneca predileta e descobriu que o pai a havia jogado no lixo, Daniel levantou-se, pegou o telefone e ligou para a recepção. — Aqui é o Daniel Knight. Chame a equipe de segurança e avise que temos uma pessoa desaparecida. Cabelo preto. Saia vermelha. Se chama Rosie. É uma boneca... Sim, isso mesmo, é isso mesmo que você ouviu. Manda alguém procurar do lado de fora do prédio... Sim, é prioridade. — Desligou o telefone e virou-se a tempo de ver Marsha esconder o sorriso. — Kristy, as melhores pessoas da minha equipe estão tomando conta disso. Enviamos uma equipe de busca.

Com olhos arregalados de espanto, Kristy parou de soluçar e encarou Daniel.

Os olhos de Elisa se encheram de lágrimas.

— É muito gentil de sua parte. Sinto muito por aparecer assim, sem ligar antes, mas...

— Vamos para minha sala. — Percebendo que, se não agisse rapidamente, haveria mais choradeira, pegou Kristy pela mão. — Quero mostrar uma coisa para você. — Daniel conduziu-a ao armário no outro lado da sala de Marsha. — A Marsha tem uma caixa secreta aqui. Mas ela só mostra para pessoas muito especiais.

Kristy examinou o armário.

— O que tem na caixa secreta?

— Não sei. Não sou especial o bastante, então ela não me mostra. Você vai ter que pedir para a Marsha.

Marsha captou a deixa.

— Vamos dar uma olhada juntas?

Enquanto Kristy abria a porta e espiava dentro, Daniel virou-se para Marsha e falou em voz baixa:

— Se não encontrarem a boneca, mande eles irem na loja e comprarem outra.

Ela confirmou com a cabeça, e Daniel percebeu que um dos muitos motivos para adorar trabalhar com Marsha era que nada a abalava. Passando o problema para suas mãos competentes, ele entrou na sala e deixou a porta entreaberta.

— Kristy vai ficar bem com a Marsha.

— Você é brilhante. — Elisa assoou o nariz. — Tem dias que eu queria ser casada com você. Você é melhor do que o Henry com meus filhos.

Daniel manteve a expressão neutra.

— Se você precisar conversar com um psicólogo, Elisa, a Marsha pode...

— Não é isso. Sei que você não está aqui para ouvir meus problemas, mas às vezes não é fácil separar a parte prática da emocional. Não sei o que fazer, sr. Knight. Ele gritou com a Kristy hoje de manhã. Foi por isso que comprei a boneca. Não acredito que estou me tornando o tipo de pessoa que acha que comprar coisas pode compensar sermos maus pais. — Seus olhos se encheram de lágrimas novamente e Elisa respirou fundo. — Sei que é pedir demais, mas você poderia segurar o Oliver um pouco enquanto vou ao banheiro? Estou tentando me acalmar, pois sei que quando fico tensa a asma dele piora...

Daniel pegou o bebê inquieto e segurou-o firmemente. A criança agarrou-lhe o cabelo e, intrigada, o encarou.

Os olhos de Elisa despejaram lágrimas.

— Está vendo? Ele prefere ficar com você, um estranho, do que comigo. Ele sabe que estou tensa. Sou uma péssima mãe.

— Você é uma mãe excelente — disse Daniel em tom suave. — Sente-se. — Passou para Elisa uma caixa de lenços da qual ela pegou um punhado. Em seguida, afundou-se no sofá como se estivesse cansada demais para fazer outra coisa.

— Me desculpa. O Henry sempre fala que eu deveria colocar a vida em ordem.

Daniel conteve-se para não emitir sua opinião sobre Henry.

— Você tem dois filhos. Mesmo sem os problemas do casamento, já teria motivos suficientes para sentir-se pressionada.

Elisa assoou o nariz com força.

— Estou tentando fazer o melhor para eles, mas nem sei mais o que isso quer dizer. Uma hora acho que vai ser melhor crescerem em uma família com os dois pais presentes, mas daí o Henry grita com a Kristy, e a asma e as birras do Oliver pioram a cada dia. O Henry leva para o pessoal e me acusa de estragar os filhos dele. — Respirando fundo, ela levantou-se. — Está bem. Vou me recompor. Volto já.

Elisa deixou a sala e Marsha colocou a cabeça para dentro da porta. Ela ergueu as sobrancelhas ao ver Daniel apontar diversos pontos turísticos para Oliver, que parecia fascinado.

— Quer que eu fique com ele? Pelo menos vira a criança para o outro lado. Ele talvez fique tonto ao ver a multidão na Times Square.

— Faz sentido. — Daniel virou a criança para o Empire State Building. Os olhos do bebê se arregalaram e ele esticou um dedinho gordo na direção do vidro. — Ele é muito fofo.

Marsha apoiou-se contra a porta.

— Fala baixo. Se as pessoas que te chamam de Cavaleiro das Trevas e Rottweiler o vissem assim, você estaria encrencado.

— É bom que não vejam, então. E, só para deixar claro, se esse carinha despejar fluidos corporais de qualquer tipo no meu terno, vou cobrar o dobro.

Ela cruzou os braços e deixou a cabeça pender para um lado.

— Você sabe, Daniel, esse personagem do cara durão não cola muito com um bebê no colo. Eu não fazia ideia de que você era tão bom com crianças.

— Tenho duas irmãs mais novas. Adquiri muita prática.

Elisa voltou com o cabelo penteado e batom nos lábios. Pegou o menino no colo novamente e Daniel se encostou na beirada da mesa.

— O que aconteceu?

— Dois dias. — Elisa ajeitou Oliver no colo. — Foi isso que durou. Ele voltou para casa e dois dias depois já estava ligando para ela. Você acredita nisso? Quando me disse que a gente deveria voltar, pensei que fosse verdade. Pensei que estivesse comprometido a fazer isso pelas crianças, mas tudo não passou de mentira. Pelo visto, quem deve fazer os sacrifícios sou eu, não ele. Não consigo viver assim, mas ele diz que o divórcio seria ruim para as crianças. — Os olhos de Elisa encheram de lágrimas. — A Aggie disse que...

— O que *você* acha? Não o Henry, não a Aggie. — Daniel manteve o tom de voz neutro, mas começava a achar que, se ouvisse aquele nome outra vez, quebraria algo.

— Honestamente? Acho que estou em uma prisão perpétua. Não por não o amar, mas porque eu o amo. Dá para imaginar como é passar a vida ao lado de alguém que não retribui seus sentimentos?

Daniel teve o cuidado de ouvir e permanecer neutro.

Molly podia achar que não se apaixonar era um problema, mas, naquele momento, apaixonar-se pela pessoa errada não parecia muito melhor.

Elisa fungou.

— Não quero ficar com alguém que não me ame. Mas ele disse que, se eu for embora, ele vai me impedir de ver as crianças.

Daniel sentiu uma pressão no peito.

Em sua mente, ouviu uma voz vinda de outra época. Ouviu os soluços de outra mulher.

Se eu for embora, ele vai tirar vocês três de mim. Ele disse que daria um jeito de eu nunca mais ver vocês. É difícil, mas tenho que ficar. Não vou perder meus bebês.

— Sr. Knight? — Tímida e insegura, a voz de Elisa entrecortou as memórias de Daniel. — É por isso que estou aqui. Sei que você disse para eu vir tratar apenas de assuntos legais, mas é que estou com muito medo de que, seguindo com o pedido de divórcio, ele me impeça de ver meus filhos. Disse que, se eu quiser ver as crianças, tenho que ficar.

Daniel retornou para o presente.

Não conseguira ajudar a própria mãe, mas podia ajudar aquela cliente da mesma maneira que tinha ajudado muitas outras.

— Ele não vai impedi-la de ver seus filhos, Elisa. As leis de custódia do estado de Nova York protegem os interesses das crianças. Os juízes veem com muito maus olhos pais que usam seus filhos como arma ou moeda de troca.

— Tem certeza? Ele parece tão convincente... Você não deve acreditar em mim...

— Acredito em você.

Daniel havia testemunhado algo parecido muito de perto. Testemunhara as ameaças de seu pai e vira a mãe acuada e intimidada, com medo demais para resistir.

— Elisa, olha para mim... Você confia em mim?

Com os olhos nadando em lágrimas, ela o encarou e assentiu com a cabeça.

— Ótimo. — Daniel ofereceu-lhe outro lenço. — Você mantém o registro escrito de nossas conversas? Das prescrições que o pediatra do Oliver fez? Das reuniões de pais e mestres da Kristy? Lembra de tudo o que conversamos?

Ela confirmou novamente com a cabeça.

— Então vamos fazer assim. — Ele conversou com Elisa por uma hora, traçou uma estratégia e, quando os dois saíram da sala, encontraram Marsha e Kristy brincando de boneca.

Kristy abriu um sorriso enorme para ele.

— A equipe de busca *encontrou* ela.

— Que ótimo. — Daniel observou aquele sorriso e tentou imaginar quanto da infância aquela menina levaria para a idade adulta. Teria medo de se relacionar? Assumiria o risco ou escolheria ficar sozinha?

Talvez se tornasse advogada de divórcios.

Independentemente do que o futuro reservasse para ela e Oliver, Daniel faria o possível e o impossível para garantir que aquela família não passasse pelo mesmo inferno que a sua.

Molly escolheu a roupa com cuidado. Não queria parecer exagerada, mas a ocasião demandava mais do que calça jeans. Depois de algumas tentativas frustradas, escolheu um vestido justo em tom azul que a fazia se sentir bonita. Aproveitou a viagem no elevador de Daniel para colocar os saltos e retocar o gloss. Quanto ao que havia debaixo do vestido, pensou sorrindo, só ela sabia, e caberia a ele descobrir.

Valentine balançava o rabo em aprovação.

— Você vai ter que virar o rosto para o outro lado — murmurou. — Você é jovem demais para testemunhar o que vai acontecer hoje à noite.

Molly havia decidido o que aconteceria. Dominara a parte de si mesma que achava tudo uma má ideia. Fazia tempo desde a última vez que sequer tinha se sentido tentada a fazer algo do tipo, o que a deixava tanto nervosa quanto empolgada.

Quando ele abriu a porta, seu coração bateu forte.

O olhar de Daniel fitou os olhos de Molly por um instante. Em seguida, foi baixando, demorando-se nos lábios dela antes de deslizar pelo corpo, até os sapatos. Ele não tocara nela, mas parecia que sim. Molly sentiu a pele formigar e o estômago dar um salto de ginástica olímpica.

O momento transcorreu em uma tensão deliciosa, em um clima eletrizante. Molly sentia que ele ia agarrá-la ali mesmo, no hall do elevador, mas Valentine decidiu que não estava recebendo atenção suficiente e cutucou a perna de Daniel. Daniel transferiu a atenção de Molly para o cachorro. Aquele poderia ser um momento de descanso, mas o corpo e a mente de Molly não estavam colaborando. Pelo contrário, ela se viu encarando os ombros largos, coxas musculosas e a delicadeza das mãos de Daniel, imaginando o que viria pela frente. Seu beijo tinha todas aquelas características: era delicado e decidido, exigente e íntimo. Era impossível não imaginar o passo seguinte.

Ele se levantou, encarou-a novamente por um momento prolongado e gesticulou para que ela entrasse sem dizer uma palavra.

Molly era bem versada em linguagem corporal e indícios não verbais, mas com certeza nunca tinha visto duas pessoas dizerem tanto sem nem abrir a boca.

Com os olhos fixos nos ombros de Daniel e os saltos batendo contra o chão, seguiu-o até a cozinha. Pensou se deveria ou não tirar os sapatos, mas quando parou e se abaixou para fazê-lo, ele se virou e segurou-lhe o braço.

— Não. — Apenas uma palavra, e um olhar que ofereciam outras mil.

Molly conseguia sentir a tensão dele. Estava nos ombros, na boca, na maneira de ele andar pela cozinha.

Daniel havia trocado o terno por calça jeans e camisa, mas seu cabelo ainda estava úmido dos lados, o que sugeria que saíra do banho recentemente.

— Espero que você coma *steak*. É uma das poucas coisas que sei fazer. — Suas palavras acrescentaram um toque de normalidade e pausa à imaginação de Molly que já a arrastava em uma viagem vertiginosa.

— Adoro *steak*. — Ela colocou a bolsa sobre a mesa. Só não conseguiu dizer que não tinha certeza de que seria capaz de comer nervosa daquele jeito. Fazia muito tempo que não se envolvia com alguém, e era impossível não pensar em como tudo havia terminado da última vez. Tentou afastar o pensamento. Se Daniel tivesse algo a ver com Rupert, ela não estaria ali. — Como foi seu dia?

Isto ela sabia fazer. Era capaz de conduzir uma conversa normal, ou pelo menos comportar-se como se cada pensamento não a estivesse transportando para o futuro, com os dois nus um diante do outro.

— Digamos apenas que ficou bem melhor quando você apareceu na minha porta. — Daniel abriu a geladeira. — E o seu?

— F-foi bom.

Talvez ela não soubesse como fazer isso. Molly começava a duvidar de sua capacidade de falar normalmente, de se concentrar em qualquer outra coisa que não fosse o que estava sentindo.

Estava logo atrás dele, observando como a camisa lhe agarrava os ombros e bíceps enquanto Daniel apoiava o braço na porta da geladeira.

Molly sentiu o ar gelado e tentou imaginar meios de se recompor.

— Vinho ou cerveja? — Ele falou sem virar a cabeça, e ela fechou os olhos.

— Cerveja. — Sua boca estava seca. O coração batia forte. — Não, espera. Vinho. Qu-quero vinho.

Daniel fechou as mãos em torno da garrafa e virou-se.

Seus olhos brilhavam como metal. Sem qualquer aviso, segurou o rosto de Molly com a mão livre e trouxe a boca dela à sua. Tonta, ela caiu contra o corpo dele, e Daniel recuou um passo. Um ruído de vidro ecoou. Algo havia quebrado. Molly sentia apenas o golpe abrasador, a punhalada do desejo. Nada existia a não ser aquele momento. Esquecera todo o resto. O dia dele, seu próprio dia, passado, futuro, tudo se dissipava naquele momento que concentrava o mundo dos dois.

O beijo de Daniel era profundo e explícito; a resposta de Molly foi igual e instantânea. Ela retribuiu o beijo, deslizando os braços em torno do pescoço dele e ficando na ponta dos pés. Sentiu os braços dele a envolverem e puxá-la para perto; sentiu a força do corpo de Daniel segurá-la firme, aproximando-a.

Sem se afastar, ele fez com que ela recuasse alguns passos, fechando a geladeira com o pé. A boca de Daniel era habilidosa, cheia de desejo, o que a fez derreter sob o calor do beijo, sob a força dominadora de seu corpo. Os dois arrancaram as roupas um do outro em uma colisão íntima, puxando os tecidos e abrindo os botões até ele ficar nu e ela somente de salto alto. Nada foi planejado, mas a sensação era essa, como se tivessem experimentado aquilo milhares de vezes. Era novo e familiar ao mesmo tempo. Conforme Daniel ia explorando o corpo de Molly com lábios e mãos, dizia apenas três palavras. *Eu te quero.* Tais palavras eram ditas com tamanha ferocidade que, na hora, Molly sentiu a própria força e regozijou-se. Em seguida, sentiu o calor e a força da mão de Daniel em suas costas, a urgência da boca dele em sua pele, e percebeu que ele tinha em si a mesma potência. Ela nunca havia sentido aquilo antes, a energia sexual, o desespero, a *necessidade*. Não era preciso ir até o quarto. Não tinham por que parar. Ela se sentiu tonta, sem equilíbrio, e agarrou os ombros dele, percebendo a força dos músculos sob os dedos.

Ela sentiu a mão de Daniel segurar-lhe o cabelo com firmeza, sua boca queimando a pele dela até se deter no mamilo. Os movimentos de sua língua fizeram Molly gemer; Daniel a provocou e torturou com boca e mãos, excitando-a até Molly entrar em ebulição de tanta vontade. Ela não conseguia mais pensar, só sentir. Fechando as mãos em torno do membro de Daniel, sentiu-o enrijecer, o que fez ele gemer. No momento seguinte, ele a estava carregando para o sofá, ainda que Molly não se lembrasse do percurso da cozinha à sala. Por um instante, sentiu-se leve, o corpo sendo erguido e abaixado; em seguida, sentiu o peso de Daniel aprisionando seu corpo. Tomada de excitação, envolveu-o com as pernas, arqueando-se com uma ansiedade agonizante. Ela o queria naquele instante, imediatamente, mas, justo quando precisava que Daniel acelerasse, ele diminuiu o ritmo. Molly não conseguia entender, não conseguia pensar. Seus sentidos estavam sobrecarregados. Ela pressionou a boca contra o ombro dele, tentou falar, mas em seguida sentiu o hálito quente e as carícias da língua de Daniel deslizarem por sua pele sensível.

Ele saboreava, torturava, se prolongava, inflexível na decisão de levá-la ao pico mais elevado de prazer, até Molly gemer e se contorcer. Quando Daniel deslizou seus dedos para dentro, ela atingiu o ápice, e uma série de espasmos sacudiu seu corpo.

Ele subiu novamente e abraçou-a contra o calor do peitoral. Molly estava em choque. No estupor do prazer, deu-se conta de nunca havia se entregado tão integralmente a alguém antes daquele momento. Sempre havia se resguardado. Aquilo era diferente. Era diferente pois, pela primeira vez, Molly não se preocupava com o que viria em seguida. Não havia nada em seguida. Havia apenas aquele momento. O agora.

Liberta por essa conclusão, fez Daniel girar e se deitar. Ficou em cima dele e encarou-lhe os olhos, aliviada de não ver ali nada que a preocupasse.

Daniel estava de olhos entreabertos e trazia nos lábios um sorriso de satisfação.

— Perdão, você disse que queria vinho ou cerveja? Acho que me distraí um pouco.

— Não lembro. Me distraí um pouco também.

Ela abaixou a cabeça e percorreu com os lábios a aspereza do maxilar de Daniel.

— Eu ia fazer um *steak*.

— Não diga essa palavra na frente de Valentine. — Ela olhou para o cachorro, mas ele estava dormindo no outro lado da sala. — Ele parece bem confortável. Acho que aprova você.

— Bom saber. — Daniel gemeu de prazer quando Molly deslizou a mão lentamente sobre a superfície dura de seu abdômen, demorando-se ali. — É melhor a gente subir enquanto ainda consigo andar.

— A gente precisa?

— Seria mais confortável.

Molly não se importava com o lugar, contanto que Daniel estivesse com ela.

— Se você quer conforto, é melhor eu tirar os sapatos.

— Fique com eles.

Daniel segurou Molly pela nuca e aproximou a boca da dela, passando uma mensagem clara. Era uma pausa, não um fim.

Molly não fazia ideia de como os dois foram parar no quarto, mas aconteceu. Daniel fechou a porta com um chute, jogou-a na cama, arrebatou-lhe a boca e explorou seu corpo com as mãos até Molly ficar trêmula e tonta. Ela sentia tudo, cada toque, cada respiração, cada movimento sensual de língua e, finalmente, quando não conseguiu mais se conter, subiu em cima dele. Os olhos de Daniel pareciam mais escuros. Ele levantou a mão e segurou o rosto dela, possessivo, puxando-a para um beijo. Era como se fosse impossível não a tocar, o que Molly entendeu, pois sentia a mesma necessidade urgente. O cabelo dela caiu para a frente, roçando a mão de Daniel, encerrando ambos em um mundo em que nenhum intruso poderia entrar. Os dois permaneceram assim por algum tempo, entre beijos famintos, desimpedidos de tudo, até que Daniel finalmente afastou com os dedos as madeixas sedosas do cabelo de Molly e, decidido, a fez rolar de costas na cama.

Molly foi envolvida por um desejo quente e cortante. Quase não percebeu Daniel buscando algo no criado-mudo; logo, não percebeu mais nada que não fosse seu corpo e o dele, as sensações que brotavam. Ela o envolveu com as pernas e Daniel a penetrou com um único e suave movimento que fez um gemido brotar da garganta de Molly. Ela cravou as unhas nos ombros dele, sentindo os músculos fortes enquanto Daniel tentava se segurar, indo mais devagar. Mas ela tinha pressa. Precisava daquilo tanto quanto ele. Molly mexeu os quadris, curvando-se contra Daniel até que não existisse nada além do prazer, o deslizar ritmado e habilidoso que convinha à fome de ambos. Ela precisava de tudo, *dele inteiro*. Molly não se conteve. Daniel tampouco. Ambos beiravam a animalidade. Sem inibições, íntimos e sem restrições, não desaceleraram ou pararam até a satisfação cair como um raio sobre os dois. Gozaram juntos, em uma intensidade que os cegou, e em seguida deitaram-se em silêncio, sem fôlego, com o corpo e os membros intimamente emaranhados. Molly sentiu a mão de Daniel segurá-la com força, de forma protetora, e o deslizar da coxa coberta de pelos roçar-lhe a pele lisa.

Ainda entrelaçados, Daniel recostou-se.

— Há quanto tempo mesmo você disse que não transava?

— Acho que eu estava um pouco desesperada. — Molly apoiou a cabeça no peitoral de Daniel, esperando que o coração desacelerasse. O que ambos haviam experimentado era diferente de tudo que vivera até aquele momento. Pois a relação deles era simples, pensou. Sim, esse devia ser o motivo. Ela não estava preocupada com o que viria em seguida, porque nada viria em seguida. A não ser, talvez, mais sexo. — Você tem uma quantidade impressionante de energia. Espero não ter exaurido você.

— Fica tranquila. Tenho certeza de que, em um mês ou algo do tipo, estarei recuperado. Talvez precise repor alguns nutrientes. — O senso de humor leve evitou que o clima ficasse mais sério. — Acho que posso fazer o jantar agora.

— Acho que você vai ter que fazer sozinho. Não sei se consigo me mexer.

— Também não sei se consigo. Esse foi o final perfeito para um dia péssimo.

— Seu dia foi ruim? — Preocupada, Molly apoiou-se no cotovelo de modo a olhar para Daniel. — Me conta.

— Agora nem consigo lembrar. Acho que você fundiu meu cérebro.

Ele estava de olhos fechados. Molly acariciou seu peito, tracejando com os dedos a linha de pelos que descia pela barriga de Daniel.

— Você quer uma cerveja? Um vinho?

Ele abriu os olhos.

— Talvez as bebidas tenham esquentado. A gente fechou a porta da geladeira?

— Não faço ideia. Mas me lembro de algo quebrando.

— Deve ter sido meu autocontrole, mas, em todo caso, é melhor não andarmos descalços. — Daniel sentou-se, deu um beijo demorado nos lábios de Molly e levantou-se da cama. — Não saia daí. Vou buscar uns drinques para a gente.

— Ou poderíamos levar os drinques para o seu terraço.

Daniel colocou a calça jeans sem se importar em abotoá-la.

— Você quer transar à vista de todos e correr o risco de cair do terraço?

— Pensei mais em beber um vinho e conversar.

— Conversar. Acho que consigo fazer isso. Contanto que você fique de um lado do terraço e eu do outro. — Daniel jogou uma camisa para Molly. — Vista isso.

— Meu vestido está em algum canto.

— Foi seu vestido que nos trouxe até aqui. Se você o colocar, vou ter que tirá-lo de novo em quatro segundos. Sua única chance de beber um vinho e conversar é usando uma camisa larga. E mesmo assim não garanto. Sugiro que a abotoe até o pescoço.

Molly se sentia tonta, feliz e ridiculamente lisonjeada, mas fez o que ele sugeriu, vestindo a camisa que ia até o meio das coxas e passava das mãos, por isso Molly arregaçou as mangas.

Como não tinha nada para colocar nos pés e estava certa de ter ouvido vidro quebrar, colocou os sapatos de salto alto — que pelo visto *tinha* tirado em algum momento — novamente.

Descendo as escadas, ouviu Daniel xingar baixinho.

— Você tinha razão. Quebramos alguma coisa. Não venha aqui. Vou limpar tudo e depois levo o vinho para o terraço, se encontrar alguma garrafa que não tenhamos destruído.

Molly foi ver Valentine e então foi para fora, sentindo o ar frio contra a pele.

O terraço envolvia o apartamento de um lado a outro. Naquela altura, estavam isolados da confusão e barulho da rua, da loucura de Nova York. Muito abaixo, Molly imaginava as pessoas passeando pela 5ª Avenida, parando para ver as vitrines, acotovelando-se na multidão. Amigos, amantes, estranhos, todos amontoados naquela pequena parte de Manhattan. Ouviu o som de uma sirene, a algazarra abafada da buzina dos carros. Absorvidos em suas atividades, ninguém se importava em olhar para cima. Voltando para casa do trabalho, saindo para jantar, caminhando ao ar livre, fugindo de uma briga: todos tinham um motivo para estar ali. Molly ficava fascinada ao pensar em todas aquelas vidas separadamente. Pessoas se cruzando nas ruas sem se conhecer, alheias aos altos e baixos da vida dos outros.

Contente, permaneceu ali um instante e então se virou ao ouvir Daniel se aproximar.

— Faz três anos que moro nesta cidade e, mesmo assim, todos os dias algo me tira o fôlego. A vista desse apartamento é incrível.

— Comprei o apartamento por causa do terraço. Isso e o fato de a loucura estar longe, lá embaixo. — Daniel trazia uma garrafa de vinho e duas taças. — Às vezes, depois de um dia ruim, costumo sentar aqui.

— E hoje foi um desses dias ruins?

— Começou assim. — Ele serviu o vinho e entregou uma taça a Molly. — Mas terminou bem.

— Quer conversar sobre?

— De jeito nenhum. — Ele se apoiou com os antebraços no parapeito e encarou o parque. — Sou um cara que tem controle absoluto sobre as emoções. Não preciso falar sobre nada.

Molly encarou o perfil de Daniel até ele finalmente se virar para ela.

— O que foi? — Ele suspirou. — Está bem, é mentira. Costumo ser esse cara que tem controle absoluto das emoções. Quando estou trabalhando, encarno o advogado. Estou ali para fazer o melhor para meus clientes. Nada me atrapalha. Sinto orgulho de minha objetividade profissional. Sou neutro como a Suíça.

— Mas...

Ele respirou fundo e passou as mãos no rosto.

— Perdi o controle hoje por causa de uma menininha e sua boneca. — Daniel murmurou essas palavras, e Molly ficou sem saber se tinha ouvido direito.

— Oi?

— Tem sido difícil para mim nos últimos tempos. Minha experiência pessoal tem interferido em minha vida profissional. É sorrateiro, não consigo perceber. Isso me faz reagir de forma diferente do que de costume. Mais exaltado. Menos distante.

— E isso tem acontecido nos casos que envolvem crianças?

— Passei toda a minha carreira lidando com casos que envolvem crianças. Não sei por que isso está acontecendo agora.

Molly manteve o silêncio por um instante.

— Às vezes acontecem coisas no presente que nos fazem pensar no passado. Por exemplo, se você está cuidando de um caso que espelhe sua infância, talvez seja mais difícil manter a distância. Pois, gostando disso ou não, você traz suas experiências pessoais e sentimentos para a situação.

— Sim, faz sentido — disse Daniel com a voz rouca. — Fico especialmente sensível em casos em que a guarda dos filhos é usada como ameaça.

— Você quer dizer quando uma das partes ameaça não dar acesso ao outro para manipular a situação do casamento?

— Sim. E me preocupa o dano que testemunhar esse conflito pode causar na criança.

Molly bebeu um gole de vinho, maravilhada pela forma como se sentia confortável ao lado de Daniel.

— Conflitos em relacionamentos não são necessariamente ruins. O mais importante é a maneira como se desenrolam e são resolvidos. Para as crianças, ver os pais brigando, mas resolvendo o problema, traz segurança. Há outro tipo de perturbação, que outros conflitos podem trazer.

Daniel franziu a testa.

— Tipo?

— Quando, por exemplo, um dos pais simplesmente desiste. Isso não é resolver, é evitar o problema.

— Espera... — Daniel ergueu a mão. — Você está dizendo que fazer barraco pode ser algo bom?

— É claro que é melhor se não houver um *barraco*, pois gritarias podem ser assustadoras e não criam um ambiente calmo e positivo para as crianças; mas se a discussão for acalorada e conduzir a uma resolução, que fique clara para a criança, então sim, pode não ser tão nociva. Se um dos pais grita e o outro responde indo embora, ficando fora de casa por três dias sem discutir e resolver a situação, pode ser pior para a criança.

— Porque elas não veem a situação ser resolvida. — Daniel escutava atentamente. — Elas sentem a tensão, mas não veem a resolução.

— Exatamente. Se um dos pais sempre desiste e a atmosfera fica carregada de ressentimento, isso é pior do que uma explosão que limpe o clima e termine em uma resolução. No primeiro caso, a criança não entende o que está acontecendo. Há incertezas, medo, insegurança.

— Então a questão é a resolução do problema. — Daniel colocou a taça sobre a mesa. — Nunca tinha pensado dessa forma.

— Ver os pais discutindo é uma lição para a vida. Vivemos conflitos o tempo todo. Não só com parceiros, mas com amigos, no trabalho. Aprender a lidar com conflitos é uma habilidade para toda a vida, habilidade que é melhor aprender em casa, em um ambiente seguro e compreensivo. Bons pais ensinam seus filhos como resolver conflitos de maneira positiva e saudável em que ambos os lados são ouvidos. Assim, seus filhos poderão ir para o mundo resolver seus conflitos do mesmo jeito. É algo que se perpetua.

— O que você acha que acontece então quando um casal não sabe resolver seus conflitos de maneira saudável? Os filhos ficam incapazes de resolver seus próprios conflitos?

— Não é simples e linear desse jeito, mas, sim, pode resultar nisso. Talvez sintam medo de expressar um ponto de vista contrário, com receio de que a outra parte fique chateada. Se viram um dos pais nunca retrucar, podem achar que essa é a única maneira de lidar com o conflito. Fogem em vez de lidar com a situação de maneira calma e madura.

— Ou talvez façam o contrário e virem um agressor.

Será que Daniel estava pensando no próprio pai?

— Sim, isso também. Às vezes, porém, o que as crianças não aprendem com os pais aprendem com aqueles ao seu redor. Irmãos, colegas de escola. Não é necessariamente uma relação de causa e efeito.

Daniel expirou longamente.

— Você conhece bem esse assunto.

— É meu trabalho. Tenho certeza de que você também sabe muito do seu.

— Você lida com esse tipo de coisa todos os dias?

— Até certo ponto. Não me envolvo tanto quanto você. Lido superficialmente. Tive blogs sobre como lidar com conflitos no casamento. — Molly quase fez referência ao seu novo livro, mas logo percebeu que isto conduziria a conversa para um lugar aonde não queria ir. Ainda não. Era cedo demais. A relação era nova demais, e aquela era parte de sua vida que não estava pronta para compartilhar. — É uma questão importante. Não dá para passar o resto da vida com alguém que não ouça você, que passe por cima de suas opiniões e esperanças.

— Foi isso que aconteceu com minha mãe. Meu pai era um controlador que tinha problemas de temperamento. Ele saía da linha com muito pouco. Explodia se minha mãe discordasse dele. Ou quando ela expressava alguma opinião diferente da dele. Se ela vestisse algo que lhe desagradasse, se sorrisse de maneira que o irritasse... — Encarando a taça nas mãos, Daniel parou de falar. — O que você acabou de dizer... nunca tinha pensado desse jeito. Que ter conflitos em casa pode ser bom para a criança. Acho que advogo demais no sentido de afastar as crianças dos ambientes familiares que acredito serem destrutivos.

— Não me entenda mal. Tenho certeza de que, muitas vezes, é melhor para a criança que os pais se divorciem. Mas o simples fato de testemunhar conflitos não é necessariamente motivo para tanto. — Molly observou Daniel. — Seus pais, pelo visto, não eram bons em resolver conflitos.

— Jogar pratos na parede conta?

Molly sentiu um rompante de empatia.

— Acho que não. Devia ser algo assustador de testemunhar.

— Era mesmo. Meu pai tinha um temperamento péssimo. Minha mãe morria de medo dele. O que fazia, sua forma de viver, tudo era pensado para tranquilizá-lo e mantê-lo calmo. "Não irrite seu pai" foram as palavras que mais escutei na infância. Minha mãe era a mulher que você descreveu... a que sai andando e fecha a porta. Eu ouvia ela chorar através da porta do quarto.

Molly colocou a mão no braço de Daniel, sentindo os músculos duros por debaixo do tecido delicado da camisa.

— Não sei como você deu conta disso.

— Estava ocupado demais protegendo minhas irmãs para pensar em mim. Nunca sofri agressão física, mas a verbal pode machucar tanto quanto. Fliss revidava, o que também não era muito bom. Mas Harriet... — Ele franziu a testa e balançou a cabeça. — Bastava ele levantar a voz para ela ficar paralisada de medo. Ela teve uma gagueira grave na infância. Ele ficava louco com isso. Quanto mais gritava, mais ela gaguejava. Teve um dia na escola que... — Ele hesitou. — Ela teve que recitar um poema. Fliss e eu a ajudamos a praticar várias e várias vezes. Harriet estava recitando sem gaguejar uma vez sequer. Ficou tão feliz e orgulhosa de si mesma. Daí subiu no palco e viu nosso pai na fileira dos fundos. Ele nunca aparecia nos eventos da escola. Tenho certeza de que foi naquela noite só porque sabia o quanto era importante para ela recitar o poema perfeitamente.

Molly sentiu um horror gélido só de imaginar a cena.

— Ela o viu e não conseguiu falar nenhuma palavra.

— Sim. Esse único ato de crueldade foi capaz de desfazer todo o trabalho dela. Fliss ficou tão brava que foi para cima dele com uma frigideira.

Molly ficou chocada.

— Quantos anos você tinha?

— Não sei. Talvez 16. As duas tinham uns 11 anos. A vida de vez em quando era normal. A gente passava as férias de verão com nossa avó nos Hamptons enquanto meu pai ficava trabalhando na cidade. Ela tem uma casa de frente para o mar. É espetacular. Alguns investidores já ofereceram pequenas fortunas pelo terreno, mas ela não quis vender de jeito nenhum. E lá ficou minha avó, em sua modesta casa de praia, cercada de mansões. Foram poucas as ocasiões em que meu pai ia nos visitar, eram nossos momentos mais felizes. Minha mãe confessou anos depois que sonhava com a gente vivendo daquele jeito, só os quatro, na praia.

— Então você virou advogado para fazer isso acontecer com outras pessoas. O que aconteceu com seu pai?

— Ele teve o primeiro ataque do coração há quatro anos. O segundo foi um ano depois. Isso sossegou o facho dele, mas só porque tem medo. Ele passou a vida inteira enlouquecendo e afastando os outros, e agora descobriu que está sozinho.

— Vocês se veem?

— Ele não quer me ver pois me culpa pelo fato de minha mãe ter se divorciado dele no fim das contas. O que funciona muito bem para mim. — Daniel recostou-se no parapeito e observou a escuridão que se estendia sobre o Central Park. — Ele também não quer ver a Fliss.

— E Harriet?

— Harriet visita ele de vez em quando, mas isso a deixa estressada. De certa forma, ela sofreu mais que a gente. Mesmo agora, se fica chateada, a gagueira às vezes reaparece. Esse é um dos motivos pelos quais ela trabalha com animais, não com pessoas.

— E sua mãe?

Daniel suavizou a expressão.

— Depois do divórcio ela finalmente reconstruiu sua vida. Era que nem uma criança aprendendo a andar. Pequenos passos. Feliz com as conquistas e com a consciência de que dar passos leva a lugares. Foi incrível de ver. Ela se formou como enfermeira e no ano passado decidiu que queria conhecer o mundo. Neste momento está na América do Sul com três amigas que conheceu no grupo de apoio.

— Que história linda.

— Sim. Ela finalmente tem a vida que sempre quis. — Daniel respirou fundo e esvaziou a taça. — Acabei de contar um monte de coisas sobre minha vida que nunca contei a ninguém. Deve ser isso o que acontece quando a gente fica um tempo com a pessoa depois de transar.

Molly sorriu.

— Talvez. Ou talvez seja isso que acontece quando você confia em alguém. — Era como se a conversa tivesse intensificado, e não diminuído, a intimidade.

Daniel virou-se para Molly com uma expressão estranha nos olhos.

— Talvez seja. — Ele passou os dedos no queixo dela, demorando-se. — Você ficou bonita com minha camisa. Como consegue?

O toque dele fez o coração de Molly acelerar.

— É a luz — disse ela. — Ela ajuda.

— Acabei de perceber que ainda não fiz seu *steak*.

— Não estou com fome.

— Amanhã. Vamos tentar de novo. — Daniel levou seu rosto ao de Molly. — Vou levar você para jantar fora. Assim não vou poder arrancar suas roupas. E vamos conversar sobre você, não sobre mim.

— Amanhã tenho compromisso.
— Você vai dar prioridade à aula de spinning em vez de sexo?
— Não é a aula de spinning.
— É a aula de culinária? De salsa? Nem sei que dia é hoje...
— É um compromisso de trabalho.

Um compromisso de trabalho que, naquele momento, com os olhos de Daniel nos seus, Molly estava tentada a cancelar, mas sabia que não poderia. Era muito importante.

— Que horas termina? Vamos nos encontrar depois.

Quando Daniel deslizou a mão por debaixo da bainha da camisa, Molly sentiu seu corpo ficar fraco.

— Na noite seguinte estou livre.
— Ótimo. — As palavras saíram abafadas enquanto Daniel percorria o pescoço de Molly com a boca. — Isso vai me dar tempo de limpar o resto dos cacos.

Capítulo 13

— O pai não exerceu suas prerrogativas em nenhuma semana nos três primeiros meses do ano e seu comportamento não condiz com... — Daniel fez uma pausa quando Marsha entrou na sala e depois voltou para a ligação. — Sim, isso mesmo. É isso que estou dizendo... Ele perdeu as duas reuniões de pai e mestres, então acho que não, mas vamos falar sobre isso mais tarde. — Ele desligou o telefone. — Você está com uma cara séria, mas já vou avisando que nada poderá me estressar hoje.

Daniel passara a melhor noite de sua vida. Não apenas pelo sexo, ainda que tenha pensado nisso toda a manhã. Foi mais do que isso. A forma como Molly o escutou. Como os dois conversaram. Daniel tinha achado que a situação poderia deixá-lo um pouco desconfortável depois das coisas que revelara, mas, por algum motivo, isto não acontecera. Poderia ter conversado com Molly a noite inteira. Poderia ter transado a noite inteira com ela, também. Na verdade, foi o que fez na maior parte do tempo. A única coisa que os dois não fizeram foi comer, mas ele daria um jeito nisso. Daniel a levaria para jantar em algum lugar especial amanhã. Em algum lugar romântico.

Ele se recostou na cadeira e sorriu em expectativa.

— E então? Como você planeja estourar minha bolha de alegria hoje? Contanto que não me diga que deseja pedir demissão, está tudo bem.

A expressão de Marsha dizia que as coisas estavam longe de estar bem.

— O que você fez ontem à noite?

Não era do feitio dela não ir direto ao ponto, mas Daniel entrou na conversa.

— Tive um encontro com Molly. E você?

— Jantei com minhas garotas. — Ela colocou o café sobre a mesa. — Molly é a que você encontrou lá embaixo? A que estava com aquele cachorro lindo?

— Sim, ela mesma. Você iria gostar dela. Ela é inteligente, divertida, muito atenciosa. — *E fenomenal na cama*, pensou, para não mencionar sexy. Uma hora ela era a atleta com rabo de cavalo balançando enquanto corria; noutra, estava de vestidinho e saltos gigantescos. As lembranças fizeram o corpo inteiro de Daniel esquentar. Ele tinha a impressão de ter visto uma *lingerie* de renda também, mas na hora estava com tanta pressa de despi-la que não prestou atenção. Prestaria mais atenção na próxima vez. Era um pouco mais do que irritante que a "próxima vez" não seria naquela noite. Ele, que nunca antes tivera tempo ou vontade de sair com alguém por noites consecutivas, estava levemente irritado por Molly já ter planos.

Daniel forçou a concentração no trabalho.

— O que você queria mesmo me dizer?

— Você queria que o Max descobrisse a identidade da "Aggie".

— A julgar por sua expressão, não vou gostar do que vou ouvir.

— Acho que ela faz um bom trabalho. O que desaprovo é sua empreitada de desmascará-la e escrachá-la.

— Você não está exagerando um pouco?

Marsha olhou para ele por um tempo.

— Quando você descobrir quem ela é, vai desejar não ter perguntado.

— Então ela é alguém? Comecei a achar que Aggie pudesse ser um *call-center* com umas cem pessoas distribuindo conselhos aleatórios baseados em algo escrito no computador. Fico feliz que pelo menos exista um ser humano que eu possa contatar.

— Ela é bem humana.

— Ótimo.

Ele esticou a mão para pegar o documento, mas Marsha hesitou.

— Às vezes, não é bom fazer tantas perguntas. Podemos descobrir coisas que preferiríamos não saber.

— Outro assunto sobre o qual discordamos. Prefiro fazer quantas perguntas puder. Assim, consigo tomar decisões embasadas.

Ele continuou com a mão esticada, e por fim Marsha entregou, relutantemente, o documento.

— Aggie é o pseudônimo da dra. Kathleen Parker. — Ela disse o nome pausadamente, com ênfase, esperando pela reação dele.

Daniel foi com o olhar de Marsha para o arquivo, tentando captar o que ainda não tinha entendido.

— Doutora? Doutora em quê? Em decepção? Em besteirol?

— Dra. Parker, dra. Kathleen *Molly* Parker, é psicóloga comportamental.

Daniel ergueu o olhar. O sangue começou a latejar em seus ouvidos.

— Você disse Molly?

— Isso mesmo.

— A minha Molly?

— Acho que ela não vai ser sua por muito mais tempo quando descobrir que você checou os antecedentes dela. Ou quem sabe você já contou tudo a ela.

— Não cheguei os antecedentes dela. Cheguei os antecedentes da Aggie, ainda que, tecnicamente, quem fez foi o Max.

— Acontece que Molly e Aggie são a mesma pessoa. Aggie é o pseudônimo dela.

— Deve haver algum erro.

Com o cérebro a mil, Daniel levantou-se e caminhou até a janela. Não, não era possível. Ela teria falado sobre isso. Depois de tudo o que dividiram, ela teria falado sobre isso. Não teria?

Daniel pensou nas vezes que Molly mudou de assunto quando ele perguntara sobre o trabalho. Nas vezes que ele tentou colher um pouco mais de informação e não conseguiu nada em retorno.

Ela contou que era psicóloga, mas não deu grandes detalhes.

Daniel permaneceu de costas para a sala.

— Me conta tudo.

— Está no documento. Ou posso chamar o Max e ele poderia…

— Quero que você me diga o resto da história.

Ainda que parte dele não quisesse ouvir. Pela primeira vez na vida, Daniel estava gostando de se relacionar com uma mulher, e agora descobria que ela não era quem dizia.

Era capaz de respeitar o direito de Molly de proteger a confidencialidade de seus pacientes, mas sabia que não era o caso aqui. O problema era ela não confiar nele. Daniel lhe confiara informações pessoais sobre si, sobre seu passado, coisas que nunca havia dividido com ninguém. E ela não se dispôs a retribuir o gesto.

Daniel não se virou, apenas escutou enquanto Marsha lia o relatório.

— Ela fez pós-graduação em Oxford. Seu blog, *Pergunte a ela*, tem oito milhões de acessos por semana… — Ela se interrompeu quando Daniel soltou um palavrão. — Sim, ela é famosa. Seu primeiro livro, *Parceiro para a vida*, vendeu meio milhão de cópias nas duas primeiras semanas, e o segundo livro…

— Espera...

Daniel passou a mão pelo cabelo. Era por isso que tinha uma cópia no apartamento dela. Ela não comprou o livro em busca de dicas. Tinha escrito aquela porcaria.

Devagar, a imagem dela mudava de forma.

Você lida com relacionamentos em seu trabalho?
Sim.

Ele se virou. Marsha parecia estar observando um tigre que fugiu da jaula, sem saber se deveria ou não dizer mais.

Daniel fechou o maxilar com força.

— Continue.

— Ela acabou de assinar o contrato para outro livro com a Editora Phoenix, mas os detalhes ainda não foram anunciados.

— Com a Phoenix? Não são eles que querem que eu escreva um livro sobre como sobreviver a um divórcio?

— Exatamente. Você quer saber o resto?

— Não.

Aquilo já era mais do que o suficiente. Daniel agora precisava ter uma conversa com "Aggie". Ou com Molly. Ou com quem diabo ela fosse de verdade.

Como as duas podiam ser a mesma pessoa? Ele queria transar com uma, e estrangular a outra com as próprias mãos.

Daniel acreditava que Aggie era uma charlatã ignorante, quando, na verdade, era uma mulher inteligente e muito profissional.

O café que Marsha trouxera permaneceu intocado, esquecido sobre a mesa.

Por que ela não contaria que tinha uma coluna de conselhos amorosos? Por que era tão reservada? Não fazia sentido. Daniel estava confuso e, além disso, indignado. Ela o havia acusado de enganá-la, mas sua dissimulação era ainda maior. Tudo que Daniel fez foi pegar um cão emprestado. Molly escondia uma identidade completa.

Marsha continuava a observá-lo.

— Você está chateado por motivos profissionais ou pessoais?

Daniel pensou em Molly nua, rindo junto com ele. Depois, recordou-se da forma como ela passara a noite escutando-o no terraço.

Ela possuía uma forma de encorajar as pessoas a falar sem revelar nada de si.

— É profissional — disse com o maxilar cerrado. — É profissional. Por acaso, não fui convidado para uma festa na Editora Phoenix?

— Eles vão dar um coquetel hoje à noite, no Metropolitan. Você pediu que eu agradecesse e recusasse.

— Voltei atrás. Eu vou ao evento.

— Para discutir o projeto que eles têm em mente? Pois se você vai lá para fazer cena, não quero participar. Gosto da Aggie. O livro dela é brilhante e...

— O nome dela é Molly. Ligue para a Editora Phoenix. Irei ao evento, convidado ou não. E diga para Max deletar essa pesquisa da memória dele. Não quero ninguém falando nisso de novo.

Marsha pareceu triste.

— Detesto vê-lo magoado.

— Magoado? — Daniel mal reconheceu a própria voz. — Não estou magoado.

— Mas pensei que você e ela...

— O quê? Você sabe que nunca entro em relacionamentos. Molly e eu nos divertimos juntos, mas não estamos ligados emocionalmente.

— Tem certeza? Porque fiquei pensando que, talvez...

Marsha passou a língua nos lábios, e Daniel a olhou de cara feia.

— O quê?

— Você andou diferente nas últimas semanas. Achei... Bem, fiquei pensando que talvez estivesse começando a gostar dela.

Estupefato, Daniel permaneceu imóvel.

— O que você está sugerindo?

— Nada — disse Marsha rapidamente. — É que você parece bastante magoado, só isso.

— Você tem razão, estou magoado. E estou assim porque não gosto que mintam para mim.

O que era óbvio, não? Daniel não entendia por que Marsha pensaria que existia algo mais. É claro que ele gostava de Molly, mas não de maneira profunda, significativa. Era verdade o que havia dito sobre não se apaixonar por ela. Quanto a isso, não se preocupava. A relação deles era perfeita.

Exceto pelo fato de não ser perfeita o bastante para ela confiar nele.

O terraço no topo do Metropolitan Museum of Art oferecia a vista perfeita para o Central Park e os arranha-céus em Midtown Manhattan. Torres surgiam por detrás das árvores, como se a cidade estivesse determinada a lembrar a seu espectador boquiaberto quem exatamente era a estrela do show.

Quem poderia esquecer?

Sorrindo, Molly pegou uma taça de champanhe. Ela nem precisava beber. Sentia como se tivesse bebido uma garrafa inteira sem parar para respirar. Havia passado o dia envolta em uma nuvem de felicidade, tonta de alegria. Parte dela queria ter dado uma desculpa para não ir ao evento desta noite, de modo a ficar com Daniel. Se o tivesse feito, estaria na cama com ele neste momento.

Discretamente, tirou o celular da bolsa, mas não havia mensagens. Talvez ele ainda estivesse pensando aonde a levaria amanhã para jantar. Molly talvez devesse ter dito que ficaria contente em comer uns salgadinhos na cama.

Perdida em devaneios, caminhou até o parapeito do terraço, um passo de cada vez. Por que os sapatos que parecem tão confortáveis quando você os calça viram instrumentos de tortura poucas horas depois? Era um dos mistérios da vida.

Ela olhou para o parque. Corria ali todos os dias, mas nunca o tinha visto daquele ângulo. Através da copa das árvores, conseguia ver as trilhas que se estendiam preguiçosamente por entre clareiras de madeira, emolduradas pelos prédios ao redor.

Tentou ficar na ponta dos pés para ver o ponto onde encontrou Daniel pela primeira vez. Não conseguia parar de pensar nele. Para ela, sexo sempre teve a ver com relacionamentos, o que era o bastante para fazê-la recuar. Agora, porém, descobria que havia contido suas sensações. Nunca havia transado de forma tão desinibida, tão *real*. Fora uma loucura eletrizante, tão entusiasmante que não sabia se conseguiria aguentar outras vinte e quatro horas antes de vê-lo novamente.

Permaneceu ali admirando a vista, em meio ao som de brindes das taças e o murmúrio de vozes, quando ouviu alguém dizer seu nome.

Virou-se e viu Brett Adam, presidente da Editora Phoenix, se aproximando. Com ele vinham um homem e uma mulher.

— Aggie! — Ele se inclinou e deu-lhe dois beijos, um em cada bochecha, bem no estilo Nova York. — Que bom que você conseguiu vir. Estamos empolgados com seu próximo livro. Temos grandes planos.

— Também estou empolgada.

Ela se sentiu aliviada e feliz por ele ter usado seu pseudônimo. Brett garantiu que sua identidade seria preservada naquela pequena e exclusiva festa. Não havia fotógrafos nem jornalistas para escrever sua história.

— Quero que você conheça meu irmão, Chase, e sua esposa, Matilda. Matilda é uma de nossas novas estrelas. Escreve romances e é uma grande fã sua. Ficou pedindo que eu apresentasse você para ela.

Era uma mulher bonita, com cabelo castanho esvoaçante e olhos amigáveis.

— Eu simplesmente amei o *Parceiro para a vida*. Me inspirei nele enquanto escrevia meu último livro. Você apresenta as coisas de um jeito que faz tanto sentido. Queria poder ter lido seu livro enquanto era solteira. — Matilda esticou a mão para cumprimentar Molly, derrubando champanhe no caminho. — Ah, me desculpa...

— Deixa eu pegar isso aqui. — Chase cuidadosamente tirou a taça da mão da mulher. Sua prontidão sugeria que não era a primeira vez que salvava sua esposa de um desastre.

Matilda lançou-lhe um olhar de gratidão, e Chase o recebeu com carinho e bom humor. Era uma cena tocante de presenciar.

Molly concluiu que os dois não precisavam dos conselhos dela.

— Fico feliz que tenha gostado. Você escreveu muitos livros para a Phoenix?

— Estou no terceiro, ainda estou começando.

— Ela é modesta — disse Brett. — O primeiro livro dela entrou para a lista de mais vendidos do *New York Times*. É raro para um estreante. A heroína é envolvente e pareceu mexer com muitas leitoras. Você vai gostar de ler, Aggie. Vou pedir para minha assistente enviar uma cópia.

— Eu adoraria! Você está trabalhando em outro livro no momento?

— Sim, e preciso terminá-lo antes do verão. — Ela colocou a mão na barriga e olhou para Chase. — Pois em agosto estaremos ocupados.

Molly sorriu.

— Meus parabéns.

— Estamos muito felizes.

Conversaram por alguns minutos até que alguém se aproximou de Brett e Matilda. Molly se afastou, dando-lhes espaço, e, ao recuar, esbarrou contra uma sólida parede de músculos.

— Olá, Molly.

Ela reconheceria aquela voz profunda e masculina em qualquer lugar. Sentiu um choque de adrenalina e virou-se.

— Daniel? O que você está fazendo aqui?

Ela estava tão, tão feliz em vê-lo. Pela primeira vez na vida quis agir como Valentine, balançando o rabinho e pulando sobre ele.

— Eu ia fazer a mesma pergunta a você. — O tom de voz dele era calmo. Mais calmo do que ela esperava, dado que vinte e quatro horas antes os dois estavam com os corpos intimamente entrelaçados.

Aquilo a intrigou. Podia até não haver envolvimento emocional, mas havia amizade. Uma conexão que dava outra dimensão aos dois.

Mas a conexão não era mais evidente, e Molly sentiu algo de diferente em Daniel.

Era por estarem em público? Não. Era outra coisa. Havia um brilho nos olhos dele que Molly não conhecia. Uma dureza que não vira antes. Ah, ela sabia que ele era durão, mas Daniel escondia isso sob camadas de charme e carisma que faziam com que você esquecesse essa reputação.

Era como brincar com um leão domado, pensou, e esquecer que, ao final do dia, tratava-se de um animal selvagem.

Ela estava vendo o advogado Daniel, não o amante Daniel.

Sua felicidade minguou, cedendo lugar ao pânico conforme Molly percebia que tinha se esquecido de algo.

Ali, ela não era Molly.

Daniel ia querer saber o que ela estava fazendo na festa.

— Daniel! — Brett avançou um passo e apertou-lhe a mão com firmeza. — Que bom ver você aqui. Espero que isto signifique que está reconsiderando nossa proposta. Vejo que já conhece a Aggie. Imagino que vocês tenham muito que conversar. A Aggie é psicóloga e escreve livros excelentes sobre relacionamentos. Ela foi o sucesso de vendas da Phoenix no ano passado e esperamos um sucesso parecido com o próximo livro.

Os olhos de Molly fecharam-se brevemente. Apresentando-a pelo pseudônimo, Brett imaginava estar protegendo sua identidade em vez de, inadvertidamente, a estar revelando.

Ela se sentiu terrivelmente constrangida e ciente de que estava suscetível a acusações explícitas de hipocrisia. Ficara indignada quando descobriu que Brutus não pertencia a Daniel, mas isto não era muito pior? O que Daniel faria? Molly sentiu-se enjoada. Daniel revelara coisas pessoais e agora, provavelmente, sentia-se vulnerável. Um homem vulnerável costuma lutar para se defender. Alguns talvez busquem vingança, e que maneira melhor de se vingar do que revelar aos quatro ventos sua identidade?

Ela esperou que Daniel retrucasse, mas ele não o fez. Em vez disso, ouviu Brett com atenção, que evidentemente não percebia a tensão no ar.

— Daniel é um dos melhores advogados de divórcio em Manhattan. Estou tentando convencê-lo a escrever um livro sobre como tornar um processo de divórcio o mais civilizado possível. Talvez devêssemos pedir que vocês escrevessem algo juntos.

Daniel deu um sorriso evasivo.

Molly estava uma pilha de nervos. Ele diria algo imediatamente ou esperaria até ficarem sozinhos? O suspense a torturava tanto que quase desejou que ele fizesse algo logo.

Bebeu o champanhe em quatro grandes goles, quase deixando de perceber que Brett havia se afastado para conversar com outro grupo de pessoas que demandava sua atenção.

Daniel pegou outras duas taças de champanhe de uma bandeja e colocou-as sobre a mureta.

— Pega uma. Você parece precisar, Molly. Ou devo chamar você de Aggie? Estou confuso.

Ele não parecia confuso. Ela não sabia como interpretar sua expressão. O sol, que se punha, atrapalhava sua visão do rosto dele.

— Daniel...

— Você tem um blog famoso e vários seguidores nas redes sociais. São coisas que você não mencionou enquanto a gente rolava na cama. — Inclinando-se, o hálito de Daniel esquentou a bochecha de Molly. — Nunca transei com duas mulheres ao mesmo tempo. Estou curioso... Fui para a cama com Aggie ou Molly? Você teria algum conselho para me dar?

O casal perto deles lançou olhares curiosos.

Mortificada, Molly terminou a segunda taça de champanhe e afastou-se alguns passos.

— Muitos escritores usam pseudônimos. Olhe ao redor. Duvido que encontre muitos nesta festa que usem seus próprios nomes.

— Duvido também que encontre muitos que se esqueçam de contar isso aos amigos. Especialmente amigos com quem se deitam. Se "Aggie" é um simples pseudônimo, por que você não me contou?

Molly sentiu a raiva pulsar em Daniel.

— Provavelmente pelo mesmo motivo de você não ter me contado que Brutus não era seu.

— É diferente! Isso é... — Ele xingou baixinho e passou os dedos pelo cabelo. Seus olhos tinham escurecido, estavam quase cinza. — Eu não conhecia você naquele momento. — Algo no tom de voz de Daniel fez a respiração de Molly travar na garganta.

Ela quis dizer que ele ainda não a conhecia, mas seria mentira. Ele a conhecia. Não cada detalhe de seu passado, mas mais que qualquer outra pessoa.

— Separo muito bem minha identidade profissional e a real. Prefiro as coisas assim.

— Então você confia em mim o bastante para dormir comigo, mas não para me contar isso?

Molly conseguiu captar a mágoa na voz de Daniel. Orgulho. Devia ser isso. Ela ferira seu orgulho. Ele havia contado coisas, e ela não retribuiu.

— Você me contou o que quis e nada mais.

— Não tem nada a ver com o que contei, mas com o que você não me contou.

Quaisquer que fossem seus motivos para estar magoado, não havia como negar que ele *estava* magoado, e que Molly era a causa. Uma situação que ela odiava. Machucá-lo era a última coisa que queria fazer.

— Você parece ter algum problema com o fato de eu ser a Aggie, o que não entendo, pois nunca ouviu falar de mim antes.

— Já ouvi falar, sim.

Ele riu, mas a risada dele não continha humor. Molly encarou-o desejando não ter bebido champanhe de estômago vazio. Precisava estar com a mente afiada e, naquele momento, sua mente estava, bem... turva.

— Você está dizendo que lê meu blog? Não acredito.

— Eu não leio, mas meus clientes leem.

Alguém tocou o braço dele, e Daniel virou-se, ocultando a falta de paciência com um breve sorriso.

Ele cumprimentou as pessoas, ouviu como se estivesse interessado no que diziam e respondeu-lhes os agradecimentos efusivos com um par de comentários educados. Em seguida, virou-se novamente para Molly e deixou claro, por sua linguagem corporal, que a próxima pessoa que os incomodasse seria arremessada no parque.

Apesar do champanhe, a boca de Molly estava seca.

— Seus clientes? Que clientes? Do que você está falando?

— Uma cliente minha estava prestes a se divorciar, até você convencê-la do contrário. Você disse que, por eles terem filhos, tinham o dever de insistir no casamento.

A cabeça de Molly latejava. Ela ergueu os dedos e pressionou a testa, tentando lembrar. Como poderia lembrar de algumas poucas palavras em meios às milhares que escrevia?

— Nunca dou conselhos sobre situações específicas. Faço observações gerais, só isso.

— Bem, suas "observações gerais" geraram muita angústia e turbulência em uma família que já estava farta disso.

— Não vou pedir desculpas por sugerir que um casamento merecia outra chance antes de ser abandonado. Se há crianças envolvidas, nunca é errado tentar de novo.

— Você não sabe nada sobre a situação deles.

Era verdade. Molly sabia também que aquela conversa não era sobre os clientes de Daniel. Superficialmente, talvez fosse, mas, no fundo, o assunto era outro. Era sobre eles. Sobre o fato de ela não confiar nele.

Molly abaixou a mão e escolheu as palavras com cuidado.

— Sei muito sobre o assunto, tanto pessoal quanto profissionalmente. As pessoas escrevem um resumo da situação, e eu ofereço a elas minha opinião. É só isso. Você leu o conselho que dei? Talvez devesse, antes de sair me acusando. Boa noite, Daniel.

Com a mão tremendo, Molly colocou a taça vazia sobre uma bandeja que passava e virou-se para ir embora.

Daniel segurou seu braço.

— Espera… — disse, com um tom de voz urgente. — Tem algo de errado nisso tudo. Por que você não me contou a verdade? E não me venha com essa de "distância profissional". Você tem medo de algo. Está escondendo algo. Tem a ver com você ter deixado Londres? Algo a ver com o último cara?

O coração dela batia forte. Molly não respondeu, e a mão de Daniel segurou-a com mais força.

— Me diga.

Por que não? Ele logo descobriria de qualquer jeito. Nada que ela dissesse ou fizesse mudaria isso.

— Se você digitar dra. Kathleen Parker em um site de busca, vai descobrir as respostas que tanto deseja.

— Kathleen Parker? Tem outros nomes que eu precise saber?

Molly soltou-se, tentando entender por que estava se sentindo tão mal. Havia machucado homens antes. Homens com quem se envolvera bem mais. O que ela e Daniel tinham não passava de uma curtição superficial. Por que se sentia tão mal?

— Kathleen Molly Parker é meu nome completo. Hoje em dia uso apenas Molly. É só procurar que você vai entender. — E ponto final. Não haveria mais segredos. Daniel assistiria no YouTube aquele vídeo horrível, humilhante. Veria por si mesmo quem ela era. Dizer era uma coisa; testemunhar era outra.

Tem algo de errado com você.

Virando-se, com os sapatos apertando os pés, Molly atravessou o terraço até as escadas.

Quando chegou ao elevador, ouviu a voz de Daniel.

— Molly! Molly, espera!

Ela não esperaria de jeito nenhum.

Apertou o botão com força, decididamente, e ele tinha acabado de alcançá-la quando as portas se fecharam.

Ela fechou os olhos aliviada, convicta de que, uma vez que ele procurasse na internet, não viria atrás dela.

O que quer tenham tido, o que quer que tenham partilhado, estava perdido.

Molly não fazia ideia de por que se sentia tão mal.

Capítulo 14

Molly bateu forte na porta do apartamento de Mark e Gabe.

Mark atendeu a porta, distraído, mas sorriu quando a viu.

— Molly! Não esperava que você voltasse tão cedo. O Valentine está grudado na TV, vendo um *reality show* de cachorros. Você não pode levá-lo agora.

— Estou ferrada.

O coração estava disparado e as palmas das mãos suadas.

— Ferrada? — O sorriso de Mark se desfez quando ele estudou o rosto dela. — Ferrada como?

— Ele sabe. — Molly tirou o cabelo dos olhos e percebeu que as mãos tremiam. — Não esperava vê-lo até amanhã, mas ele apareceu no Metropolitan e o Brett me apresentou como Aggie. Não foi culpa dele. Ele pensou que estava ajudando. E ele ficou com raiva.

— Brett ficou com raiva?

— O Daniel. E… eu o magoei. Sempre magoo as pessoas. Eu avisei, mas ele não escutou. Ele devia ter escutado. Mas não escutou e agora ferrei minha vida inteira em uma noite. Eu estava tão *feliz*. Mas é assim que as coisas são, não é? Uma hora você está cuidando das suas coisas, vivendo numa boa, construindo uma carreira e, no momento seguinte, criam uma *hashtag* sobre você, todo mundo começa a opinar sobre sua vida e, do nada, você vira a mulher que dá conselhos de relacionamento, mesmo sem ter uma experiência *de verdade* com relacionamentos, e para falar a verdade nunca entendi essa parte pois ninguém precisa viajar o mundo para poder ensinar geografia, mas o que eu quero dizer é que não quis machucá-lo.

E o que Daniel pensaria? Ela talvez pudesse contar todo o lance com o Rupert algum dia, mas não naquele momento, não daquele jeito. Molly queria esperar até os dois se conhecerem melhor. Até que as chances de Daniel julgá-la fossem menores.

— Uau, calma lá, amiga. Quem você machucou? O Daniel? Por que ele estava no Metropolitan? Aliás, você está maravilhosa, adorei o vestido. Esse tom de azul, com essas tiras cruzadas… está maravilhosa.

Molly não estava nem aí para o vestido. Não queria saber de nada a não ser o que Daniel faria agora. *O que ele pensaria dela.*

Latindo em êxtase, Valentine veio até ela.

Molly agachou-se para abraçá-lo, tirando um pouco de conforto com a sua presença. Tomada de amor, acariciou seus pelos e sentiu seu cheirinho familiar de cachorro.

— Eu devia ter ficado com você hoje à noite. Você é o meninão que eu gosto. Não sei por que Daniel foi ao Metropolitan. — Com a cabeça girando e o pânico corroendo o estômago, Molly levantou-se. — Eles querem que ele escreva um livro ou algo do tipo. Quais são as chances? Ontem à noite foi tão incrível, Mark. Pela primeira vez na vida transei de um jeito louco, selvagem. Foi incrível, pois não me preocupei com amor nem nada do tipo. Foi a primeira vez que quebrei algo durante o sexo. Pensei que tudo estava bem, mas não…

— Espera. Você quebrou algo? — Mark recuou um passo, estudando o corpo da amiga em busca de sinais de lesões, ao que Molly deu um sorriso trêmulo.

— Não em mim. Uma garrafa de vinho. Ou de cerveja. Nem sei o que foi. A gente estava se beijando com a geladeira aberta e...

— É melhor você entrar antes de contar, senão a sra. Winchester vai ficar chocada.

Mark trouxe-a para dentro do apartamento, fechou a porta e conduziu-a à sala de estar.

— Não estava nos meus planos contar detalhes.

— Se você transou na geladeira, quero detalhes. Vamos abrir uma garrafa do champanhe do Gabe.

— Eu não disse que transamos na geladeira! E não preciso de mais champanhe. Já bebi além da conta. Onde está o Gabe? — Distraída, olhou ao redor e percebeu alguns dos desenhos de Mark jogados sobre a mesa. — Você está trabalhando?

— O Gabe saiu para jantar com um cliente, então aproveitei para trabalhar em alguns projetos.

— Estou atrapalhando...

— Neste momento, não há nada que eu queira mais do que ouvir sobre sua vida sexual.

— Não é de sexo que quero falar, é de outra coisa! Não quero que ele saiba a história toda. — Molly grunhiu e cobriu os olhos com as mãos. — O celular dele provavelmente vai se autodestruir. Eu não devia ter ido para aquele negócio da editora e nunca devia ter ido para a cama com ele. Ele disse que não tínhamos como nos machucar pois nenhum dos dois tinha sentimentos, mas eu o machuquei e agora estou me sentindo tão, *mas tão* mal.

— Se nenhum de vocês tem sentimentos, como pode tê-lo machucado?

— Feri o orgulho dele, acho.

— O orgulho dele. — Mark lançou um olhar prolongado para Molly. — Você acha que isso é uma questão de orgulho?

— O que mais poderia ser?

Mark abriu a boca e fechou-a novamente.

— Não sei. Deixa para lá.

— Eu não devia ter dormido com ele. Não importa o que eu faça, tudo sempre dá errado. Ele vai pesquisar sobre mim e vai descobrir o que todo mundo já sabe. Que quando o assunto são relacionamentos, sou uma fracassada.

Mark suspirou.

— Sente-se.

— Você acha que ele vai revelar minha identidade? Que vai contar para as pessoas quem é a Aggie? Não quero virar *trending topic* no Twitter pela segunda vez na vida.

— Você nem tem conta no Twitter.

— Tenho conta como Aggie, não como Molly.

— É impressionante que você não tenha uma crise de identidade. Qual é o problema? Qual é o problema de você usar um pseudônimo? É uma escolha sua. E qual é o problema de ele saber disso?

— Não tenho como dar conta de outro escândalo. Já deu minha cota de mudar de país. Além disso, eu amo Nova York! Não quero ter que me mudar para o Brasil.

— Brasil?

— Foi uma escolha aleatória.

— Estou confuso. Você está preocupada com Daniel revelar sua identidade ou com o fato de que o relacionamento de vocês possa ter acabado?

— Não temos um relacionamento. Mas, o que quer que aquilo tenha sido, eu gostei.

— Talvez não esteja no passado. Talvez não tenha terminado.

— É claro que terminou. Quando as pessoas descobrem, me tratam como se eu tivesse alguma doença contagiosa. E eu entendo. Quem precisa disso na vida delas?

Mark aproximou-a do sofá.

— Tira esses sapatos incríveis e relaxa. Você não vai ter que se mudar para o Brasil. Para quem eu cozinharia? A gente vai resolver essa situação.

A bondade de Mark rompeu os últimos fios do autocontrole de Molly.

— Se a situação degringolar, se todo mundo descobrir, você vai ter que fingir que não me conhece. Não é porque você tem o azar de ser meu vizinho que as pessoas vão achar que é meu amigo. Você pode ficar neutro quando perguntarem coisas. Só não mencione que foi a primeira vez em três anos que um homem entrou em meu apartamento.

— Se alguém perguntar — disse Mark —, vou mandar cuidarem da vida deles, pois sou seu amigo. Quando um amigo está em apuros, você o mantém perto, não o lança simplesmente ao mar. Sei que seus amigos decepcionaram você no passado, mas isso não vai acontecer desta vez. Eu não faria isso. Gabe também não.

— Não... — Molly tirou os sapatos — Não me faz ficar assim emocionada. Já estou um caco.

Mark empurrou-a para o sofá.

— Nossa amizade é para a vida. Vou ser o padrinho dos seus filhos.

Molly não sabia se ria ou chorava.

— Se, além de tudo, eu estiver grávida, vou surtar. — Ela observou Mark abrir a geladeira e tirar uma garrafa de champanhe. — Não sei o que estamos comemorando, exceto minha capacidade de complicar até um relacionamento descomplicado.

— Relacionamentos descomplicados não existem. E você transou com um cara. — Mark sacou a rolha e conteve a erupção de bolhas numa taça. — Está aí um motivo para comemorarmos.

Ele entregou o champanhe a Molly, que tomou um gole, sentindo o gosto marcante e o formigamento das bolhas.

— Talvez seja o champanhe falando, mas você e Gabe são os melhores amigos que alguém poderia ter.

— Você só bebeu dois goles de champanhe, por isso vou aceitar como um elogio sóbrio.

— Dois goles além do que bebi no Metropolitan.

— Continue bebendo. Quero que você me conte se ele é bom de cama.

Apesar de tudo, aquilo fez Molly sorrir.

— Insanamente bom.

— Fazia três anos que você não transava e isso é tudo que você vai contar? Você é cruel e desalmada.

— Eu já havia alertado você sobre isso. Talvez toda essa situação seja positiva. Ia acabar a qualquer hora mesmo, melhor que tenha sido agora.

— Molly...

— O quê? Tenho questões com abandono, eu sei disso. Sou profissional do ramo e consigo diagnosticar minha própria condição. Mas saber o que tenho não me ajuda a consertar o problema.

— Não entendo como você poderia tê-lo machucado. Pelo que você me contou, esse cara tem defesas mais impenetráveis do que as suas. Ele entrou nisso sabendo muito bem o que estava acontecendo.

— Ele me contou umas coisas. Eu contei umas coisas para ele também, mas talvez não tantas. — Molly mordeu o lábio. — Eu provavelmente o fiz se sentir vulnerável e agora ele está na defensiva.

Sim, provavelmente era isso. Quanto mais Molly pensava no assunto, mas sentido fazia.

— Impressionante que vocês dois tenham conseguido se beijar sem assinar um contrato antes.

Ah, eles tinham conseguido, sim. Fizeram mais que isso. Eles botaram fogo no parque.

A recordação propagou uma onda lenta e sinuosa de calor pelo corpo de Molly. Ela terminou o champanhe.

— Eu não estava esperando que fosse ser tão bom.

— Então você beijou alguém achando que a experiência ia ser péssima? Querida, eu te amo, mas nunca vou entender você. — Mark preencheu a taça dela, ao que Molly grunhiu e balançou a cabeça.

— Não me dê mais champanhe.

— Seu apartamento é no andar de baixo. Se for preciso, coloco você nos ombros e te carrego. E, se falam tanto que você é uma pessoa má, talvez seja o caso de fazer valer a reputação.

— Estou me sentindo péssima. Como posso me sentir péssima se eu fiz questão de alertá-lo? Não era para eu me sentir culpada, mas me sinto.

— Tem certeza de que é culpa o que você está sentindo?

— O que mais poderia ser?

Mark hesitou.

— Nada. Olha, talvez seja bom que ele saiba seu segredo.

— Não é. Isso é assustador.

— Sei que é assustador. — Mark pegou o lápis e alcançou uma folha de papel. — Passei minha adolescência inteira com medo. Por um bom motivo. As pessoas podem ser maldosas, nós dois sabemos disso. Mas ficar se escondendo tem seu lado negativo também. Sua vida fica reduzida. Mais reduzida do que a vida que você merece.

— As pessoas acham que mereço muitas coisas. Coisas ruins.

— O julgamento das pessoas que você não conhece e com as quais não se importa não deveria afetar a sua vida. Você não deveria ter medo de ser você mesma. Falhas, defeitos, fraquezas… são essas coisas que nos tornam humanos.

— Você faz parecer tão fácil.

— Não é fácil. Mas esconder isso tudo também não é.

— De onde você tirou toda essa coragem?

— De amigos que são melhores do que uma família. — Mark largou o lápis. — Quando você tem um grupo de pessoas que te conhecem e amam pelo que você é, percebe que o que os outros acham não importa.

— Esse é um dos motivos por que amo Valentine. Ele não me julga. Além do meu pai, é claro...

— E eu e Gabe. — Mark deu um sorrisinho torto. — E tenho certeza de que, se precisasse, a sra. Winchester entraria na briga por você também. Se o Daniel Knight te causar problemas ou magoar, a gente dá um jeito nele.

Molly pensou nos ombros fortes e no intelecto afiado de Daniel.

— Ele não seria fácil de derrubar. — Ela se levantou e sentiu-se tonta na hora. — Não deveria ter tomado essa última taça. Foi champanhe demais.

— Não existe isso, champanhe demais. Toma... um presente para você. — Ele entregou o papel para Molly. Era um desenho de Valentine. Mark captou perfeitamente o cão. Com o coração inflado de amor, Molly tocou o narizinho em forma de coração com a ponta dos dedos.

— Está incrível. Adorei. Obrigada. — Sentindo-se definitivamente tonta, Molly ficou na ponta dos pés e beijou a bochecha de Mark. — Vou para casa. Isso se eu conseguir descer as escadas sem cair. — Pegou os sapatos e caminhou até a mesa para ver os desenhos. — São lindos. É alguma ideia nova?

— Estou brincando com uns temas. É cedo ainda para saber se vai funcionar.

— Esse aqui é uma lebre ou um coelho?

— É uma lebre-ártica. Estou trabalhando em uma história sobre camuflagem. Sobre se esconder de predadores. — Mark deu um sorriso, mas sem calor. — Disso você entende.

— Você também. — Com a mão livre, Molly pegou os desenhos, seguindo a narrativa. — A neve derrete e ele fica visível do nada.

— Isso.

— Por favor, diga que ele não é devorado. No meu atual estado emocional de vulnerabilidade, talvez eu não dê conta desse final.

— Ele faz novos amigos, que o protegem até nevar de novo e ele estar seguro.

— Uma família de amigos. Gostei. — Molly colocou os desenhos de volta na mesa. — Você é tão talentoso. Vou mandar enquadrar o desenho do Valentine. Um dia, quando você ficar mais famoso do que já é, alguém vai oferecer uma fortuna por ele e eu vou responder que não está à venda. É melhor eu ir. Obrigada por me ouvir e me embebedar o suficiente para eu não ligar para meus problemas.

— Me avise se ele der sinal de vida.

— Ele não vai. Esse cara não quer complicação. Sou uma complicação maior do que a maioria das pessoas está disposta a lidar.

Molly chamou Valentine e o cão veio em sua direção com o rabo abanando.

Não importava o que acontecesse em sua vida, não havia situação que aquele cão não tornasse um pouco melhor.

— Ainda bem que cachorros não sabem ler. Você me ama incondicionalmente, não ama? Você é parte da minha família. — Molly agachou-se para abraçá-lo, e Valentine a lambeu e balançou o rabo tão forte que quase lhe arrancou um olho. — Você não se importa que eu não consiga me apaixonar.

Mark agarrou o cachorro.

— Não se apaixonar não é crime. — Ele abriu a porta e a guiou. — Quer que eu leve você para casa?

Ouvindo a palavra *casa*, Valentine saiu correndo do apartamento e parou junto às escadas, esperando Molly.

Ela olhou para o rosto adorável do cão e sorriu.

— Não, consigo cambalear um lance de escadas. E, se cair, o Valentine me resgata. Mas obrigada pela oferta.

Dando um abraço rápido em Mark, Molly seguiu o cachorro.

O que Daniel estaria fazendo naquele momento? Buscando o nome dela na internet, provavelmente. Tirando suas conclusões.

Com os sapatos pendendo dos dedos, Molly desceu a escada cautelosamente, a passos silenciosos.

De rabo abanando, Valentine não tirou os olhos dela, conferindo se tudo estava bem.

— Você é meu meninão — disse. — Meu homem predileto.

Enquanto fazia a curva da escada, Valentine começou a latir de alegria, e Molly viu Daniel apoiado na parede junto à porta de seu apartamento.

Por um instante, pensou estar alucinando, mas a reação de Valentine sugeria que ele era real.

Molly estivera muito segura de que não o veria novamente. Sentiu um rompante de felicidade e seu coração bateu forte contra as costelas. Em seguida, lembrou que ele estava bravo e que provavelmente estava ali pois queria terminar a conversa de que ela havia fugido.

A gravata-borboleta pendia do pescoço dele, e seus olhos brilhavam. Ele estava com o celular em mãos.

— Bem — disse ele. — Você é uma mulher com uma bela de uma reputação.

Capítulo 15

Daniel observou Molly caminhar em sua direção. Seus pés estavam descalços, o cabelo caía-lhe sobre os ombros e os sapatos pendiam de seus dedos. O vestido azul colado expunha pele suficiente para fazer qualquer homem esquecer o que tinha em mente.

Conforme ia se aproximando, Daniel percebia que os olhos de Molly brilhavam e que seus pés não estavam completamente estáveis.

Ele se desencostou da parede.

— Por onde você andou? Fiquei preocupado.

— Por que você estaria preocupado? Não é responsável por mim. — As palavras saíram emboladas. O olhar de Molly era desafiador.

— Quanto você bebeu?

— Nem perto do suficiente, ainda estou no processo, então nem venha cortar meu barato.

— Você está bêbada porque eu chateei você?

— Não, estou bêbada porque saí da festa antes de servirem a comida e porque acabei de tomar mais meia garrafa de champanhe. Eu gosto muito, muito, de champanhe.

— Precisamos conversar.

— Não é uma boa hora. — Ela balançou o dedo em negativa para Daniel. — Se não consigo andar em linha reta, não consigo ter uma conversa séria. Vou querer coisas que não digo. Não... — Ela franziu a testa. — Errei. Vou dizer coisas que não quero. Sim, é isso aí.

— Quero ter essa conversa agora.

— Você está aqui para tirar vantagem de minha fraqueza e vulnerabilidade?

— Estou aqui porque devo desculpas a você. — Ele colocou o celular no bolso, pensando que nunca estivera em uma situação tão desconfortável. — Fui um babaca e, quando ajo assim, peço logo desculpas.

— Babaca. Está aí uma palavra pouco jurídica. O acusado é um babaca, meritíssimo.

— O queixoso.

— Oi?

— Deixa para lá. Não estou aqui como advogado.

Molly revirou a bolsa em busca da chave, jogando para fora batons e lenços.

— Você ficou bravo.

— Não estou bravo agora. — A irritação de Daniel durara o tempo de digitar o nome de Molly na internet. O que descobriu o deixou chocado e incrédulo. Explicava muito sobre ela. Sobre por que mantinha distância e relutava em embarcar em relacionamentos. Sua dificuldade em confiar nos outros. — Por onde você andou? Com quem estava bebendo champanhe?

— Com o Mark. Ele tomou conta do Valentine para mim. — Ela levantou o olhar da bolsa e encarou Daniel. — Por que você está aqui? Você já me disse isso?

— Não. Quer que eu ajude você a encontrar as chaves?

— Consigo achar minhas chaves sozinha, muito obrigada. Viu só? — Ela puxou o molho de dentro da bolsa e sacudiu-o na frente de Daniel. — Chaves. Há quanto tempo você está aqui?

— Uma hora, mais ou menos. Tentei seguir você, mas fui impedido por um bando de gente querendo conselhos grátis sobre divórcio.

— Agradeça a Deus que você não é médico. As pessoas teriam tirado a roupa e mostrado as comichões.

Molly se atrapalhou com as chaves e deixou-as cair.

— O Mark é seu vizinho? O cozinheiro?

— Ele é artista. Ilustrador de livros infantis. Ele cozinha por hobby.

— O Mark sabe sua verdadeira identidade? Ele acha que você é a Molly?

— Eu sou a Molly. Se você estiver perguntando se ele sabe que escrevo sob o pseudônimo de Aggie, a resposta é sim. Ele sabe. Ele é meu amigo.

— E eu não?

— Você é só um cara que conheci no parque.

Ela se agachou para recuperar as chaves ao mesmo tempo que Daniel.

A boca dela ficou tão próxima da dele que Daniel conseguia sentir o calor do hálito de Molly. Ele sabia, porém, que se a beijasse naquele momento, provavelmente terminaria com um olho roxo. E não a culparia por isso.

— Sou mais do que isso, Molly.

Daniel ficou pensando nas coisas que ela lhe dissera. Ele conseguia imaginá-la com 8 anos, vendo a mãe indo embora com o cão que tanto amava. Pensou em tudo o que ela havia conquistado e no quanto, por trás de toda dureza e inteligência, era vulnerável. Pensou nela nua e desinibida em sua cama e no quanto deve ter ficado apavorada ao ver que ele tinha descoberto seu segredo.

O olhar de Molly desceu à boca de Daniel e permaneceu ali por um instante, como se estivesse tomando alguma decisão. Em seguida, balançou a cabeça e disse:

— Não.

— Não?

— Não vou beijar você. — Com a chave na mão, levantou-se. — Não vai acontecer.

Daniel se segurou para não dizer que já tinha acontecido. Várias vezes.

— Por algum motivo em especial?

— Porque este relacionamento já foi longe demais. Eu vi a sua cara. Tenho o histórico de machucar homens. Você deve ter visto o que fiz com o Rupert. — Errando a mira, Molly cutucou a porta com a chave.

Daniel sentiu um misto de emoções. Exasperação, empatia e ternura, pois era evidente que ela se imaginava um perigo para os homens.

— Pelo que pude ver, foi ele quem machucou você. Ele tentou destruir você. Destruir sua reputação profissional. Sua vida pessoal. Tudo.

Molly permaneceu estática.

— É isso o que acontece quando alguém fica muito irritado com você.

— Não. É isso o que acontece quando alguém é um otário. Um adulto consegue ficar irritado sem ter um chilique.

— Eu disse que a situação foi feia. E não foi culpa dele. Foi culpa da mídia. Do público.

Molly realmente acreditava nisso? Daniel encarou-lhe e decidiu que não era o melhor momento para corrigi-la.

— Me dê as chaves.

Ele esticou a mão, mas Molly balançou a cabeça.

— Consigo abrir a porta de minha casa, muito obrigada. É melhor você ir embora. Se for uma pessoa decente, vai esquecer o que viu hoje à noite e vai me deixar em paz.

— Você não é uma mulher fácil de esquecer, Molly.

— Rupert concordaria com você. Ele disse a um jornalista que nunca se esqueceria de mim, mas que esperava, algum dia, aprender a viver com a dor de me perder.

— O Rupert precisa crescer. As minhas irmãs sabem que você é a Aggie?

— Não. Gabe e Mark são as duas únicas pessoas que sabem, além de meu editor. Agora você também sabe. Estou arruinada. — A forma como Molly disse isso mexeu profundamente com Daniel.

— Por que arruinada?

— Porque não conheço você e não é legal se sentir exposta para alguém que você não conhece.

— Você passou uma noite inteira comigo, nua, na cama.

E Daniel não conseguia tirar nem um segundo daquela noite da cabeça.

— Esse tipo de exposição é completamente diferente. Exposição física não chega nem perto do terror que é a exposição emocional. — Molly cambaleou de leve. — Você pode até ver meu corpo nu todos os dias, mas prefiro manter meus sentimentos cobertos, ok? Eles não são bonitos. — Ela espetou a porta de novo. — Minha chave não está entrando. É a chave errada. Ou talvez a porta errada... — Molly cambaleou de novo. Delicadamente, Daniel pegou o chaveiro da mão dela e abriu a porta.

Valentine entrou correndo no apartamento, cheirando o chão e balançando o rabo.

— Obrigada. — Molly seguiu-o, soltou a bolsa, tirou os sapatos e se jogou de cara no sofá. — É melhor você ir embora agora.

— Não vou embora.

— Se o que você quer é mais fofoca, saiba que não vou falar. — A voz dela saiu abafada. Daniel balançou a cabeça e foi direto para a cozinha.

— Você precisa de um café bem forte.

— Não quero café. Quero mais champanhe. Estava delicioso. Todos os meus problemas ficaram mais leves. Mais gasosos. Mais borbulhados. Essa palavra existe? Se não, deveria. — Molly rolou de lado e fechou os olhos. Valentine caminhou até ela e cutucou seu quadril.

Como Molly não se mexeu, Valentine lançou a Daniel um olhar preocupado.

— Sim, vou resolver isso. Deixa comigo, meu chapa. — Daniel fez o café e o levou até Molly. Valentine se deitou junto ao sofá como um guarda. Daniel empurrou as pernas de Molly e se sentou. — Beba isso.

— Nunca bebo café depois das duas. Me tira o sono.

— Quero que você fique acordada. Quero que converse comigo.

— Estou cansada demais. — Ela permaneceu de olhos fechados. — Já disse. Não vou dar mais detalhes sórdidos. É como alimentar piranhas. O que você joga nunca é o bastante. Elas só ficam contentes quando arrancam sua pele.

Pelo que tinha lido, Daniel achou que era uma boa analogia.

— Não sou uma piranha. Sou um amigo. Quero fatos.

Ela abriu os olhos.

— Pensei que já tivesse jogado meu nome no Google.

— Nós dois sabemos bem que o que as reportagens mostram não são necessariamente os fatos.

— É tudo verdade. Sou Molly, a devoradora de homens. A Viúva Negra, mas sem as pernas peludas. A maioria dos homens preferiria nadar com tubarões brancos do que sair comigo. Você foi alertado. Eu te avisei, e você ignorou o alerta, e agora vou ter que cortar você pela metade ou picar você com meu rabo de escorpião… ou sei lá.

Molly rolou e deitou-se de costas, com um braço pendendo para fora do sofá.

Valentine ficou de pé na hora, lambendo-lhe a mão, tentando convencê-la a ficar sentada.

Daniel pensou consigo mesmo que, se os humanos fossem cuidadosos como os cães, a vida seria bem mais tranquila.

— Eu ignorei o alerta pois nada disso me importava. — Ele se aproximou e fez carinho em Valentine, tranquilizando o cão. — Você pode se sentar, meninão. Ela vai ficar bem.

Valentine não se mexeu. Ele cutucou o peitoral de Molly, incentivando-a a se levantar, o que ela não fez.

— Estou bem, Daniel — disse ela, colocando o antebraço sobre os olhos —, você pode levar seu coração, seu senso de humor e suas habilidades superiores na cama e guardá-los em um lugar seguro.

— Não vou a lugar algum. Levanta e beba o café.

— Não consigo me levantar. O mundo está girando. Se eu me levantar, vou cair.

Molly soltou um gemido, e Valentine choramingou junto, olhando para Daniel como se dissesse que era hora de fazer algo.

— Levanta. Você está assustando o cachorro.

Daniel colocou uma pilha de livros para o lado e depositou o café sobre a mesa. Então levantou-se e pegou Molly no colo. Ela estava mole como uma boneca de pano.

Valentine ficou de pé e abanou o rabo em aprovação. Molly não compartilhou do sentimento.

— O que você está fazendo? Aonde é que a gente vai? Pare de se mexer, por favor. Estou ficando enjoada.

— Vou deixar você sóbria.

— Não quero ficar sóbria. Gosto de como estou agora. Avoada. Fiquei com medo do que você pudesse fazer e, agora, não estou tão ansiosa assim. Estou anestesiada.

Detestando o fato de tê-la deixado com medo, Daniel foi até o banheiro e colocou Molly cuidadosamente no chão.

— Fique de pé e não se mexa.

— Não posso prometer. Minhas pernas não estão obedecendo a meus comandos. Por que estamos no banheiro? É outra desculpa para eu ficar nua?

— Não preciso de desculpas para isso.

Daniel puxou as alças cruzadas do vestido de Molly, que deslizou até o chão.

Segurando-a reto com uma mão, tentou ignorar aquele corpo nu, inclinou-se para a cabine do chuveiro e ligou a água fria.

— Você *não vai* me colocar em um banho frio. Se fizer isso, o Valentine vai morder você. Sem chances de... Ah! — Ela gritou quando Daniel a colocou debaixo da corrente de água congelante. — Você é um torturador. Valentine, me ajuda, socorro! Pega!

O cachorro veio correndo para o banheiro. Na pressa de alcançá-la, suas patas escorregaram nos azulejos. Valentine hesitou por uma fração de segundo e em seguida atirou-se dentro do banho para ficar com Molly. Sem equilíbrio, ela escorregou e caiu sobre Daniel, que xingou em alto e bom som.

Lutando com uma mulher e um cão encharcados, mudou de posição para ficar mais firme. Molly começou a rir sem parar e, para evitar que caísse, Daniel segurou seus braços com mais firmeza, molhando-se inteiro no processo.

— Valentine — disse ele entredentes —, você poderia sair do chuveiro? Não está ajudando.

O cachorro abanou o rabo, lançando água para todos os lados.

Daniel passou a mão no rosto para limpar a vista.

— Nunca tinha tomado banho com um homem e um cachorro antes. — Molly agarrou-se à camisa de Daniel para manter o equilíbrio. — É uma experiência completamente nova.

— Perdi a conta de quantos ternos estraguei desde que conheci você. No momento, queria que seu cachorro não gostasse tanto de água.

— O Valentine detesta água, mas me ama. É por isso que está aqui. Não é o cachorro mais fofo e perfeito do mundo?

— Não sei bem o que acho dele. Só sei que ele está me custando uma grana em lavanderia. — Daniel segurou Molly com uma mão e pegou uma toalha do armário com outra. Sua camisa estava colada contra a pele, mas ficou feliz de, pelo menos, ter lembrado de tirar os sapatos.

Envolveu Molly na toalha, deu um jeito de desligar o chuveiro e passou a mão no rosto para limpar a visão novamente.

— Agora o café. E depois você vai conversar comigo.

A cabeça de Molly caiu contra o peitoral de Daniel.

— Não tem nada que eu possa dizer que você já não tenha lido.

Ele secou o cabelo dela com a toalha e pegou o roupão de trás da porta.

— Tem coisas que não fazem sentido.

— Tudo faz perfeitamente sentido. Tentei me apaixonar de novo e não rolou. Nenhum amor. Nenhum sentimento.

Molly cambaleou enquanto Daniel amarrava a faixa do roupão.

— Essa parte eu entendi. O que não entendi é como terminar um relacionamento pode fazer de você uma devoradora de homens. — Daniel tirou a camisa ensopada e viu o olhar de Molly deslizar para seu peitoral. — Não me olha desse jeito.

— Por que não? Sou uma devoradora de homens. E você é muito gostoso.

— E você está muito bêbada.

— Não estou, não. Consigo caminhar em linha reta. Você devia tirar o resto da roupa. Para eu lamber você inteiro.

Daniel pensou que seria uma luta menor contra seu autocontrole se mantivesse as roupas. Mesmo assim, lutava para manter a concentração.

— Não entendo por que você foi demitida do trabalho. Um término de relacionamento não é motivo para ser mandada embora. Você deveria tê-los processado.

— A audiência despencou e foi tudo minha culpa. Eles fizeram a única coisa que poderiam fazer.

Molly foi ziguezagueando até o sofá e sentou-se, encolhida. Sem maquiagem e de cabelo molhado, parecia menor e vulnerável.

— Você quer que eu conte toda a tragédia? Isso importa?

— Para mim importa.

— Não temos envolvimento emocional, está lembrado?

Os olhos dele escureceram.

— Não é porque não estamos apaixonados que eu não me importe com você.

— O que você vai fazer com a informação?

Daniel estava prestes a fazer algum comentário afiado, mas então viu a vulnerabilidade nos olhos de Molly e deu-se conta de que ela estava assustada de verdade.

A ideia de vê-la daquele jeito mexeu em algo fundo dentro dele.

— Eu nunca revelaria seus segredos.

— Se você não tivesse aparecido na festa, nunca teria descoberto.

Será que ele deveria contar a verdade? Deveria dizer que já sabia desde antes da festa? Não. Não ganharia nada com isso. Importava apenas que sabia. O resto eram detalhes.

Além disso, sua opinião sobre Aggie havia mudado muito nas últimas horas. Daniel não fazia ideia de que aquela Molly era a mulher por trás da famosa conselheira. Isto mudava tudo. Molly sabia do que falava.

Ele entregou-lhe uma caneca de café.

— Beba isso e me conte tudo. Desde o começo.

Ela envolveu a caneca com as mãos.

— Minha pesquisa de pós-graduação era sobre um aspecto do comportamento humano e relacionamentos, e por isso me convidaram para ser consultora em um novo *reality show* na TV chamado *A pessoa certa*. Não era o primeiro programa do tipo, mas os produtores queriam aumentar a credibilidade e interesse do público acrescentando ao programa sessões em que um psicólogo falava sobre diferentes questões relacionadas a encontrar um parceiro. Eu era a dra. Kathy. Não me pergunte o motivo, mas, no momento em que o programa foi ao ar, minha sessão tornou-se a mais popular.

— Isto não me surpreende.

— Eles tinham dois apresentadores, mas o destaque era mesmo o Rupert. Ele estudava para ser médico, mas abandonou a prática logo depois de se formar. Apresentava um programa de medicina antes de assumir *A pessoa certa*. Era incrível na frente das câmeras. Bonito, carismático, divertido... e fazia bem o papel de médico, mesmo sem jamais ter tocado em um paciente desde que se formara. Tinha um número enorme de seguidoras e fãs. — Molly bebeu um gole do café e olhou para Daniel por sobre a caneca. — Elas o chamavam dr. Sexy.

Daniel sentiu vontade de dar um soco nele.

— Já entendi. O cara tinha uma bela audiência.

Ela abaixou a caneca.

— Em parte, as pessoas assistiam ao programa por causa do Rupert. Tinha uma apresentadora também, a Tabitha, mas ela não chegava nem perto de conseguir tanta atenção. Era para eu fazer o lado sério do programa. Entrevistava participantes e gravava um bloco. Nunca ia ao vivo. Era um papel bem confortável para mim. Até o dia em que a Tabitha ficou doente meia hora antes do programa ir ao ar e pediram para que eu assumisse.

— E você se saiu muito bem?

Molly negou com a cabeça.

— Longe disso. Eu estava fora de minha zona de conforto, e foi Rupert quem salvou o dia. O público adorou, pois viu outro exemplo de como ele era uma pessoa incrível. Ele era a estrela do momento, mas fez de tudo para que eu me sentisse confortável. A Tabitha ficou fora um mês. Ao final do período de sua ausência, a audiência tinha triplicado. Ela decidiu que não queria voltar... Tinha cansado de ficar à sombra do Rupert. Eu a substitui. Nós tínhamos química na tela, e o público logo quis ver um relacionamento surgir entre a gente. Os produtores adoraram. Sugeriram ao Rupert que me chamasse para jantar ao vivo, e foi o que ele fez. A história caiu na graça dos tabloides.

— E você aceitou?

— Sim. Eu gostava dele. Era uma boa companhia e não era chamado de dr. Sexy à toa. O público inteiro estava apaixonado por ele.

— Mas você não.

— Não, mas achei que isso não importava. A gente estava se divertindo, só isso.

Era como assistir um acidente de carro em câmera lenta.

— Ele pensava diferente?

Com as mãos trêmulas, Molly colocou a caneca sobre a mesa.

— Certa noite, terminamos de gravar o programa e estávamos nos bastidores. E então ele disse que me amava. Ali mesmo, de joelhos e com uma aliança na mão, ele me pediu em casamento. Achei que fosse brincadeira. Fiquei com medo de que ele tomasse um choque, pois havia cabos para todo o lado. Falei para ele se levantar. Foi quando percebi que a coisa era séria. Rupert disse que nunca havia sentido aquilo por alguém antes. Que era louco por mim e queria passar o resto da vida ao meu lado. Todo mundo o amava, e ele achou que o mesmo valia para mim. Como poderia ser diferente? Mas eu não tinha como corresponder, é claro. Não sei por que, mas não consigo me apaixonar. — A voz dela se exaltou um pouco. — Só sei que não consigo. Talvez seja por causa da minha mãe. Faz sentido que eu tenha medo de ser rejeitada, mas, no fundo, sei que tem mais coisa. Não tem a ver com o que testemunhei ou vivenciei, é parte... — Lutando para falar, Molly engoliu em seco. — É parte de quem sou. Falta algo em mim. — Ela cobriu o rosto com as mãos. — Nunca tinha dito isso na frente de alguém. Deve ser culpa do champanhe.

Daniel torcia para que fosse porque ela confiava nele, mas não disse nada. Em vez disso, tirou-lhe as mãos do rosto.

— Suponho que ele não tenha aceitado muito bem a rejeição.

— Não. — Houve uma pausa longa, como se Molly refletisse se tinha ou não dito o bastante. — E de alguma maneira a produção do programa descobriu o plano dele, filmou tudo e transmitiu ao vivo. Eu não poderia imaginar, mas o que achei ser um momento íntimo entre nós dois acabou sendo transmitido para milhões de lares. Foi visto por toda a população de mulheres que achava Rupert o partidão do século. O dr. Sexy tomando um pé na bunda. Você assistiu? Está no YouTube. Na última vez que conferi, tinha trinta e cinco milhões de visualizações, mas já faz alguns anos. — A voz de Molly oscilava tanto que Daniel preferiu não dizer que, desde então, vieram mais alguns milhões. Assistir àquele vídeo foi uma das experiências mais desconfortáveis de sua vida.

— Você parecia diferente. — Daniel quase não a reconhecia. — Seu cabelo era mais curto. Mas ainda era linda.

— Não bonita o bastante para a legião de fãs do Rupert. Ninguém menos que uma Helena de Troia seria boa o suficiente. Era para eu me achar sortuda por alguém tão bonito quanto ele me querer, mas, ainda assim, eu o dispensei publicamente de um jeito horrível. Depois, a imprensa quis que Rupert falasse sobre o ocorrido, mas ele só respondia que estava triste demais para comentar.

— Ele sabia que ia ser filmado?

— Não! Eu me senti péssima e fiquei furiosa com a produção. Sempre diziam que queriam filmar um pedido de casamento ao vivo, mas eu os impedia. Dizia que era um momento íntimo, não algo que devesse ser compartilhado, e também que o resultado não era seguro. Aí eles foram lá e resolveram filmar o *meu* pedido. O tiro saiu pela culatra.

Daniel conseguia imaginar o horror de Molly ao descobrir que tinha sido transmitida ao vivo, suas inseguranças sobre si mesma testemunhadas por milhões.

— Você fez uma escolha, Molly. Não vejo por que essa situação virou uma caça às bruxas.

Houve outra longa pausa.

— Rupert voltou humilhado para casa. Não arredou o pé de lá por uma semana. Houve boatos de que ele tinha se machucado… — A voz dela falhou um pouco. — Foi horrível. A atenção e a raiva de todos se voltaram contra mim. A imprensa foi atrás de informações sobre meus relacionamentos passados. Chegaram coletivamente à conclusão de que eu era uma desgraçada sem coração que merecia ser punida. E talvez tivessem razão. Eu tinha machucado outro homem bom e decente. Nunca devia ter aceitado sair com ele.

— Molly…

— Rupert continuou escondido, o que alimentou os rumores. Um tabloide estampou meu rosto e colocou *O rosto da culpa* na legenda. Parei de ligar o computador. Na tentativa de proteger meu pai, fui morar com uma amiga, mas certo dia, depois de também cercarem a casa dela, ela disse que eu precisava me mudar.

Daniel rangeu os dentes.

— Grande amiga, hein.

— Ela fez o que pôde. Por fim, Rupert apareceu, esquelético, e informou a todos que estava bem.

— O que lhe rendeu ainda mais empatia por parte do público.

— Daniel estava começando a desgostar de verdade de Rupert. — Ele ligou para ver como você estava lidando com tudo isso? Falou para a imprensa deixar você em paz?

— Ele estava machucado demais para pensar em alguém além de si mesmo.

Ou era egoísta demais.

— E o programa? Você continuou a apresentá-lo?

— Sim. Gravei sozinha enquanto ele estava mal, mas as pessoas ficaram revoltadas em me ver tocando a vida enquanto a dele estava arruinada. Me seguiam no mercado, na academia. Pessoas que julguei serem minhas amigas ajudavam a alimentar a mídia com histórias. Um par de ex-namorados meus se juntou a eles.

— Nenhum amigo ficou ao seu lado?

— Para ser honesta, a atenção era horrorosa e não parava de crescer. O público começou uma campanha: "Fora, dra. Kathy". Havia literalmente milhões de pessoas que nem me conheciam ou sabiam quem eu era perseguindo tanto eu quanto a emissora, dizendo que eu não deveria mais exercer a função. Que eu não poderia ser descrita como uma especialista em relacionamentos se eu mesma nunca tive um. Eles foram júri, juiz e carrasco ao mesmo tempo. — Molly falava cada vez mais rápido. Sua angústia era dolorosa de ver. Valentine aparentemente achava o mesmo, pois ficou rapidamente de pé e foi correndo para o lado da dona, cutucando-a com o nariz como se para conferir que estava tudo bem. Ela acariciou sua cabeça, tranquilizando-o um pouco. — Eu não gostava muito de estar no centro das atenções, mas gostava do programa. Eles escolhiam participantes que queriam muito encontrar um parceiro. Não eram narcisistas obcecados consigo mesmos que queriam fama na TV. Eram pessoas de verdade com problemas de verdade. Meus conhecimentos os ajudavam e eu sentia que o que fazíamos era realmente positivo. Quando me tiraram isso... ficou parecendo que eu era uma fraude. — Molly hesitou. — Imagino que isso tenha remexido todos os medos que eu tinha enterrado, sobre não ser o suficiente. Eles me deixaram com a sensação de que faltava alguma coisa em mim. Mas o pior foi ver Rupert tão mal. Me fazia lembrar de meu pai nos meses seguintes ao abandono de minha mãe. Não aguentava pensar que eu tinha machucado o coração de Rupert da mesma maneira que minha mãe havia machucado o de meu pai.

— E então você pediu demissão?

— Não, eles me demitiram. Tudo que restou para mim foi culpa, baixa autoestima e uma reputação permanentemente destruída. — Molly respirou fundo. — Além de todos aqueles sentimentos. Sentimentos que eu tinha enterrado. Sentimentos que eu não queria. Sentimentos de quando minha mãe foi embora. De minha incapacidade de me apaixonar.

— Você devia tê-los processado. — Daniel manteve a raiva sob controle. — Então eles demitiram você. E depois? Você foi atrás de outro emprego?

— Quem me contrataria naquela situação? Eu virei *persona non grata*. Por sorte, o programa me pagava bem. Eu tinha dinheiro guardado, o bastante para me manter por algum tempo. Depois me mudei para cá e comecei a viver discretamente. Parei de usar o nome Kathy e passei a usar Molly, meu nome do meio. Tive muito medo de que a imprensa conseguisse me encontrar e divulgasse meu paradeiro. Encerrei todas as minhas contas em redes sociais. Por sorte, a mídia perdeu interesse. Imagino que, uma vez que me destruíram, que arrancaram minha reputação e trabalho e me expulsaram de casa, ficaram satisfeitos. Ninguém parecia se importar para onde eu tinha ido.

— Você conhecia alguém aqui em Nova York?

— Não. Isso era bom. Me mudei para um prédio sem elevador no Brooklyn, pagava tudo em espécie e, por um mês, chorava todas as noites até pegar no sono. Só saía do apartamento para ir ao mercado. Até que, um dia, resolvi que já tinha me punido o bastante. Comecei um blog para mim mesma, para recuperar a confiança. No começo, eu mesma postava as perguntas que eu respondia. Aos poucos, foram chegando outras. Para ser honesta, nunca imaginei que fosse crescer do jeito que cresceu. A atenção foi crescendo. Meu blog saiu em outros sites maiores. As pessoas começaram a se perguntar quem eu era. Recusei entrevistas. Nunca coloquei fotos minhas. Nada em meu nome poderia ser associado à Aggie. Não tinha interesse em nenhum tipo de publicidade. Quando a Editora Phoenix me procurou, deixei claro que não queria que usassem minha imagem ou identidade real.

— Você manteve seu nome fora disso.

— Sim. Por sorte, é normal que os escritores usem pseudônimos. Não coloco foto na contracapa dos livros, não autografo nem faço aparições públicas, então não tem como meu rosto ser reconhecido. Apaguei meus rastros com muito cuidado. Reconstruí minha vida. E aí conheci você. Devia ter imaginado que não poderia me esconder para sempre. Quando se esconde algo que os outros não devem descobrir, pode ter certeza de que virá à tona. — Molly rolou para o lado e enterrou o rosto nas almofadas. — É melhor você ir.

— Ir? Para onde?

— Sei lá. — A voz de Molly estava abafada. — Qualquer lugar. Tenho certeza de que você não quer estar aqui.

— Aqui é exatamente onde quero estar.

— Eu estraguei tudo.

Daniel não conseguia dizer se Molly estava chorando, por isso puxou-a das almofadas para seus braços.

—- Você não estragou tudo. Nada disso foi culpa sua. Fico impressionado como você não apenas sobreviveu, mas prosperou. É o tipo de experiência da qual muita gente nunca se recuperaria.

— Eu fugi.

— Não. Você saiu do fogo cruzado. Foi sensato de sua parte, não covarde. É uma tática inteligente. Quando o inimigo atacar, diminua.

— Isso é Sun Tzu?

Daniel sorriu com o rosto entre os cabelos de Molly.

— Ainda vou tornar você uma discípula.

— Hoje, mais cedo, você estava bravo comigo. Disse que dei um conselho ruim a uma de suas clientes. O que você quis dizer com isso?

— Eu me enganei. Depois de conversarmos hoje, pesquisei seus posts antigos, achei a carta dele e sua resposta.

Molly franziu a sobrancelha.

— Como? É tudo anônimo.

— Conheço a pessoa. Sei o jeito que ele escreve, o jeito que ele pensa. E você tinha razão. Seu conselho foi genérico, não específico.

— Mas ele tomou como específico?

— Ele se aproveitou dele como lhe convinha e o usou para manipular a esposa de modo que ela ficasse com ele.

— Ah, não. — Molly pareceu preocupada. — Sei que você não pode falar sobre seus clientes, mas só me diga… Você consertou a situação?

— *Ela* consertou. Está cobrando pelo mau comportamento dele. Documentou tudo. Não vamos ter problemas.

— Ótimo. Você veio aqui pedir desculpas? Imagino que não seja do tipo de homem que costuma fazer isso.

— Sempre peço desculpas quando estou errado.

— Você não pediu desculpas por pegar o Brutus emprestado.

— Isso não foi errado. Se não o tivesse feito, não teria conhecido você.

— Aposto que queria não ter me conhecido.

— Não é isso o que eu quero.

Daniel se levantou e esticou a mão.

Molly a encarou.

— Aonde estamos indo?

— Vou levá-la até a cama para ter certeza de que não vai cair e bater a cabeça.

— Depois de tudo que descobriu sobre mim, ainda quer ir para a cama comigo?

— Não vou para a cama com você, mas isso não tem nada a ver com o que descobri. Tem a ver com o fato de você ter bebido demais. Precisa dormir, deixar passar o efeito do champanhe, senão vai se sentir péssima amanhã.

Ele pegou sua mão e a puxou.

— Infelizmente não estou bêbada o bastante para esquecer isso tudo. Sei que vou me sentir péssima amanhã, você não precisa inventar desculpas. Entendo que não queira ficar comigo depois do que contei para você hoje.

Ela realmente achava isso?

— Molly…

— Tudo bem. Está tudo bem. Não precisa se explicar, mas só me diga uma coisa… — Ela olhou ansiosa para ele. — Você vai revelar minha identidade real nas mídias sociais?

— Você realmente acha que eu faria isso?

Molly o encarou por um longo tempo, e em seguida balançou a cabeça.

— Não, não acho. E talvez outra pessoa saber disso não é o fim do mundo. Meu segredo continua seguro.

Mais de uma pessoa sabia, mas como Max e suas fontes tinham um acordo de confidencialidade, não tinha por que preocupá-la com isso.

— Seu segredo está seguro.

Capítulo 16

Molly acordou com algo martelando sua cabeça. Quando Valentine latiu, percebeu que as batidas não vinham de sua cabeça, mas da porta.

Com um grunhido de reclamação, saiu da cama, apoiou-se na parede para recuperar o equilíbrio e foi cambaleando até a porta. A noite anterior voltou num *flash*. A festa. A raiva de Daniel. O champanhe que bebeu com Mark e tudo que acontecera depois. Toda a verdade que contara a Daniel.

Ah, meu Deus. Sério que ela tinha feito aquilo? Contado tudo? Sim, ela realmente tinha feito aquilo. Despejara tudo como uma cachoeira em época de cheia. Não surpreendia que ele tivesse ido embora cedo.

Molly soltou um grunhido de arrependimento.

Ela não ia beber nunca, *nunca* mais.

Valentine latia desesperadamente. Molly levou a mão à cabeça.

— Por favor, para de latir, *por favor*.

Ela abriu a porta, e um cão que era a cara de Brutus entrou no apartamento. Ele saudou Valentine como um irmão que não via havia muito tempo, provando que era, de fato, Brutus. Os dois cães rosnaram e rolaram pelo chão, e Molly ficou olhando, imaginando se ainda estava sob efeito do champanhe.

— Brutus? — Ela esfregou os olhos, mas o cão parecia o mesmo. E, de pé junto à porta, estava Daniel. Molly sentiu-se subitamente aliviada e contente. Depois da noite anterior, jamais poderia imaginar que ele fosse querer vê-la novamente. — Pensei que ele tinha sido adotado por uma família.

— Eles não gostaram do temperamento dele. — Havia uma pontada de raiva em seu tom de voz. — No final das contas, não é tão simples encontrar um lar para um cachorro assim. Ele continua com Fliss e Harriet.

— E você está passeando com ele?

— Sim, mas não fique achando que isso significa algo mais. Só estou ajudando minhas irmãs.

— Porque você não gosta de cachorros. — Ela observou Brutus vir correndo de volta para Daniel, conferindo se ele não estava indo embora. Molly quis fazer o mesmo. Ficou observando Daniel acariciar delicadamente a nuca do cachorro, reconfortando-o. — Não acho que você tenha usado Brutus para se aproximar de mim. Acho que você está me usando para se aproximar de Brutus. Você sabia que algumas pessoas chamam você de Rottweiler?

— Você andou lendo de novo notícias sobre mim.

— Nada mais justo depois de você ter lido as minhas. Isso aí é café?

— É, sim.

Daniel empurrou o copo na mão de Molly e entrou com Brutus no apartamento.

— Meu plano era voltar para cama.

— Pode ir esquecendo. A gente vai correr. Isso vai acordar você.

— Correr? Você não sabe como foi difícil caminhar da cama até a porta. Nem que você cutucasse meu corpo nu com um cacto eu conseguiria correr. — Ela olhou para o sofá e viu um travesseiro.

— O que aquilo está fazendo ali?

— Eu dormi ali. Você precisa de um sofá maior.

— Você dormiu no meu sofá? — Molly viu a roupa de corrida e o café na mão de Daniel. — Mas…

— Fui para casa há uma hora. Tomei um banho, troquei de roupa, comprei café e peguei o Brutus.

Ele não a tinha deixado? Tinha ficado ali o tempo todo enquanto ela dormia?

— Por que você dormiu no sofá? E como não percebi?

— Coloquei você na cama e você apagou. O Valentine ficou tão preocupado que não quis que eu fosse embora. Sempre que eu ia até a porta, ele parava no caminho e me trazia de volta. Geralmente eu costumo ser bom em discussões, mas não soube como rebater um cachorro. No fim das contas, pareceu mais fácil ficar. Isso antes de descobrir como o seu sofá é desconfortável.

— Ele é confortável.

Saber que ele havia passado a noite ali fez Molly se sentir estranha. Vulnerável, sim, pois não tinha mais segredos com Daniel, mas também um pouco comovida por ele se importar a ponto de dormir no sofá.

— Talvez seja confortável para pessoas com menos de um metro e oitenta.

Daniel parecia cheio de energia para alguém que tinha passado a maior parte da noite em claro.

— Sobre ontem à noite… Me desculpa.

— Pelo quê?

— Por tudo. Por afogar você nas águas de meu passado horrível. Foi o champanhe. — Molly disse a si mesma que era esse o motivo, e não o fato de Daniel Knight ser excepcionalmente atencioso. — Vamos ao parque. Não prometo conseguir correr, mas posso rastejar e gemer atrás de você.

No final, Molly conseguiu dar uma corridinha leve. Estar no parque a fez se sentir melhor. O ar estava fresco, e ver Valentine ao lado de seu amigo de novo a fez sorrir.

— Não entendo por que a família não quis adotar o Brutus.

Daniel jogou a bolinha para Brutus, que foi correndo buscá-la, tombando e rolando ao pegá-la.

— Também não entendo.

Era tudo tão normal, *ele* estava tão normal, que aos poucos Molly foi ficando menos tensa.

— Quer dizer que você vai escrever um livro para a Phoenix?

— Não sei. Eles vieram conversar comigo pela primeira vez faz uns dois anos. Queriam um livro sobre divórcio escrito por um advogado. Queriam que fosse o equivalente a uma consulta gratuita, com informação o suficiente para entender o processo. Eu estava muito ocupado na época.

— Mas e agora?

— Estou considerando a proposta. Tenho outra reunião com Brett em poucas semanas. E você? Está trabalhando em algo novo?

— *Parceiro para a vida* vendeu muito bem, mas é mais sobre escolher um parceiro, avaliar o que faz você feliz em um relacionamento, identificar o que não pode ser tolerado para não cometer nenhum erro. Meu próximo livro vai ser sobre como manter um relacionamento. Sobre como tocá-lo nos momentos mais difíceis da vida. — Ainda vulnerável, Molly lançou um olhar a Daniel. — Esta é sua deixa para dar risada.

— Por que eu daria risada?

— Talvez porque eu mesma nunca tenha tido um relacionamento? Não vou escrever sobre algo que tenha vivenciado pessoalmente.

— Você fala de sua experiência profissional. É isso que as pessoas buscam. O resto é opinião pessoal.

O comentário dele melhorou o humor de Molly.

Desde que sua vida ruíra, uma das coisas mais difíceis de lidar era o sentimento de ser uma fraude. Uma impostora. Alguém que não deveria dar conselhos sobre relacionamentos às pessoas.

— Me diga uma coisa. — Daniel puxou-a para junto de si, tomando-lhe o rosto nas mãos. — Você acredita nos conselhos que dá?

— Claro que sim, mas…

— Sem mas. Como profissionais, damos os conselhos que julgamos corretos. Se alguém escolhe não os seguir, não quer dizer que estamos errados. É loucura dizer que você não deveria dar conselhos sobre relacionamentos, e o simples fato de seu livro ter vendido tantas cópias sugere que muitas pessoas respeitam o que você tem a dizer e o valor profissional de suas opiniões.

— Mas as pessoas que compraram o livro não sabiam que nunca tive um relacionamento longo.

— Eu nunca fui casado e passo meus dias dando conselhos sobre divórcio. Não tenho experiência pessoal com essas coisas. Brutus! — Daniel chamou. O cão hesitou, mas em seguida veio correndo de volta, parando junto aos pés de Daniel.

Boquiaberta, Molly o encarou.

— Nossa… uau.

— Andamos trabalhando nisso.

Ela sentiu o orgulho na voz de Daniel e observou a forma como ele brincava com Brutus antes de arremessar novamente a bola.

— Ele vai sentir sua falta.

Daniel franziu a testa, como se a possibilidade não tivesse lhe ocorrido.

— É melhor eu voltar ao trabalho. Você vai ficar bem?

— É claro. Por que não ficaria?

— Abri suas feridas. — Ele ergueu a mão e tirou uma mecha de cabelo do rosto de Molly. — Fiz você falar de coisas particulares.

— Acho que fiz isso por conta própria.

— Você se arrepende?

— De contar aquelas coisas para você? Não. — Ela hesitou. — Para ser honesta, me sinto um pouco exposta.

— Exposta?

Ele deu um sorrisinho, inclinando-se e sussurrando-lhe algo ao ouvido.

Molly sentiu as bochechas esquentarem.

— Sério que você disse isso?

— Sim, é sério. Vejo você às oito, dra. Parker. Leve sua parte mais maldosa para minha casa que eu vou expor partes que você nunca expôs antes.

Daniel bateu à porta do apartamento das irmãs. Devia estar se sentindo cansado, mas, em vez disso, sentia-se energizado. O estresse, a mágoa, a tristeza que havia sentido... Tudo isso se esvanecera depois que Molly se abrira para ele. Ela contara tudo. Confiara-lhe tudo. E ela não era pessoa de confiar facilmente nos outros. Não havia mais segredos entre os dois.

Daniel a veria mais tarde naquela noite. Jantar, pensou ele. E depois cama. Nada de conversas profundas.

Talvez lhe mandasse uma mensagem pedindo que usasse o mesmo vestido da outra noite. E aquela lingerie de renda que ele tinha tirado com tanta pressa.

Harriet abriu a porta com três gatinhos debaixo dos braços.

Brutus ficou tenso na hora. Daniel abaixou o olhar e o encarou com severidade.

— Senta.

Brutus sentou e lançou a Daniel um olhar bobo.

O queixo de Harriet caiu.

— Você o treinou?

— Molly me deu alguns conselhos. Ela sabe muito de cachorros.

E sabia muitas outras coisas como, por exemplo, fazer o café perfeito, dançar salsa e enlouquecê-lo com a boca. Ciente de que esse tipo de pensamento comprometeria sua capacidade de caminhar, varreu a imagem da cabeça e entrou no apartamento.

Brutus tremia de ansiedade, e Daniel estalou os dedos.

O cão correu para dentro do apartamento, quase atropelando Harriet no caminho.

Equilibrando-se, ela fechou a porta.

— Fiz café. Vai se servindo enquanto aconchego esses pequeninos.

— Você está cuidando de gatinhos?

— Só por uns dias. — Ela os colocou em uma cesta e os envolveu em um cobertor. — Estou tão feliz que Valentine melhorou. As coisas com Molly vão bem? Ela perdoou você por pegar o Brutus emprestado?

Sim, pois, no final das contas, ela mesma não havia revelado muitas coisas, o que, na opinião de Daniel, os deixavam quites.

— Parece que sim.

— Ótimo. — Sempre generosa, Harriet sorriu. — Gosto muito dela. Fiquei preocupada que estivesse brava com a gente.

— Eu fui o responsável, não vocês. Onde está a Fliss?

— No quarto. Vai sair daqui a pouco para visitar um cliente novo.

— Preciso conversar com ela.

E não era uma conversa que ansiava ter. Havia refletido sobre, se informado e chegado à conclusão de que não tinha escolha a não ser conversar pessoalmente com Fliss. Melhor que ouvisse a notícia dele próprio do que de outra pessoa.

— Vou chamá-la. Imagino que Molly estava disposta a perdoar qualquer coisa depois do que você fez por Valentine.

— Ele estava doente e ela apavorada. — Daniel havia testemunhado muita angústia em sua carreira e sempre lidou com empatia e desprendimento, mas tinha doído ver a agonia de Molly. — É por isso que ela ficou lá em casa. Era mais perto.

Fliss surgiu do quarto, descalça.

— A Molly ficou na sua casa? Ela passou a noite lá? A noite *inteira*?

— Foi uma questão de conveniência. Ela dormiu no quarto de hóspedes. Fliss, preciso conversar com você sobre uma coisa.

Pensou como seria a melhor forma de dar a notícia. Na lata? Deveria prepará-la antes? Dar umas dicas?

A última coisa que queria era machucar a irmã, mas que escolha tinha? Se ela descobrisse que ele sabia e que não lhe contara, nunca o perdoaria.

— Você deixou uma mulher passar a noite na sua casa? Com certeza temos que conversar. — Fliss pegou o tênis de corrida e sorriu para o irmão. — Você está *bem* encrencado. Estamos aqui para salvar você, não é, Harry?

Daniel, desconfortável, sentiu sua pele formigar.

— Não estou encrencado.

— Alguma vez uma mulher dormiu na sua casa?

— Não, mas...

— E... Sejamos honestos aqui, somos adultos... Todas as outras mulheres com quem você saiu... era só pelo sexo.

— Não sei do que você está falando. Já convidei muitas mulheres para jantar.

— Só para fornecer energia antes de elas transarem com você.

— Vocês dois poderiam parar de falar de sexo? — Harriet conferiu a cesta dos gatinhos. — Que bom que eles dormiram. Não quero que vocês poluam a mente deles.

— Só estou dizendo que a situação aqui é diferente. — Fliss pegou a mochila e um casaco leve. — Ele deixou uma mulher passar a noite na casa dele. Isso significa algo.

— Molly estava preocupada com o cachorro dela.

— Sim. — Com olhar cortante e questionador, Fliss colocou o casaco. — E é normal oferecer hospedagem a uma mulher preocupada com seu animal de estimação. Ei, a gente pode oferecer esse serviço como uma extensão da Guardiões do Latido. Airbnb versão pet.

— Acho que você está exagerando.

— E *eu* acho que você gosta bastante dessa mulher.

— O que é bom — disse Harriet rapidamente. — *Muito* bom. Nunca pensei que veria você tão interessado em uma mulher.

— Só estamos nos divertindo. Não é nada sério.

Harriet olhou ansiosa para o irmão.

— Você queria conversar sobre algo com a gente?

— Não é com você. É com a Fliss. — Ele fez uma pausa, querendo não ter que fazer aquilo. A irmã parecia tão feliz. Tão forte. Estava com seu próprio negócio. Sentia-se tão confiante. Tão segura de si. O que ele estava prestes a contar a faria voltar dez anos no tempo, a uma época que nenhum deles gostaria de lembrar. — Senta, por favor, querida.

Fliss congelou. Concentrou o peso nos dedões do pé como um cervo prestes a fugir correndo.

— Não sei qual parte da sua frase me assusta mais. Se o fato de você me chamar de "querida" ou o fato de pedir que eu me sente. É isso o que os policiais falam nos filmes antes de dar más notícias. Se algo de ruim aconteceu, vá direto ao assunto.

— Seth Carlyle está trabalhando no Hospital Animal.

Ele viu a cor do rosto da irmã se dissipar e ouviu a exclamação de Harry de susto e terror.

— O meu Seth? — Fliss sentou-se tão rápido e com tanta força que pareceu uma pedra caindo do céu. — Isso é uma piada de mau gosto? Não. Sei que não é. Você é irritante, mas nunca cruel. Inventar isso seria… — Sua respiração ficou rasa. Ela pressionou a mão contra o peito. — Não estou me sentindo bem. Não consigo respirar…

Harriet sentou-se ao lado da irmã gêmea e a envolveu com os braços.

— Respire devagar. Inspire pelo nariz, expire pela boca. Isso. — Ela olhou para Daniel. — Você tem certeza? Como é que você sabe?

— Eu o vi na noite em que fui ao hospital com Molly e Valentine. Steven, o veterinário, nos apresentou. Ele obviamente não sabia que eu e Seth nos conhecíamos de antes, e eu não disse nada.

Fliss deu um sorriso pálido.

— Então você está mais contido do que antes. Acho que deveria me sentir feliz por você não ter batido nele.

— Eu já fiz isso.

— Eu sei. Eu lembro. — Ela inspirou profundamente, trêmula. — Ele disse algo?

— Sobre você? Não. Mas não era o lugar nem a hora.

Fliss levantou o olhar ao do irmão.

— Como ele estava?

A angústia nos olhos dela fez Daniel se sentir impotente, e ele detestava se sentir impotente.

Ele se agachou em frente a Fliss e tomou-lhe as mãos. O fato de ela não as ter puxado e lhe dado um tapa na cara imediatamente dizia muito de seu estado mental.

— Ele pareceu bem para mim. É com você que estou preocupado. O que posso fazer? Me diga o que posso fazer.

— Nada. Isso... — Ela respirou fundo. — Isso é problema meu.

— Nós dividimos nossos problemas. — Harriet estava grudada na irmã. — Sempre dividimos. Sempre dividiremos. Eu posso fazer todas as visitas ao veterinário, se você quiser, e assim você nunca vai esbarrar com ele.

— Se ele está trabalhando no Upper East Side, então é inevitável que a gente se esbarre por aí. Aliás, seria covardia de minha parte evitá-lo. Por que ele estaria por aqui? É coincidência? Sim, é claro que é coincidência. Não nos vemos há dez anos... — Os olhos dela encheram-se de lágrimas e Harry a abraçou, trocando olhares de desamparo com Daniel.

— Não preciso da piedade de vocês. Essa situação toda foi por minha culpa, por minha estupidez. — Fliss viu o olhar do irmão ficar sombrio e o encarou. — Não comece.

Ele soltou as mãos dela e levantou-se.

— Eu não disse nada.

— Posso cuidar dessa situação. Uma década é bastante tempo. São águas passadas, não são? Nós dois somos adultos. Vou esquecer isso. Só preciso de um tempo. E de um namorado.

Harriet pareceu perplexa.

— Um namorado?

— Claro. Se ele perceber que estou solteira, vai achar que nunca segui com a vida e com certeza não quero que ele ache isso. — Ela captou o olhar de Harriet. — Pois não seria verdade. Eu segui com a vida.

— É claro que seguiu — disse Harriet em tom firme. — Faz alguns anos que você não fala dele. Acho que nem pensou nele.

— Nem pensei — ecoou Fliss.

Daniel não disse nada, mas esperava que a irmã aprendesse a mentir melhor antes de encontrar com Seth.

— Ele falou de mim? Perguntou como eu estava?

— Nós não conversamos. Nos vimos e não causamos nenhum tipo de dano físico um ao outro. Nosso encontro foi prazeroso desse jeito.

— Pelo tanto que ele sabe, eu poderia estar casada ou coisa do tipo. — Fliss levantou-se e começou a andar de um lado para o outro. — Preciso muito sair com alguém. E rápido. Quem a gente conhece que poderia ajudar?

— Não olhe para mim. — Daniel levantou as mãos em um gesto de rendição. — Não conheço ninguém que sairia com você sem ser dopado antes.

— Obrigada. — Fliss recuperou algo do espírito e, quando ela olhou para o irmão, ele ficou aliviado de ver ali seu brilho usual. — Estou atrasada. Preciso ir. Mas valeu pelo aviso. Obrigada. — Ela pegou as chaves e saiu pela porta, deixando Harriet e Daniel sozinhos.

— Merda — murmurou Harriet, e Daniel ergueu uma sobrancelha.

— É a primeira vez que ouço você xingar.

— O Seth voltando para a vida de Fliss é motivo suficiente para eu xingar. Ela ficou destruída, Daniel.

— Sim, mas isso foi há muito tempo. Ela era vulnerável, agora não é mais.

— Não tenho certeza disso. — Harriet não pareceu contente. — Quando o assunto é Seth, acho que parte dela sempre ficará machucada. Pensei muitas vezes…

— O quê?

— Nada.

Harriet evitou o olhar de Daniel, que franziu o cenho.

— O quê? O que você não está me contando?

— Nada. Estou preocupada, é só isso.

— Também estou, mas ela vai ficar bem. Ela sempre fica. — Daniel terminou o café. — Estou atrasado. Me liga se precisar de algo, caso contrário podemos terminar essa conversa amanhã, quando eu vier pegar o Brutus.

Harriet estava distraída.

— Você não pode ficar com ele amanhã. As pessoas que querem adotá-lo vão vir buscá-lo.

Daniel ficou surpreso com o quanto aquela notícia o incomodou.

— Pensei que eles não tinham gostado do temperamento dele.

— São outras pessoas. Estes estão procurando especificamente um pastor alemão. Acho que vai ser a família perfeita para ele.

Daniel sentiu como se tivesse levado um chute no estômago. Disse a si mesmo que o motivo para a sensação de vazio era por ter visto a irmã chateada.

Harriet o estudou.

— Você parece chateado, mas não vai mais precisar passear com o cachorro. Agora que Molly sabe a verdade, você pode simplesmente caminhar com ela porque gosta. Ou correr. Ou fazer o que quiser.

— Duas famílias já rejeitaram o Brutus. Quero que ele tenha um bom lar, só isso.

— O pessoal do centro de adoção sabe o que faz.

— Tem certeza? Pois o que fizeram até o momento não foi muito impressionante. Eles deviam falar com Molly. Ela saberia dizer que pessoas se dariam bem com a personalidade dele.

— Ela é especialista em humanos.

— O Brutus é mais inteligente do que muitos humanos que conheço.

O olhar de Harriet suavizou-se.

— Você gosta mesmo dele. Se apegou.

— Ele é um cachorro e eu nunca me apego. — Sentindo-se um traidor, fez um último carinho nas costas do cão e caminhou até a porta. — Não se esqueça de avisar que ele não responde bem quando chamado. Precisam tomar cuidado quando o soltarem da coleira. E não deixe que o chamem de Xarope.

Capítulo 17

Prezada Aggie, sou casado, mas me sinto atraído por outra mulher. Amo minha esposa, mas a vida com ela é muito previsível. Devo ficar ou ir embora?

Atenciosamente, O Entediado

— Esse vai precisar de um advogado de divórcio. — Daniel inclinou-se por sobre o ombro dela. — Quer passar meu contato para ele?

Rindo, Molly o empurrou. Ela estava trabalhando na mesa de Daniel. Adormecido, Valentine estava esparramado junto à janela.

— Por mais surpreendente que possa parecer para você, não costumo recomendar o divórcio de cara.

— Por que não? Se ele realmente começar um caso tórrido, como está considerando fazer, esse vai ser o fim inevitável. Um conselho do tipo pode poupá-lo agora, e eventualmente a esposa também, de anos de angústia e processo. Vamos direto ao que interessa. Direto para o fim, nesse caso. — Deu um beijo na nuca de Molly, que sentiu-se consumir pelo calor.

Ela fechou o computador.

— Vou responder mais tarde.

— Não. — Ele passou os lábios para o ombro de Molly. — Você tem que responder agora. A gente vai jantar com Eva e Lucas, lembra? Temos que estar lá em uma hora. Continue a trabalhar. Me ignora.

Ignorá-lo? Como?

Molly abriu o computador novamente e tentou se concentrar, mas era impossível com a boca de Daniel em sua pele. O toque dele era insanamente bom. Por isso, fechou os olhos, esquecendo a tela do computador à sua frente. Naquele momento, não ligava para o que O Entediado fazia de sua vida. A única coisa em que pensava era o que Daniel fazia com ela.

Nunca havia sentido isso antes. Nem com Rupert. Nem com ninguém. Pela primeira vez na vida não escondia algo, o que era surpreendentemente libertador. Daniel sabia de sua mãe. Sabia de Rupert. Sabia de tudo. Era a relação mais simples e descomplicada que teve e, como resultado disso, sentia-se tranquila e desinibida.

Molly se virou e levantou, lançando os braços ao redor do pescoço de Daniel. Ela sentiu os dedos dele desfazendo-lhe o rabo de cavalo e, em seguida, o cabelo caindo sobre seus ombros. Daniel soltou um grunhido de satisfação e trespassou-lhe o cabelo com os dedos.

— E O Entediado? Você deve a ele uma resposta.

— Eu acho que ele precisa refletir sobre o problema dele um pouquinho mais. Não é bom se apressar nessas grandes decisões. — Molly agarrou a bainha da camisa de Daniel, puxando-a, e ele, por sua vez, arrancou a blusa dela com movimentos frenéticos. Tudo foi desequilibrado e irregular, da respiração à urgência de suas mãos conforme tirava a calcinha de Molly. Ela ficou excitada em vê-lo tão fora de controle, pois sentia-se da mesma forma.

— Não quero sair — disse com a voz rouca e crua, a boca fundida à pele macia que acabara de expor. — Quero ficar e aproveitar você. Vou cancelar.

— Não! Nós temos que ir. Adoro a Eva e quero conhecer o Lucas.

Ela deslizou os dedos pelo cabelo dele e em seguida as bocas colidiram. Naquele momento, falar passou a ser a última das prioridades de Molly.

Ela se segurou nos ombros de Daniel e ele a carregou nos braços até a mesa como se Molly não pesasse nada. Ela sentiu um tremor delicioso e abraçou-o com as pernas. Tudo isso enquanto se beijavam, como se fosse impossível parar o que estavam fazendo.

Ela sentiu a pressão poderosa contra seu corpo e, de maneira instintiva, moveu o quadril para chegar mais perto.

Daniel acariciava as coxas dela. Em seguida, Molly sentiu o deslizar delicado e habilidoso dos dedos deles explorarem-na intimamente.

Desejava-o de maneira desesperada, frenética. Com as mãos, abriu desajeitadamente o zíper e tentou tirar-lhe a calça jeans. Ele segurou a mão de Molly, forçando-a a parar enquanto pegava uma camisinha. Em seguida, penetrou-a com um movimento suave de posse, que enviou um raio elétrico por todo o corpo dela. Por um instante, ele ficou imóvel, permitindo que Molly ajustasse seu corpo ao dele. Depois, ele começou a se mexer, e tudo se resumiu ao ritmo perfeito dos movimentos, ao mordiscar dos dedos nas coxas dela, ao calor da boca de Daniel contra a de Molly. Os dois não pararam de se beijar durante todo o processo, do engate frenético e suado, pela excitação tremulante, até o orgasmo explosivo que acometeu ambos.

Era tão intenso e impressionante que, quando acabou, Molly permaneceu imóvel. Repousou a cabeça no peitoral de Daniel, sentindo a força dos braços dele a segurando, atracados da forma mais íntima possível.

— Prezada Aggie — murmurou ele, tirando-lhe o cabelo do rosto —, conheci uma mulher e estou tão louco por ela que, quando ela passa na minha frente, tenho vontade de agarrá-la e arrancar sua roupa. O que posso fazer? Atenciosamente, O Sem Autocontrole.

Molly se afastou um pouco e olhou para Daniel, tentando processar o que havia acabado de acontecer. Os dois estavam sem fôlego, e os ombros de Daniel escorregadios de suor.

— Prezado Sem Autocontrole — disse ela, com a voz rouca —, sentir uma atração sexual dessa intensidade pode ser empolgante, mas nenhum relacionamento consegue prosperar se uma das partes for presa por atentado ao pudor. Sugiro que você se certifique de que a mulher em questão só passe à sua frente quando estiverem em um lugar privado. Estou segura de que essa química intensa vai passar.

— Você acha? Pelo bem da minha sanidade e conforto físico, estou contando com isso. — Daniel afrouxou o abraço. — Só para garantir, você precisa se sentar do outro lado da mesa hoje à noite.

— Bom plano.

Molly desceu da mesa e pegou as roupas no chão, torcendo para que sentar-se do outro lado da mesa fosse suficiente.

— Então seu próximo livro sai em julho? — Daniel alcançou outro dos deliciosos pães de nozes que Eva fizera. — Quando vou receber minha cópia adiantada?

— Elas chegaram ontem. — Lucas serviu o vinho. — Posso arranjar uma, se você quiser.

Eva estremeceu.

— Aceite meu conselho e recuse. Só pela capa já sinto vontade de dormir com as luzes acesas.

Molly sorriu.

— Você nunca lê os livros de Lucas?

— Eu não deixo — disse Lucas, com a fala arrastada. — A única vez que ela leu, ela me acordou gritando por causa de um pesadelo.

— Ele olhou para Daniel. — Lembra aquela vez que você tocou a campainha e ela atendeu a porta com uma faca na mão?

— Pensei que fosse um tipo especial de hospitalidade na sua casa.

— Naquela noite, ele me obrigou a assistir Hitchcock. — Eva ria tão alto que mal conseguia falar. Virando-se para Lucas, disse: — A culpa é toda sua. Se quer me assustar, tem que viver com as consequências.

Lucas balançou a cabeça.

— Tenho que trancar a porta do escritório quando não estou em casa, pois ela tem fama de mudar uma frase ou outra nos meus livros.

— Fazer as personagens um pouco mais boazinhas não machuca ninguém.

— Mas isso é uma das coisas mais *incríveis* nos personagens dele. — Esquecendo-se temporariamente da comida, Molly se inclinou para a frente. — Eles são complexos. O cara do seu último livro era incrivelmente educado com o vizinho. Era uma mistura fascinante de sociopata e psicopata, com traços de narcisismo.

Daniel observou Molly, tentando deletar a imagem dela nua sobre sua mesa. Não tinha lembranças de já ter ficado tão desesperado para transar com uma mulher, a ponto de fazê-lo em cima da mesa. E aquilo ainda não tinha resolvido seu problema. Já pensava em quão cedo seria razoável ir embora e voltar para casa.

Lucas achou graça.

— Você psicanalisou meus personagens?

— É impossível não fazer isso. Mas, como você mistura traços diferentes, é difícil estabelecer um diagnóstico ou perfil mais preciso.

— Ela deve pensar no par perfeito para eles — provocou Daniel.

Ele, porém, estava intrigado com o fato de Molly gostar dos livros de Lucas Blade tanto quanto ele. Daniel observou seu rosto enquanto ela conversava com Lucas. Molly era animada, inteligente e tinha muito com que contribuir.

Seu nível de conhecimento sempre o impressionava. Aparentemente, Lucas também estava impressionado enquanto os dois trocavam ideias sobre tipos de personalidade.

— O que torna seus livros assustadores são os personagens. Não o que eles fazem, mas o fato de o crime ser cometido por alguém que todos nós poderíamos conhecer. O policial bonzinho do bairro, a enfermeira do hospital local. Seus livros desafiam nossa crença intrínseca de que estamos seguros.

— E você acha isso bom? — Eva abaixou o garfo. — Não quero achar que conheço alguém capaz de assassinar alguém. É melhor mudarmos de assunto, senão vou acordar aos berros de novo.

— Vou emprestar o Valentine para você — disse Molly. — Ele é um excelente cão de guarda. Nunca me sinto insegura com ele ao meu lado.

Ao ouvir seu nome, Valentine levantou a cabeça e as orelhas.

— Sim, estamos falando de você — disse Eva. — Ele é tão lindo, você tem muita sorte. Eu adoraria ter um cachorro. — Eva olhou para Lucas com olhar esperançoso, ao que ele ergueu uma sobrancelha.

— Algum motivo para você me olhar com esses olhões azuis?

— Eu não teria motivo para nascer com esses olhões azuis se não pudesse usá-los para provocar respostas emocionais em você. É você quem eleva meu medo a níveis estratosféricos. Antes de você, eu nunca suspeitava das pessoas. Confiava em todo mundo. Agora fiquei cautelosa.

— Ser cautelosa é bom — disse Molly, e Daniel sentiu que ela tinha a própria experiência em mente. Ela não foi abandonada por estranhos. Foi abandonada por pessoas que considerava amigos. Não surpreendia que fosse cautelosa.

Lucas preencheu as taças de vinho e olhou para Eva.

— Você só quer um cachorro porque salvamos aquele cão no parque no Natal. Não daria certo. Não daríamos conta de ter um filhote, Ev. Você fica fora a maior parte do dia, e eu trancado em meu escritório.

— Não quero um filhote. Quero um cão de abrigo que precise de um lar amoroso. Quero fazer a diferença na vida de um cachorro, da mesma forma que Molly fez com Valentine.

— Foi ele quem fez diferença na minha vida — disse Molly. — Quando me mudei para Nova York, não conhecia ninguém.

Daniel pensou em Brutus e se perguntou o que ele estaria achando da nova casa. Queria que o cão encontrasse pessoas tão amorosas quanto Molly. Tomou nota mentalmente de perguntar a Harriet na próxima vez que a visse.

— Passear com cachorro é um excelente exercício.

— Não dê a ela mais motivos para me convencer. Aliás — disse Lucas franzindo a testa —, você nem tem cachorro.

— Tenho passeado com um cão que minhas irmãs resgataram. Para ajudar. — Seu olhar encontrou o de Molly, e Daniel viu uma covinha aparecer no canto da boca dela.

— Foi assim que nos conhecemos — disse ela.

Daniel ficou pensando se ela revelaria que ele havia pegado o cão emprestado, mas ela não o fez. Em vez disso, continuou com os olhos iluminados fixos nos dele de forma provocativa.

Daniel amava o sorriso dela. Ele começava na boca, numa suave curvatura dos lábios e na aparição da covinha, indo terminar nos olhos de Molly. Estava na cara que ela se divertia com o segredo deles.

— Vocês se conheceram passeando com os cachorros? — Eva se levantou. — Que romântico.

Ela começou a recolher os pratos, mas Daniel os tirou de suas mãos.

— Eu faço isso. Senta aí.

— Você é nosso convidado!

Lucas puxou-a delicadamente para a cadeira.

— Você cozinhou. A gente cuida da louça.

— Se vocês insistem. — Eva virou-se para Molly. — Você deve ter se sentido muito sozinha vindo de outro país sem conhecer ninguém aqui. Você costuma visitar sua casa lá? Só fui uma vez para Londres. Foi em uma viagem da escola e só lembro que não parou de chover.

— Agora, aqui é minha casa.

— Mas você deixou tudo para trás. Tão corajosa. Por que você fez isso?

Vendo quão desconfortável Molly estava, Daniel interveio.

— Ela recebeu uma oferta de emprego. — Ele empilhou os pratos no balcão da cozinha. — E quem não iria querer se mudar para Nova York? É a melhor cidade do mundo.

— Verdade. Nova York simplesmente é *a melhor* cidade do mundo, ainda que, para ser honesta, eu a tenha achado um pouco assustadora quando cheguei. Imagino que seja mais fácil se mudar de uma cidade grande para outra. Fui criada em uma ilhazinha na costa do Maine, por isso Manhattan foi um choque cultural para mim. Minha sorte foi ter vindo com amigas — disse Eva, contando para Molly sua história de vida e o cenário da criação da empresa com as amigas. — Na época, achamos que perder o emprego era a pior coisa do mundo, mas, no final das contas, foi a melhor.

A conversa mudou para assuntos mais gerais, e, quando os dois voltaram para o apartamento de Daniel, Molly estava bocejando.

— A sobremesa estava incrível. Seus amigos são ótimos. — Ela tirou os sapatos e envolveu Daniel com os braços. — Tinha esquecido como é sair com gente legal. Você os conhece *mesmo*, e eles conhecem você. Lucas e Eva ficariam ao seu lado caso algo ruim acontecesse. E você ficaria ao lado deles.

Daniel não negou.

— Você também conhece gente que ficaria ao seu lado.

— Talvez. Não, não é talvez. — Ela franziu a testa. — Gabe e Mark. Eles são como irmãos para mim. Eles ficariam ao meu lado.

— A expressão dela clareou. — Que sentimento bom.

— Não só o Gabe e o Mark.

Ela ergueu o olhar ao dele, e algo cintilou em seus olhos.

— Você não me deve nada, Daniel. Isso aqui é só diversão. Sexo. Você gosta do meu rabo de cavalo, do meu bumbum e das minhas pernas.

— Eu amo seu rabo de cavalo, seu bumbum e suas pernas. E sim, é sexo, mas também amizade. Eu gosto de você, Molly. Gosto bastante. Não importa quão atraente você fosse, eu nunca iria para a cama se não gostasse de você. Você é minha amiga. — Ele acariciou a bochecha dela com as costas dos dedos. — Você não acha que somos amigos?

— Sim, mas... — Ela pareceu abalada. — Isso vai acabar uma hora.

— Quando acabar, vamos parar de transar, mas continuaremos sendo amigos. Quando você precisar de mim, estarei lá. Amizade é isso. — Dava para ver nos olhos de Molly que ela não acreditava em Daniel. Machucava-o pensar que tudo que ela tinha vivido a fizera perder qualquer confiança nas pessoas. Daniel estava surpreso em ver quanto ele queria que ela confiasse nele. — Molly... — Ele parou de falar quando o celular tocou.

Ele conferiu o número e recuou um passo.

— Preciso atender. É a Fliss.

— Claro.

Os dois entraram no apartamento, e ele perguntou à irmã:

— Está tudo bem?

— Não. — A voz de Fliss oscilava. — Você está sozinho? Posso passar aí?

— Não estou sozinho... — Seu olhar encontrou o de Molly — Mas pode vir. Onde você está? Quer que eu busque você?

— Não precisa. Estou do lado de fora do seu prédio.

Capítulo 18

Tentando não escutar a conversa de Fliss e Daniel na sala de estar, Molly preparava um chocolate quente na cozinha. Os dois estavam sentados com a cabeça perto uma da outra, o cabelo preto contra o loiro. O vínculo entre os dois era evidente.

A irmã precisava dele, e Daniel não hesitou em deixá-la subir. Molly respeitava isso. Não somente respeitava, como invejava. Como seria ligar para alguém em um momento de necessidade e saber que a pessoa estaria ali para você?

Ela não fazia ideia, porque não tivera isso quando mais precisou. A única pessoa com quem poderia contar, seu pai, era a pessoa que ela mesma decidiu proteger. Cortaria um pedaço do corpo fora antes de sobrecarregá-lo com seus problemas. Ele já tinha sofrido o bastante na vida. Molly sempre teve que lidar sozinha com seus problemas, primeiro quando a mãe foi embora, depois quando a vida desmoronou.

Independentemente das questões que precisou enfrentar quando jovem, era evidente que Daniel construíra uma relação de proximidade com as irmãs. Eles podiam contar uns com os outros.

Ter um irmão tornava a vida mais fácil?

Molly pensou em todas as pessoas que eram afastadas da família e concluiu que o vínculo familiar não era mais confiável do que qualquer outro.

Além disso, ela não tinha irmãos, então não tinha por que pensar naquilo.

A questão não era ela, era Fliss. E Fliss estava com problemas. Um problema grande o bastante para levá-la à casa do irmão àquela hora da noite.

A julgar pelos olhares de desculpas que lançou para Molly, era evidente que não esperava que o irmão tivesse companhia. Sem dúvidas, queria que Molly não estivesse ali. Havia escutado a resposta à pergunta sobre Daniel estar ou não sozinho. O fato de Fliss ter ligado do lado de fora do prédio informava a Molly quanto a irmã precisava vê-lo. E ela não queria atrapalhar a conversa.

Voltou para junto deles e colocou o chocolate quente em frente de Fliss.

— Ligo para você amanhã, Daniel.

— Por quê? Aonde você vai?

— Vocês dois têm que conversar. — Ela sorriu para Fliss. — Pensei em dar privacidade para vocês.

— Não vá embora por minha causa. — Fliss estava jogada no sofá. — Sou eu quem tem que ir embora. Não quis atrapalhar. Daniel não costuma receber visitas à noite. Não me acostumei com a ideia, nem tinha me passado pela cabeça. — Ela se levantou. — Vou embora. Ligo para você amanhã, Dan.

Ele esticou a mão e puxou a irmã de volta para o sofá.

— Você não vai embora nem está atrapalhando — disse, com a voz dura. — Se quer conversar em privado, tenho certeza de que Molly tem trabalho para terminar. Eu a distraí mais cedo.

— Não. — Fliss pareceu se recompor. Ela foi com o olhar do irmão para Molly. — Você é psicóloga, não é? Talvez consiga consertar meu cérebro. — Foi o tremor evidente na voz de Fliss que convenceu Molly a ficar.

Ela se sentou do outro lado, de modo a ficar de frente para os dois.

— Ele precisa de conserto?

— Preciso me curar dos pensamentos que estou tendo.

— Que pensamentos?

Fliss roeu o canto das unhas.

— Você já quis não sentir nada, mas daí começou a se sentir péssima?

Daniel entregou o chocolate quente à irmã.

— Beba isso em vez de roer as unhas. Imagino que o que você está sentindo tenha a ver com o Seth.

— Seth? — Molly não entendia por que aquele nome parecia familiar. Logo depois lembrou. — Era o cara que encontramos no outro dia?

Fliss soltou um suspiro.

— Você o conheceu?

— Na recepção da clínica veterinária. Estava na cara que Daniel o conhecia. Você teve uma relação com ele?

— Pode-se dizer que sim. — Fliss soltou uma risada abafada. — Nós fomos casados.

Molly escondeu a surpresa. Não que a conhecesse bem, mas nunca diria que Fliss fora casada. Será que isso explicava a animosidade de Daniel contra aquele homem?

— Eu não sabia disso. Não sabia que você já foi casada.

— Quase ninguém sabe disso. Eu tinha 18 anos. Não foi meu melhor momento, e não costumo comentar sobre o assunto. Eu segui em frente. Pensei que estava me saindo bem… — Virou-se para Daniel com os olhos cheios de lágrimas. — *Não conta* para a Harry que estou triste. Você promete?

— Claro, mas...

— Não tem mas. Eu falei para ela que estou bem. Quero que ela ache isso. É por isso que vim para cá chorar.

— Ela é sua irmã gêmea. Não acha que ela gostaria de saber?

— Ela provavelmente já sabe, mas isso não quer dizer que eu deva confirmar. — Fliss secou a bochechas com as mangas. — Estou aqui porque você sabe bastante de relacionamentos complicados e, como eu e Seth tivemos um, preciso saber o que fazer. O que eu *realmente* gostaria de fazer é não o ver, mas parece que essa opção não está disponível. Nesse caso, a segunda melhor opção é assumir a responsabilidade pelo encontro. Não quero trombar com ele despreparada. Mas não quero que ele ache que fiquei me preparando. Preciso que pareça normal. Como se estivesse tudo bem comigo.

Daniel expirou longamente.

— Ele me viu, Fliss. Ele vai saber que eu contei para você que ele está aqui.

— Eu sei, e isso quer dizer que não posso fingir estar surpresa. — Sem tocar nele, Fliss colocou o chocolate quente sobre a mesa e olhou com desespero para Daniel. — Não sei o que dizer a ele. Minhas mãos estão suadas e meu coração, disparado. Estou uma bagunça. E detesto isso. Nenhum homem me faz sentir assim. Nunca.

Está na cara que um homem faz, pensou Molly, mas guardou o pensamento para si.

— Você e ele são passado — disse Daniel. — O problema é tão grande assim?

Fliss estava em silêncio.

— O problema é grande assim — murmurou. — Tem coisas...

Daniel franziu a testa.

— Coisas?

Ela balançou a cabeça.

— Deixa para lá.

— Que coisas, Fliss?

— Nada, então nem venha bancar o advogado sisudo. Só preciso saber como me comportar. O que devo fazer e dizer? Não quero errar.

— Molly? — Daniel olhou para ela. — Você que é a psicóloga.

Molly estava imaginando o que Fliss escondia do irmão.

Fliss cutucou o chocolate quente com a ponta da colher.

— Molly não conhece o Seth.

— Mas ela conhece as pessoas. E sabe tudo de relacionamentos.

Molly trouxe a atenção de volta ao presente. Se tinha coisas que Fliss não queria contar para o irmão, isso não era assunto dela.

— Acho que a maneira de lidar com o primeiro encontro depende da impressão que você quer causar. Do resultado que quer produzir.

Era difícil fazer algum comentário útil sem saber os detalhes do relacionamento, mas Molly sentia que Fliss não queria se aprofundar naquele assunto.

— Quero que ele saiba que segui em frente. — Fliss tinha o olhar vazio. — Que o que rolou é passado. Que foi algo que aconteceu na minha fase revoltada.

— Você teve uma fase revoltada?

— As coisas não estavam muito bem em casa. — Ela captou o olhar de Daniel. — Ela não sabe?

— Ela sabe de partes.

— Você contou para ela? — Fliss pareceu surpresa. — Está bem. Bom, eu só quero que esse primeiro encontro aconteça e termine logo. Desde que você contou que ele está por aqui, não consigo dormir nem comer. Me sinto mal.

— Se é algo que entristece tanto você, talvez seja bom planejar um encontro — disse Molly. — Assim, você estará no controle. Você pode escolher a hora e o lugar. Imagino que na clínica. E é melhor que seja logo. Quanto mais para a frente for, mais nervosa você vai ficar. Com que frequência você leva animais lá?

— Tem meses que parece que a gente mora lá, mas de vez em quando passamos semanas sem levar nenhum bicho. — Fliss cruzou os braços. — A Harriet tem que levar o Macarrão para vacinar na semana que vem. Posso ir no lugar dela. E se eu começar a tremer? Posso deixar o gato cair.

— Faça uns exercícios de respiração antes de entrar. Treine o que quer dizer na frente do espelho. E sorria. Isso ajuda a relaxar.

— Certo. Vou treinar. E sorrir. Consigo fazer isso. — Fliss mostrou os dentes. — Como estou me saindo?

Daniel abriu a boca para dizer algo, mas captou o olhar de Molly e reconsiderou o que estava prestes a dizer.

— Tenho certeza de que vai parecer mais verdadeiro com o treino. Quer que eu vá com você?

— Não. Pareceria que ainda tenho algum sentimento. Ou pior, que estou com medo.

Ela não estava com medo, pensou Molly. Estava aterrorizada.

Molly não sabia o que tinha acontecido, mas era evidente que Fliss ainda alimentava sentimentos fortes pelo ex. Sentimentos dos quais não queria que ele estivesse ciente.

— Pense no que você quer que ele saiba — disse ela — e escreva um roteiro. Seja natural. Diga que ele parece bem. Pergunte como ele tem andado. Depois diga o que você tem feito da vida. Concentre-se no trabalho e em como os negócios estão crescendo. Diga a ele como vocês estão ocupadas. E então fale sobre a Harriet.

— Os negócios. O crescimento. Harriet. Está bem, isso me parece bom. Consigo fazer tudo isso. — Fliss se levantou rapidamente, e Valentine ficou de pé em um sobressalto. — Agora estou bem, obrigada por me ouvir. Vou escrever um roteiro. Vou sequestrar o Macarrão para ficar no controle da situação. — Inclinou-se e beijou

Daniel. — Levando tudo isso em conta, até que você não é o pior irmão do mundo. — E sorriu constrangida para Molly. — Obrigada. Seus conselhos foram brilhantes. Estou tão feliz que alguém finalmente esteja corrigindo os péssimos modos do Daniel.

Molly tentou responder, mas Fliss já estava a meio caminho fora do apartamento.

Tomou um susto quando a porta bateu.

Daniel suspirou.

— Obrigado. — A voz saiu-lhe áspera. — Sei que seu trabalho não envolve lidar com os problemas da minha família, mas não vou fingir que não estou feliz por você ter feito isso. Você foi ótima. Incrível.

O elogio de Daniel esquentou o coração de Molly.

— É por isso que você ficou incomodado quando viu Seth? Sabia que a presença dele em Nova York incomodaria Fliss?

Ele confirmou com a cabeça.

— A gente ia para a casa da minha avó em Hamptons todos os verões. Éramos bons amigos até que, do nada, ele teve esse lance com a Fliss... — Daniel balançou a cabeça. — É passado. Mas obrigado por ajudar com o drama da minha família.

Molly sentiu que muita coisa não foi dita.

— Se quiser conversar sobre...

— Não quero. — Ele se virou para Molly e tomou-a nos braços. — Em vez disso, acho que você deveria me levar para cama para corrigir meus péssimos modos.

Os dois criaram uma rotina leve. Às vezes ficavam no apartamento de Daniel, às vezes no de Molly. Conforme as noites iam ficando mais quentes, caminhavam pelas alamedas arborizadas do Upper East Side. Descobriam adegas, padarias cheias de tentações açucaradas e pequenas butiques pelo caminho trilhado. Comeram tacos, bebericaram margaritas congelantes em um restaurante romântico em Lenox Hill e caminharam pela East River Promenade. Ele a levou para a apresentação da *Tosca* no Lincoln Center e mostrou suas partes favoritas do Metropolitan e do Guggenheim. Juntos, exploraram o lado norte do Central Park, área que costuma ser negligenciada pelos turistas.

Ambos eram ocupados, mas Daniel mandava mensagens durante o dia e Molly as respondia. Ela trabalhava com o celular ao lado do computador, por isso nunca deixava alguma mensagem passar.

Quando ficavam em casa, revezavam quem cozinhava e, às vezes, comiam com amigos.

Aquele jantar com Eva e Lucas foi a primeira de muitas noites que passaram com o casal. Os quatro se davam muito bem. Um dia, quando Eva ligou não para falar com Daniel, mas para pedir a Molly algum conselho, Molly percebeu que os amigos dele estavam virando seus. Ela foi entrando em seu círculo. Confiava em quem ele confiava. Seu grupo de amigos, é claro, era menor, mas ela apresentou Daniel a Gabe e Mark, e até a sra. Winchester, que o declarou muito bonito quando o conheceu nas escadas.

Molly continuava a frequentar as aulas de spinning, mas largou a salsa pois preferia ficar perto de Daniel mais que de estranhos.

Quando a primavera cedeu lugar ao verão, as árvores ganharam cor, o ar adensou-se de aromas e as tardes ficaram mais longas. Quando Daniel trabalhava até mais tarde, caminhavam na escuridão, inalando os aromas e sons de Nova York.

Os dois conversavam sobre tudo, de política a pessoas. Falavam de livros, vinhos, arte e cães.

— É muito mais que o sexo incrível — Molly disse a Gabe enquanto jantavam certa noite em que Daniel estava trabalhando até mais tarde. — Fico ansiosa em vê-lo. Quando não estou com ele, penso nele. Me pego mandando e-mails quando algo engraçado acontece e preciso muito compartilhar. E ele me escuta. Nunca conheci um homem que me escutasse desse jeito. Às vezes, tenho a impressão de que ele sabe o que quero antes de mim mesma. Nunca tive uma relação assim. É tão descomplicada. Nem sei como isso se chama. Isso não tem nome.

Gabe levantou uma sobrancelha.

— Acho que isso se chama a...

— Vida — disse Mark rapidamente. — Se chama vida. Às vezes, um relacionamento simplesmente funciona. Por que temos que rotular tudo?

Gabe abriu e fechou a boca.

— Claro. É vida. E você tem razão. Não precisa classificar. Se funciona, funciona. Ele pode ter a forma que você quiser.

— Sabe a melhor parte? Ele sabe quem sou eu. Ele sabe tudo. Não escondo absolutamente nada.

— Que ótimo. — Mark se levantou e pegou a sobremesa. — E essa festa em que ele vai levar você...

— É a confraternização de verão que a firma dele faz todos os anos. O que eu deveria vestir? Acho que vou com um vestido curto. Talvez preto?

— Preto não. Use algo colorido. Vermelho fica ótimo com o seu cabelo.

Discutiram as opções por algum tempo e, por fim, Molly concluiu que precisava de algo novo.

— Como vai a campanha da marca de champanhe, Gabe?

— Efervescente. O cliente adorou nossa proposta. — Gabe se levantou e começou a limpar a mesa. — O que é um alívio, pois tenho adorado as sobras de produto. Não quero perder esse cliente nunca.

Mark sorriu.

— É champanhe de café da manhã, almoço e jantar.

Molly ajudou a recolher o restante dos pratos.

— Nem me fala de champanhe. Nunca mais vou beber depois daquela noite no Metropolitan.

Mark fez café enquanto ela e Gabe terminavam de limpar tudo. Em seguida, ela chamou Valentine e despediu-se dos dois.

Gabe fechou a porta e olhou para Mark.

— O que ela vai fazer quando se der conta de que o que está sentindo é amor?

— Sei lá. Mas pressinto que não vai ser muito bom.

— Talvez seja o caso de mudar as aulas de gastronomia italiana para algum tipo de comida mais reconfortante.

Capítulo 19

Era a primeira vez que Daniel levava alguém com quem estava saindo para a confraternização de verão anual, por isso os dois atraíram as atenções imediatamente quando chegaram.

Molly parou, ciente de que todos haviam se virado para olhar os dois.

— Minha saia está curta demais? Estou com espinafre nos dentes? Por que todo mundo está olhando?

— Eles estão olhando porque é a primeira vez que trago alguém a este evento. É inevitável atrair certa curiosidade e interesse. Além do seu vestido vermelho.

Era um vestido de alcinha que lhe caía até a metade da coxa. Era perfeitamente decente. Por isso talvez fosse apenas o que havia por debaixo que fazia Daniel achá-lo sexy.

Molly respondeu com um sorriso malicioso. O mesmo sorriso que dera mais cedo, ao entrar com ele no chuveiro. Aquele sorriso foi o motivo de se atrasarem.

— Quer que eu avise que nossa relação é só física?

Daniel pensou em quantas horas haviam passado conversando, debatendo, trocando opiniões. O número de vezes que riram até um deles não conseguir falar. Quantas vezes comeram do prato um do outro nos restaurantes.

— Claro. — Ele conseguiu manter o tom de voz normal. — Avisa que é só um sexo maravilhoso.

É o que ele teria dito a si mesmo um mês atrás. Mas e agora? Daniel sabia que o que sentia era muito mais profundo do que isso. Nunca havia se apaixonado antes. Agora, porém, ele sabia, *tinha certeza*, que estava apaixonado. Por Molly. Aquela descoberta não lhe ocorreu do nada. Foi uma conclusão gradual que, de primeira, rejeitou. Amor? De jeito nenhum. Ele procurava outras palavras para descrever o que sentia por ela. Amizade? Com certeza. Atração sexual? Não precisava nem dizer. Mas nenhum desses rótulos explicava a profundidade e amplitude de seus sentimentos. A ficha caiu quando um colega, casado, descreveu-o em tom de inveja como alguém "livre". Daniel percebeu que não queria ser livre. Não se "livre" implicasse viver sem Molly. Para ele, era como ter que escolher entre viver em um deserto infértil ou em uma floresta tropical exuberante.

Seu estado mental o preocupava menos do que teria imaginado.

O que o preocupava mais era o estado mental *dela*. Molly era do tipo de mulher que não desejava ter homens apaixonados por ela. Era a pior circunstância que ela podia imaginar. Aquele era um problema para o qual, no momento, Daniel não tinha a solução.

Molly o havia feito prometer que não se apaixonaria. Ele não podia mudar o que estava sentindo, mas poderia manter os sentimentos para si mesmo.

— Preciso circular. — Para ele, aquele era um evento de trabalho. Ele e os demais sócios precisavam se misturar, dizer algumas palavras motivacionais e, então, estrategicamente ir embora antes de o resto da equipe ficar bêbada e dançar em cima das mesas. — Vou apresentá-la a algumas pessoas.

Decidido a ficar pouco tempo no evento, Daniel deu algumas voltas, apresentando Molly a diversos membros da equipe.

O clima estava perfeito para uma confraternização de verão a céu aberto. O evento trazia o equilíbrio entre sofisticado e casual. O terraço estava iluminado discretamente, e a mobília do lado de fora arranjada de maneira a incentivar as pessoas a formar pequenos grupos, aproveitar a comida e a companhia. Velas brilhavam no interior de canequinhas e buquês de flores lançavam um perfume suave e inebriante ao ar noturno.

A banda era boa e sabia o que tocar para fazer as pessoas irem à pista de dança. Havia burburinho de conversas, risadas e, entremeado aos sons da festa, estavam os sons de Nova York. Sons que faziam parte da rica trama da cidade. O retumbar das buzinas dos táxis, o lamento das sirenes, helicópteros, caminhões de lixo, latidos.

Daniel viu Eva do outro lado do terraço, conversando com um dos garçons. Ela captou o olhar, fez um aceno com a mão e depois voltou ao trabalho.

Molly terminou o drinque e deslizou o braço no de Daniel.

— Agora que já falamos com umas cem pessoas, podemos dançar?

— Tenho uma reputação a zelar.

— Você está seguro comigo, prometo. Não vou fazer você passar vergonha na frente de todo mundo.

— Você nunca me viu dançando.

— As pessoas vão olhar para nós de qualquer jeito. É melhor darmos algo para elas verem.

— Achei ter ouvido você dizer que não me faria passar vergonha. — disse ele, mas tomou a mão de Molly e conduziu-a à pista de dança, puxando-a junto a si. O cabelo dela roçava o queixo dele e exalava seu perfume, o que o transportou imediatamente a algumas horas atrás, ao encontro escaldante dos dois no banho.

No momento em que o corpo dela roçou o seu, Daniel soube que aquilo fora um erro. A conexão era intensa demais, vívida e verdadeira demais para ser escondida dos curiosos ao redor.

Não conseguia lembrar a última vez que havia dançado, mas o que estavam fazendo naquele momento não parecia dança. Parecia uma extensão do que faziam no quarto. E no corredor do prédio. E no escritório dele. E em qualquer outro lugar que houvesse uma porta separando-os do mundo externo.

Daniel sentiu a respiração de Molly mudar e a mão dela pousar sobre seu peito.

Em seguida, ela ergueu a cabeça e olhou para ele com aqueles olhos verdes que faziam-no pensar em campos e florestas. O que ela via quando olhava em seus olhos? Via a mudança em seus sentimentos? Daniel torcia para que não, pois ainda precisava bolar uma estratégia.

Não era o primeiro homem a se apaixonar por ela, mas queria ser o último.

— Vamos.

Ele se forçou a recuar um passo, a uma distância segura, e levou Molly à beirada da pista de dança, mas a saída estava bloqueada por Max.

Daniel ficou tenso. Se havia uma pessoa que não queria apresentar para Molly, essa pessoa era Max.

— Daniel! Com a mulher mais bonita do recinto, para variar. — Ele piscou para Molly e deu o que provavelmente julgava ser um sorriso charmoso. — Sou Max. Estou aqui para deixar o clima mais leve. Você deve ser Molly. Antes de perguntar como sei disso, devo dizer que você é a primeira mulher que Daniel trouxe a este evento, por isso já está famosa. Meus parabéns.

Daniel viu um leve franzir de cenho aparecer entre as sobrancelhas de Molly, como se ela não soubesse o que fazer com Max.

— Estamos de saída — disse ele, num tom seco, mas Max estava bêbado o bastante para estar com os sentidos embotados.

— Vocês não podem ir embora ainda. O que você faz da vida, Molly? Seu rosto é familiar. A gente já se conhece?

Daniel passou a mão na nuca.

— Max...

— Sou psicóloga.

— Uau! — A reação de Max foi exagerada. — Você está me analisando? Vai me dar um diagnóstico? Pois não sei se quero saber.

Daniel estava mais do que pronto para dizer o que achava do colega, mas mordeu a língua.

Molly deixou a cabeça cair de lado.

— Acho que você está bêbado. Mas estamos em uma festa. Então não tem problema.

Max estava nitidamente encantado.

— Gosto dela. Gosto muito dela. — Ele deu um tapinha no ombro de Daniel. — Agora você tem uma psicóloga particular enquanto nós temos que escrever para a Aggie.

O humor nos olhos de Molly sumiu.

— Você escreveu para a Aggie?

— Claro que sim. Todos nós a achamos brilhantes. Exceto o Daniel, é claro. Ele se acha superior. Na verdade, um conselho dela o deixou tão nervoso que ele pediu para nós rastrearmos e identificarmos quem era ela. Não posso dar os detalhes, é claro. É tudo confidencial — disse ele, com uma piscadinha para Molly. — Mas, cá entre nós, não são cinquenta pessoas trabalhando em um *call-center*. Ela é uma pessoa de verdade. Imagino que seja uma gata.

— Precisamos ir — disse Daniel em tom suave. — E você precisa parar com o champanhe, Max, senão você vai ser o réu em um processo, não o representante de uma das partes.

— Espera! Você a localizou? Levantou os antecedentes dela? — Molly virou a cabeça para olhar para Daniel, e agora seus olhos não eram campos nem florestas, eram fogo e fúria.

Ele sentiu a raiva dela como um soco no estômago, mas, além disso, sentia algo que o preocupava ainda mais. Sentiu o pânico e a ansiedade dela. Quase era capaz de sentir a mente de Molly acelerada, tentando compreender o que tudo aquilo queria dizer.

Max não fazia ideia da destruição que trouxera.

— Não se surpreenda — continuou Max. — É por isso que Daniel nunca perde um caso. É detalhista. Não fica só na superfície. Ele faz um raio X até descobrir tudo. É por isso que é tão temido nos tribunais. Nada passa por ele. Ele e Aggie, na verdade, dariam um ótimo casal. Dá para imaginar? O cara que sabe tudo de divórcios com a mulher que sabe tudo de relacionamentos. Está aí uma coisa que eu gostaria de ver.

— Duvido que veja isso algum dia. — A voz de Molly soou tão fria, que era como se tivesse jogado um balde de água fria em Daniel. Em seguida, Molly se virou e deixou a festa sem olhar para trás.

Surpreso, Max encarou as costas dela.

— Eu disse algo de errado?

— Você disse um milhão de coisas erradas. — Daniel seguiu Molly e alcançou-a no elevador. — Espera. *Espera!* Por favor. — Ele segurou as portas antes que se fechassem. Entrou no elevador esperando que ela cedesse espaço, mas, em vez disso, ela avançou e colocou um dedo no peito dele.

— Você me investigou?

— Molly...

— *Você me investigou* e não achou que valia a pena me contar?

— Me escuta. — Era ele quem estava com as costas contra a parede. Quando as portas se fecharam, Daniel afrouxou a gravata e desabotoou o botão de cima da camisa.

Os olhos dela chamuscavam.

— Está nervoso?

Não havia sinais de lágrimas. Pelo contrário, Molly soltava adagas de raiva. Daniel pensou que era mais fácil ser o alvo de sua raiva do que a causa de suas lágrimas.

— Não. Só estou com calor.

— Não vem com essa.

As portas se abriram e ela saiu à frente. O equilíbrio de Molly era impressionante, dada a altura e delicadeza do salto alto.

Daniel poderia deixá-la partir, mas sabia que seria um erro.

— Eu não investiguei você. Eu investiguei Aggie, que estava, como você lembra, dando conselhos que eu considerava pouco vantajosos a meus clientes. Não tinha ideia de que era você.

— E você não pensou em contar para mim? Não passou por sua cabeça? Acho que não. Você não é do tipo de homem que tem lapsos de memória. Há quanto tempo você sabe? Espera um pouco... — Ela estreitou os olhos enquanto calculava. — Naquela noite da festa da Editora Phoenix... Você não pareceu surpreso quando o Brett nos apresentou. Você já sabia.

— Sim.

— Você transou comigo sabendo quem eu era?

— Não. Eu descobri no dia da festa. — Embora, mesmo que ele soubesse antes, não teria evitado. Nada impediria o que aconteceu naquela noite. Desde o momento em que Molly entrara em seu apartamento naquele vestido azul justo, o final era inevitável.

— Foi por isso que você foi à festa?

— Sim. Eu queria conversar com você.

— Você estava tão bravo. — Molly levou a mão à garganta, tentando desacelerar a respiração. — Mas não disse que tinha me investigado.

— Como descobri não estava entre minhas preocupações.

— Aí você ficou bravo porque eu tinha escondido algo de você, mesmo que, para descobrir isso, tivesse que esconder seu próprio método de investigação. Você não vê a ironia nisso? — Não havia calor no tom de voz de Molly. Era como se tivesse puxado todas as emoções para trás de um muro. Aquela não era a mulher que expusera os sentimentos enquanto Valentine esteve doente. Aquela não era mais a mulher que rira e confiara segredos a Daniel. Aquela era a Molly que se protegia. — Você podia ter dito que sabia.

— Depois de Brett nos apresentar, não vi mais a necessidade.

— Você queria é ficar com sua superioridade moral, sem se colocar na berlinda.

— Se eu não soubesse antes, descobriria na festa.

— Não, não descobriria, pois não teria ido ao evento. Você não tinha planos de ir a lugar algum naquela noite. Você me convidou para sair. Se já estivesse ocupado, teria dito. Você me acusou de estar me escondendo de você, mas foi você quem se escondeu por inteiro.

— Coloque-se no meu lugar. O nome da Aggie não parava de aparecer. Os conselhos dela... os seus conselhos... contradiziam os meus. Você não apresenta suas qualificações nem fotos. Comecei a suspeitar. Quis proteger meus clientes. Foi profissional de minha parte. Quando descobri que você era a Aggie, fiquei com raiva por você não ter dividido essa informação. Isso foi pessoal.

— Entendo o conflito, mas você devia pelo menos ter dito o que fez!

Daniel acenou para um táxi. Não era o tipo de conversa que gostaria de ter na rua.

— Vamos voltar para minha casa e conversamos lá.

Na segurança e familiaridade de seu apartamento, talvez Molly ficasse mais tranquila e o ouvisse.

— Não vou voltar para sua casa, Daniel.

— Está bem, podemos ir para a sua.

— Não. Eu... — Ela passou os dedos pela testa. — Não vou a lugar algum com você. Você foi o primeiro homem em quem confiei, sabia? Contei tudo para você. E agora descubro que... — Com a respiração instável, Molly parou de falar. — Não entendo por que você não me contou.

— Eu tive medo. — A confissão foi arrancada de Daniel. — Pois não tem um jeito certo de contar a uma mulher de quem você gosta muito que investigou sobre ela por acidente.

Ele mais do que gostava, muito mais do que isso, mas era preciso esperar o momento oportuno para revelar novidades inesperadas e possivelmente indesejadas. E aquele não era o momento.

Ela permaneceu imóvel, de pé na calçada, alheia ao fluxo de pessoas ao redor.

Estavam em Manhattan, e a vida seguia. Cercados de amor, casamento, divórcio, doença, amizade, perda, a cidade continuava. Ela não dormia nem descansava.

— Não consigo pensar. — Molly pareceu tonta. — Preciso de tempo para pensar.

— Venha para minha casa e pense sobre isso lá.

Daniel tentou segurá-la, mas Molly levantou a mão para afastá-lo.

— Não. Você acha que sabe tudo sobre as mulheres — disse, com a respiração rasa —, mas vou dizer uma coisa, Daniel. Você não sabe de nada.

Ele não ia discordar.

— Você vai ligar para mim quando estiver pronta para conversar?

— Não sei.

A ideia de que poderia não receber uma ligação dela era como tomar um chute nas costelas.

— Molly...

Ela se virou para o outro lado. Parecia tão vulnerável que a dor no peito de Daniel se intensificou.

Ele queria impedi-la, mas, antes de encontrar as palavras que poderiam convencê-la a não subir no táxi, ela havia partido.

Daniel disse a si mesmo que resolveria a situação. Ela estava brava no momento, mas era uma pessoa razoável. Quando se acalmasse, entenderia o ponto de vista dele. Ao menos era o que ele esperava.

Pelo menos agora ela sabia de tudo.

As coisas não tinham como piorar.

Isso durou até a manhã seguinte, quando Daniel acordou, checou as mensagens e descobriu que as coisas tinham piorado muito.

Capítulo 20

MOLLY NÃO CONSEGUIU DORMIR MUITO. Os momentos mais insones foram pontuados pelo pensamento de que Daniel a havia investigado sem contar nada.

De tudo mais arrogante, ofensivo, mentiroso, arrogante... Ela já tinha dito arrogante? Bem, droga, ele merecia ser chamado assim duas vezes.

Abandonando qualquer esperança de dormir, foi batendo os pés até a cozinha, quebrando canecas e batendo gavetas no caminho.

Com a cabeça apoiada nas patinhas, Valentine a observava, claramente ciente de que era um daqueles dias em que era melhor ficar na dele.

— Estou triste — Molly disse a ele. Seu mau humor diminuiu na hora quando viu o rabo dele batendo no chão. — Ele devia ter pelo menos me contado, você não acha?

Valentine continuou a observá-la em silêncio. Em seguida, Molly suspirou.

— Ele estava fazendo o melhor para os clientes, eu sei. — Era difícil criticar um homem por isso. — Quer dizer, sei que guardei segredos também, mas foi diferente.

O olhar de Valentine a seguiu enquanto Molly andava ruidosamente de um lado para o outro na pequena e iluminada cozinha.

— Está bem, talvez não tenha sido *tão* diferente. — Ela o fulminou com um olhar. — Para de olhar desse jeito para mim. Você está me deixando com um sentimento de culpa.

Valentine bocejou e balançou o rabo.

— Você quer que eu me sinta culpada? Que tipo de amigo você é?

Um bom amigo. O melhor. Exceto pelo fato de que Daniel, nos últimos tempos, também vinha sendo um bom amigo.

Ela preparou um café forte, sentiu o aroma da bebida e tomou vários goles restauradores antes de sentar-se junto à janela. Era ali que passava a maior parte do tempo pensando.

— Adoro conversar com você, mas conversar com ele também era bom. — Molly inclinou-se contra as almofadas, cruzou as pernas debaixo de si e encarou a rua. — Talvez eu devesse ligar para ele.

Ele não foi o único a ser mão de vaca com a verdade. Ela também havia sido, não é mesmo? De fato, se ela tivesse contado a verdade desde o começo, nada disso teria acontecido.

O comportamento dele não havia sido nem melhor nem pior do que o dela.

Molly com certeza deveria ligar.

Com um suspiro, alcançou o telefone.

— A questão é essa — disse a Valentine. — Tudo bem cometer erros, contanto que você não tenha medo de admiti-los se estiver errado. Eu errei. No lugar dele, provavelmente teria feito a mesma coisa. Me dá cinco minutos. Vou beber esse café, me reestabelecer, ligar para ele e depois levo você ao parque. Quem sabe ele não encontra com a gente por lá.

Valentine ergueu as orelhas para a promessa de passear, mas, antes que ela pudesse terminar o café, batidas vieram da porta.

— Molly?

Valentine se levantou e atravessou a sala correndo, latindo alegremente ao reconhecer a voz de Daniel.

Molly, que estava tendo a mesma reação que seu cachorro, caminhou até a porta com o café em uma mão e o celular na outra.

Ele veio até ela. Isso era bom, não?

Ela destrancou a porta e a abriu.

Lá estava Daniel. Ainda estava com a camisa da noite anterior, mas havia trocado a calça de alfaiataria por uma calça jeans. Seu rosto estava acinzentando. O azul dos olhos se intensificava contra a palidez da pele. O resto de raiva que Molly sentia se evaporou ao vê-lo, restando apenas a preocupação.

— O que foi? O que aconteceu? — Ele perdera algum cliente? Estava doente? — Você está péssimo.

Ele entrou no apartamento sem esperar pelo convite, ao que Molly fechou a porta.

— Você não respondeu minha mensagem.

— Eu ia ligar agora mesmo para você, mas você chegou antes. Qual era a mensagem? Meu celular estava desligado.

Molly o ligou, tentando imaginar a mensagem. Seria algo carinhoso? Outro pedido de desculpas? Ou ele que estava esperando por um pedido de desculpas dela? Molly sentia que devia isso a Daniel.

Ele estreitou a boca. Sua expressão estava sombria.

— Sente-se.

Molly sentiu uma pontada no estômago.

— Olha, confesso que exagerei um pouco ontem à noite. Tive tempo para refletir sobre e…

— Não estou aqui por causa da noite passada.

— Ah. Achei… — Ela engoliu em seco. — Então por que está aqui? — Nunca o vira assim antes. Molly só tinha visto Daniel calmo e sob controle. — O que foi? Aconteceu alguma coisa com você?

— Não comigo. Com você.

— Comigo? Não estou entendendo. — Foi quando o celular voltou à vida e Molly viu a mensagem.

Não entre na internet.

Ele tirou o celular da mão dela.

— Você tem que acreditar que eu não fazia ideia de que isso ia acontecer. Não que eu esteja dando desculpas. — Ele respirou profundamente. — Não é fácil dizer isso e assumo total responsabilidade…

— Pelo quê?

— Eles fizeram a conexão entre Aggie e a dra. Kathy. Eles sabem quem você é.

As pernas de Molly ficaram moles.

— O Max? Com a pesquisa de antecedentes que você fez…

— Não foi o Max.

— Então como…

— Ontem à noite tiraram uma foto de nós dois juntos.

Molly tentou recordar, mas não se lembrou de nada específico.

— Não entendo como isso poderia me expor. E não me lembro de ninguém tirando fotos de mim.

— O alvo da foto não foi você, fui eu. — Daniel passou a mão no queixo. — Era a primeira vez que eu levava uma mulher a um evento. Sou o eterno solteirão. Alguém tirou uma foto e postou. Ela foi retuitada várias vezes e, no meio desse compartilhamento, alguém reconheceu você. Alguém que estava na festa da Editora Phoenix e conhecia você por "Aggie". Esse é o poder das redes sociais.

Molly sabia tudo sobre o poder das redes sociais. O lado bom e o ruim.

— Quão ruim é a situação? — A boca dela estava tão seca que era difícil falar. — Eles conectaram os pontos e me chamaram pelo nome?

— Sim. Falaram do trabalho na TV como dra. Kathy. De como você foi atacada pela comunidade on-line. De como perdeu o emprego. — Ele hesitou. — E que você se mudou para os Estados Unidos e começou o *Pergunte a ela*.

Molly fechou os olhos conforme caía a ficha do tamanho, bem como das consequências, da situação.

— Então eles sabem tudo.

— Sim, e entendo que isso era o que você mais temia. Não era para isso ter acontecido, e eu fui o motivo. — Seu tom era grave.

— Sinto muito, de verdade.

Tonta, ela balançou a cabeça e pegou o computador.

Daniel segurou-a pelo braço.

— Não faça isso.

— Eu quero. Quero saber com que situação estou lidando.

Não foi difícil encontrar a história.

A identidade da mulher por trás do famoso blog de relacionamento Pergunte a ela *foi revelada: se trata da dra. Kathleen Molly Parker. Escrevendo sob o pseudônimo "Aggie", a dra. Parker passou os últimos três anos aconselhando pessoas a como lidar com seus relacionamentos, apesar do fato de que nunca conseguiu manter, ela mesma, um relacionamento. Demitida do programa britânico sucesso de audiência...*

Molly continuou a ler, mesmo já sabendo qual seria o conteúdo. Só uma parte era nova, a que concernia a Daniel.

Ela leu em voz alta:

— *Uma ex-namorada de Daniel Knight comentou que "ela não vai machucar o coração dele, pois ele não tem coração". O sr. Knight não quis comentar.*

Descendo na notícia, viu a foto que alguém tirou dela e de Daniel na confraternização de verão. Eles registraram o momento em que os dois estavam dançando, com os olhos fixos um no outro.

Não surpreende que não tenhamos visto as pessoas tirando fotos, pensou ela. Ele era a única coisa em seu campo de visão, e ela era a única no dele.

Ela não vai machucar o coração dele, pois ele não tem coração.

Molly encarou essas palavras e, depois, confusa, afastou o olhar. Por que estava dando atenção àquela frase quando o resto é que era importante?

Sentiu uma dor por debaixo das costelas.

Era o choque, pensou. Tinha que ser. O que mais poderia ser? É claro que era o choque. Sua vida estava sendo revelada.

Ainda assim, era aquela frase que ecoava em sua mente.

Ela não vai machucar o coração dele pois ele não tem coração.

Bem, isso era bom, não? Molly não queria mais machucar o coração de ninguém.

— Na verdade, eu quis comentar — disse Daniel rindo —, mas tendo em vista que meu único comentário não poderia ser publicado, não vi sentido em atender o telefone.

— Eles ligaram para você? — Estava acontecendo de novo. Só que dessa vez era Daniel que estava na linha de fogo. Molly fechou o computador, sem vontade de ler o resto. — Sinto muito que você tenha sido arrastado para essa bagunça. É melhor ir embora.

— Por que ir embora?

— Porque mais cedo ou mais tarde alguém vai aparecer aqui para fazer perguntas. Provavelmente vão tirar fotos. É melhor você ir embora antes que a coisa fique feia.

Era o que todos faziam, não era? Sua mãe. Seus amigos…

Seus amigos.

— Você acha que me importo com isso?

— Você vai, Daniel. Quando ele arrastarem sua reputação na lama, entrevistarem todas as suas ex-namoradas e jogarem todos os detalhes sórdidos de sua vida na internet, você vai se importar. É melhor todos os meus amigos se afastarem.

E se eles fossem atrás de Gabe e Mark? E se a amizade deles não fosse tão forte quanto Molly imaginava?

— É justamente porque sou seu amigo que não vou me afastar. Vamos bolar um plano juntos.

— Um plano?

— Claro. Sou advogado. Mestre em estratégia. É meu trabalho. Mas antes preciso de um café. Não dormi muito ontem à noite.

— Daniel...

Alguém bateu à porta e o rosto de Daniel ficou sombrio.

— Não atenda — alertou Molly, mas ele foi até à porta e conferiu a identidade do visitante.

— É Fliss e Harriet.

Ele abriu a porta e fechou assim que as irmãs entraram.

Harriet trazia três gatinhos em uma cesta e colocou-os no chão ao lado de Molly.

— Desculpa por trazê-los, mas eu não tinha como deixá-los sozinhos.

— Vocês não deveriam ter vindo. — Molly encarou as gêmeas. — Não entendo o que estão fazendo aqui.

— Quando vemos o nome do nosso irmão no Twitter, costuma ser algo que queremos acompanhar — disse Fliss, voltando-se para Daniel. — Sem mencionar o fato de que algum jornalista cabeça-oca me parou na rua hoje de manhã para perguntar se o motivo para você ter virado advogado de divórcio foi por sua infância ter sido tão instável.

Era como jogar mais algumas gotas de veneno a uma fonte de água, pensou Molly. Logo todos estariam infectados.

Ela esperou que Daniel ficasse irritado, mas surpreendeu-se ao vê-lo sorrir.

— E qual foi sua resposta?

— Perguntei se ele tinha virado jornalista porque era enxerido e tinha uma vida entediante. — Fliss colocou a bolsa sobre o sofá e olhou ao redor com aprovação. — Belo apartamento.

— Obrigada. — Molly estava envergonhada. — Sinto muito.

— Por quê? É o jornalista quem deve sentir muito por fazer perguntas que não são da conta dele. E fico feliz em informar que *ele* se arrependeu. Eu estava passeando com um cão que tem o temperamento bem irritadiço. Não deixei aqueles dentes afiados morderem as partes sensíveis do repórter, mas foi perto o bastante para garantir que ele não vai querer se aproximar de mim tão cedo. Devo ter mencionado de passagem também que a comida predileta daquele cachorro são testículos.

Ela se sentou ao lado de Harriet no sofá, exageradamente feliz com o final da história.

Molly afastou Valentine, curioso, dos gatinhos e juntou-se às gêmeas no sofá.

— Já disse ao Daniel que é melhor ele ir embora. Talvez ele escute vocês.

— Ele nunca escuta a gente. E por que deveria ir embora? Ele é grandinho e bravo o bastante para cuidar de si mesmo. Se a imprensa cometer qualquer delito, ele vai atrás deles com a fúria de... de... alguém furioso. Estamos aqui para ajudar você — continuou Fliss, e deu uns tapinhas sem jeito na perna de Molly.

— Para *me* ajudar? Por quê?

— Porque é isso o que amigos fazem quando a vida do outro desmorona. Não que eu saiba muito do seu passado, mas me parece que sua vida está desmoronando.

— Mas... vocês nem me conhecem direito.

— Isso não é verdade. Faz dois anos que passeamos com Valentine quando você está ocupada. Você é bondosa, sensível e ama seu cachorro. Além disso, sei que meu irmão é louco por você e, dado que ele nunca ficou louco por uma mulher antes, suponho que você valha a pena. — Ela captou o olhar de Daniel. — O que foi? Por que você está olhando desse jeito para mim? Eu disse algo que não devia? Quer dizer, ela tem que saber que você é louco por ela, não? E ela é louca por você, caso contrário vocês não teriam passado tanto tempo juntos. Além disso, você me ajudou quando tive aquele colapso. Te devo essa.

Molly sentiu a cabeça girar.

Louco por ela? Fliss estava enganada, mas não era hora nem lugar de corrigi-la. Com certeza ela tinha interpretado errado todo o tempo que Molly e Daniel tinham passado juntos. Tinha visto mais coisa do que existia. Eles andavam passando bastante tempo juntos, era verdade, mas não porque estavam loucos um pelo outro. Era porque se divertiam e gostavam da companhia um do outro, só isso. O que havia de errado?

Harriet, que estava ajeitando um cobertor em volta dos filhotes, olhou para a irmã.

— Você teve um colapso? Por causa do Seth? Por que não estou sabendo disso?

— Porque eu não quis que você também entrasse em colapso. Se acontecesse com nós duas juntas, seria um alerta global. Fui para a casa do Daniel porque ele nunca perde o controle. E a Molly me ajudou muito. Não estou nem aí para o que esses idiotas dizem, você sabe o que faz.

— Você já conversou com Seth?

— Não. Ainda estou planejando. Encaminhando as coisas. — Fliss se levantou. — Agora que somos melhores amigas, posso fazer um café na sua cozinha? Estou tão desesperada que posso mastigar os grãos, se você tiver.

Houve outra batida na porta e Valentine saiu correndo, o que assustou os gatinhos.

— Esse apartamento está mais movimentado do que a Times Square. — Daniel abriu a porta de novo e, dessa vez, eram Gabe e Mark.

Ele os deixou entrar, Gabe foi caminhando direto para Molly e envolveu-a em um abraço apertado.

— Você está bem?

— Não sei ainda. O que vocês estão fazendo aqui? Não deviam estar trabalhando?

— Virei o queridinho deles desde que pegamos aquele cliente da marca de champanhe. Posso trabalhar de casa, se eu quiser.

— Você talvez devesse ir para o escritório enquanto pode. Depois de hoje, não vai conseguir sair do prédio. — Molly pensou em como fora para seus amigos na última vez. — Ainda há tempo. Eles vão querer entrevistar vocês.

— A porta da frente está trancada. E, se servir de consolo, a sra. Winchester está passando um sermão em alguém. — Gabe caminhou até a janela e olhou para a rua. — Não se preocupe, querida. Nós vamos formar um círculo de proteção à sua volta.

Molly sentiu a garganta apertar e os olhos se encherem de lágrimas.

Ela se virou para pegar a caixa de lenços que mantinha na estante, puxou um e assoou o nariz.

O que havia de errado com ela?

Talvez estivesse ficando resfriada.

— Toma. Segure-o um pouco. — Harriet colocou o filhote minúsculo sobre o colo de Molly. — Nada como um gatinho fofo para levantar o seu astral.

Valentine, que parecia confuso em dividir espaço com tanta gente, sentou-se perto de Molly e delicadamente cutucou o gatinho com o nariz.

Molly olhou ao redor para o apartamento lotado e se sentiu um pouco confusa. Gabe e Daniel estavam discutindo a melhor forma de lidar com a situação. Mark e Fliss estavam mexendo na cozinha, procurando canecas e fazendo café. Harriet tentava ajeitar os outros dois filhotes na cesta.

— Não acredito que vocês todos estejam aqui.

— Nós somos sua família de aluguel. — Cheia de senso de humor, Fliss serviu o café nas canecas. — Isso quer dizer que podemos discutir, ser irritantes na maior parte do tempo, ficar por aqui enquanto você quer que a gente vá embora, beber seu café, comer sua comida... Preciso continuar?

O nó na garganta de Molly ficou mais forte. Não era resfriado. Era a emoção.

— Não sei o que dizer.

— Guarde suas palavras para lidar com o que está acontecendo. Você devia postar sobre. — Foi Daniel quem disse isso. — Não tem um homem ou mulher que não tenha se debatido com um relacionamento em algum momento de sua vida. Poste algo. Assim você pode mostrar seu ponto de vista. Tenha controle da situação. Comente sobre tudo isso apenas no *Pergunte a ela*. Dessa forma, as pessoas que quiserem saber mais poderão entrar direto em seu blog.

— Isso vai aumentar o número de visitantes. — Gabe confirmou com a cabeça. — Concordo. Escreva algo sincero e emocionado. Quer que eu ajude? Eu vivo de escrever *slogans*.

— Vamos todos ajudá-la a escrever. — Fliss distribuiu as canecas de café. — Só para constar, acho demais que você seja a Aggie.

— Acha mesmo?

Molly estava emocionada. Nunca antes teve seus problemas resolvidos por um comitê.

— Sim. De agora em diante, sempre que tivermos algum problema em nossos relacionamentos, vamos ligar para você. — Fliss brindou sua caneca com a de Molly. — Isso é *tão* legal.

— É estranho que todo mundo descubra do nada algo que escondo há anos.

— Somos especialistas nisso. — Gabe piscou para Mark. — Podemos dar uns conselhos para você. Fazer sua retaguarda.

— Alguém vai precisar fazer isso, pois o Daniel vai ficar de olho na linha de frente — disse Fliss com senso de humor, ao que recebeu uma bela encarada do irmão.

Ficaram todos ali o dia inteiro, e já era noite quando deixaram o apartamento.

Escreveram o texto para o blog e postaram, comeram seis pizzas grandes, consumiram duas garrafas de champanhe e conversaram. Conversaram sobre coisas boas e ruins, constrangedoras e assustadoras. Compartilharam segredos e sentimentos. Harriet escapou duas vezes do apartamento para dar uma passeadinha rápida com Valentine. Fliss insistiu em ir de guarda-costas e, na segunda vez, voltou com uma enorme caixa da Magnolia Bakery.

— Todo mundo sabe que uma boa dose de açúcar é o remédio perfeito para a tensão — foi tudo que respondeu ao comentário de Mark sobre o dano a suas artérias.

No final das contas, nas primeiras horas da madrugada, a única pessoa que ficou foi Daniel.

Molly limpou as almofadas, empilhou as caixas de pizza na cozinha e limpou o que parecia uma centena de canecas sujas. Devia estar se sentindo estressada, mas, pelo contrário, sentia-se acolhida, como se a tivessem envolvido em camadas e mais camadas de lençóis macios. É isso que fazem os amigos. São isolantes térmicos. São uma camada entre a pessoa e o mundo duro e frio.

Molly percebeu que Daniel a observava. De pé, com as pernas afastadas e os braços cruzados, o tecido da camisa agarrava-se contra seus ombros musculosos. Seu queixo estava escuro com a barba por fazer e seus olhos pareciam cansados. Havia passado o dia inteiro ali e não mostrava sinais de que partiria. Molly sentia que ele queria dizer algo e que estava esperando o momento certo.

Tinha coisas que ela precisava dizer a ele também, mas, naquele momento, não tinha forças para outra conversa emotiva.

— É melhor você ir. Já fez mais do que precisava e sou grata. Não precisa se sentir culpado.

— Você acha que estou aqui porque me sinto culpado?

Que outro motivo poderia haver?

— Você deve estar exausto.

— Não vou embora. Se ficar cansado, posso dormir no sofá.

— Você odeia o meu sofá.

— Verdade. Posso ir para a cama.

Daniel falava como se nada tivesse mudado. Como se a relação deles não tivesse sido completamente abalada nas últimas vinte e quatro horas. O que significaria se Molly o deixasse voltar para sua cama?

— Não acho que seja uma boa ideia. Não que o sexo não seja bom…

Ela viu a súbita chama de desejo nos olhos dele e soube que apenas refletiam os seus. Molly havia tentado não pensar naquele lado das coisas, mas, depois de dizer em voz alta, era evidente que não conseguia pensar em outra coisa.

Um músculo se mexeu no maxilar de Daniel.

— O sexo também não é o motivo para eu estar aqui.

Tinha algo que Molly não compreendia.

Estava na cara que ela não compreendia algo.

Buscou a resposta no rosto dele, mas não encontrou nada. Longos cílios escondiam-lhe o olhar. A boca de Daniel, uma linha firme e disciplinada, nada revelava.

— É pela amizade? — Sim, tinha que ser isso. — Você está aqui pois quer provar sua amizade e hoje fez mais do que isso. Sou grata.

— Não quero sua gratidão. Não estou aqui como amigo.

E, ainda assim, esteve a seu lado o dia inteiro. Todo mundo ajudou um pouco, mas ninguém tinha dúvidas sobre quem estava no comando. Fora Daniel quem permaneceu tranquilo enquanto quatro pessoas falavam ao mesmo tempo. Fora Daniel quem tinha separado as ideias boas das ruins.

Molly testemunhara em primeira mão as qualidades e habilidades que faziam de Daniel um advogado tão bom.

Talvez não estivesse ali como amigo, mas *estava* ali, de pé, entre Molly e sua catástrofe. Para a sorte dela.

— Se não é amizade, então não sei o que é, mas sou grata a você.

— Não quero sua gratidão. — Ele hesitou e, em seguida, balançou a cabeça. — Você teve um dia e tanto. É melhor conversarmos em outra hora.

— Conversar sobre o quê? — Molly sentiu-se inquieta. — Se tem algo errado, quero conversar agora. Você ficou chateado por terem descoberto seu passado?

— Não me importo com o que dizem de mim, mas me importo com o que dizem de você. Gabe, Mark, Fliss e Harry... Eles vieram porque são seus amigos. Já eu, estou aqui porque... — Daniel fez uma pausa, passou a mão no queixo com a barba por fazer e murmurou algo baixinho.

Molly não conseguiu distinguir as palavras.

Era algo sobre ser a hora errada? Sobre escolher o pior momento possível? O pior momento para quê?

Molly sentiu-se inquieta.

— Daniel? Termine a frase. Você está aqui porque...?

— Estou aqui porque me importo com você. — Ele deixou a mão tombar e os olhares se encontraram. — Eu te amo.

Demorou um momento até as palavras serem assimiladas por Molly, e, quando aconteceu, sua reação foi contida. *Choque*.

— Você não quis dizer isso.

Ela não vai machucar o coração dele, pois ele não tem coração.

— Eu quis, sim. Eu te amo.

Molly o encarou. Em seguida, virou-se e, cruzando os braços, caminhou até a janela.

— Você acha que está sentindo isso porque o sexo é bom.

— O sexo é bom. Mas não é o motivo para eu me sentir assim.

Com o pânico crescendo no peito, ela se virou para encará-lo.

— Não acredito que você esteja dizendo isso, Daniel. Não agora. Não consigo dar conta disso com tudo que está acontecendo...

— Estou dizendo o que sinto, só isso. Você não precisa dar conta de nada.

— Mas você não... Não pode... — Molly não encontrou as palavras. — Você prometeu para mim. Disse que nunca tinha se apaixonado.

— Nunca me apaixonei antes. Mas agora estou apaixonado. Por você.

Isso não podia estar acontecendo.

Molly pressionou a base da garganta com os dedos, tentando acalmar a respiração.

— Você precisa ir embora. Já.

— Molly...

— Sério. É para o seu bem. Você precisa conhecer outra pessoa. Me superar. Transar com outra mulher até se recuperar. — Molly gaguejava, tropeçando nas palavras por causa do pânico.

— Você quer que eu transe com outra mulher?

Era como se Daniel tivesse enfiado uma faca sob as costelas de Molly. Ela o imaginou com outra pessoa, sorrindo para outra pessoa, com a cabeça pendendo para o lado enquanto a escutava, comendo pizza, caminhando no parque, rindo, conversando...

— Só vá embora. — Pegou a jaqueta dele no sofá e jogou-a. — Vai.

Daniel não foi. Em vez disso, permaneceu imóvel, firme como uma pedra, e calmo.

— Não tem por que você entrar em pânico.

— Você acha que está apaixonado por mim. Esse é o melhor motivo que conheço para entrar em pânico! Isso é mais assustador do que qualquer outra coisa que tenha acontecido aqui hoje. Sabe por quê? Porque não importa o que você diga, o próximo passo é você esperar que eu me apaixone por você também. E não consigo. Eu tentaria, tentaria para valer, mas, como nada vai acontecer, me sentiria um lixo e…

— Shh. — Daniel cobriu os lábios de Molly com o dedo. — Pare de falar e abra o computador, Molly. — Ele deixou a mão tombar.

— O quê? Para quê? Já vi tudo o que precisava.

— Você precisa ver outra coisa e, se ainda quiser que eu vá embora depois disso, aí sim eu irei.

— Mas…

— Tem a ver com o Rupert.

O nome fez Molly congelar.

— Rupert?

O que Rupert tinha a ver com a história?

— Me dê cinco minutos. É tudo o que peço. Cinco minutos.

No momento, Molly não sabia se aguentaria cinco segundos.

— Não estou entendendo, o que você quer que eu olhe? Não entendo o que isso tem a ver com o que acabou de acontecer.

— O que aconteceu foi que eu disse que te amava e você surtou. Sei que você tem medo do amor…

— Tenho medo de machucar os outros. Sei que machuquei você. E se não machuquei, vou machucar em breve! Você é a *última* pessoa no mundo que eu gostaria de machucar…

A resposta de Daniel foi caminhar até o computador de Molly e digitar alguma coisa.

— Leia isso. Por favor. Você me deve. — Ele puxou a cadeira da escrivaninha, empurrou Molly nela e então se sentou ao lado. — Você achou que machucou o coração dele. Que o destruiu. Não passou por sua cabeça que talvez tenha sido o ego dele, e não o coração, que tenha saído ferido?

Por que Daniel estava falando disso agora? Os dois já haviam conversado sobre aquele assunto. Molly contara tudo.

— Ele quase morreu por me perder.

— Foram essas as palavras dele, não é? Quero que você esqueça o que ele disse e se atente aos fatos. Esse cara ama a atenção e os holofotes. Ele era o rei do programa até você aparecer. Foi você quem fez a audiência decolar.

— O público gostava do nosso relacionamento.

— O público gostava de você. E o relacionamento de vocês dois fazia parte disso. Rupert estava ciente, por isso foi atrás de você.

— Você está sugerindo que ele ficou comigo porque isso aumentava a audiência? Que estava fazendo isso para se dar bem?

— São as evidências que sugerem isso. — Daniel fez uma pausa, escolhendo as palavras com cuidado. — Você achou que ele não sabia que a proposta de casamento estava sendo filmada, Molly, mas ele sabia.

— Não. Ele nunca teria concordado com isso. Ele nunca teria corrido o risco.

— Ele estava de microfone.

— Não! — A negação instintiva de Molly morreu quando viu o olhar de Daniel. — Você... O que faz você achar isso?

— Tenho um amigo que trabalha com isso. Ele conferiu a qualidade do som. O Rupert com certeza estava usando um microfone de lapela. Se você assistir com atenção, consegue ver o fio.

Um fio? Molly teria notado. Não teria? Por outro lado, estava apavorada demais para notar qualquer coisa. Rupert talvez estivesse contando com isso.

— Mas por que ele teria proposto casamento se não estava apaixonado por mim? Eu poderia ter respondido que sim.

— Ele sabia que você não ia responder que sim. Ele sabia que você não o amava.

— Você está dizendo que ele propôs casamento *sabendo* que eu recusaria? Isso quer dizer que ele estaria se submetendo à humilhação pública. Que cara no mundo faria isso? O que ele queria ganhar com essa situação toda?

— Ele ganhou a simpatia do público, um aumento incrível de popularidade e conseguiu tirar você do programa, ainda que eu suspeite que isso veio de brinde e não fizesse parte do plano original.

Era informação demais para assimilar. Era distante demais de tudo o que Molly tinha acreditado até então.

— Eu parti o coração dele. Da mesma forma que parti o coração de todos os caras com quem saí antes dele, ainda que tivesse me esforçado para evitar isso.

— Não posso falar sobre os caras de antes, mas posso falar do Rupert. Dá uma olhada nisso. — Ele aproximou a tela de Molly. — Dá uma olhada em como vive o cara cuja vida deveria estar destruída agora.

Molly encarou a tela.

— Eu… Ele está casado? Com a Laura Lyle. Ela era pesquisadora no programa na época em que eu estava lá. Há quanto tempo eles estão casados?

— Quase três anos.

— Três… — Mesmo confusa, Molly conseguiu fazer uma conta básica de matemática. — Eles devem ter começado a sair quase imediatamente depois de termos terminado.

— Não sei, mas acho que ele não ficou magoado por muito tempo. E acho que isso é o suficiente. — Daniel fechou o computador. — Você não machucou o coração dele, querida. Você machucou o ego dele. Ele não conseguia lidar com o fato de você ser mais popular. Ele encenou a coisa toda para fazer publicidade e impulsionar a própria carreira.

Molly carregou por tanto tempo a crença de ter machucado alguém profundamente.

Saber que não era o caso deveria lhe trazer alívio imediato, não?

— Estou com raiva.

— Ótimo. Raiva é melhor do que culpa.

Ela ficou em silêncio por um longo minuto. Em seguida, levantou-se e se virou para olhar para Daniel.

— Fico feliz que você tenha me mostrado isso, mas nada muda o fato de eu não querer que você se apaixone por mim. Eu me preocupo com você, Daniel. Não quero que você se machuque.

— Sei que você se importa comigo. É por isso que estou dividindo o que sinto por você.

— Eu me importo com você como amigo. Como amante. Não quero que as coisas mudem.

Tudo já tinha mudado.

Ele sabia disso. Ela sabia disso.

Era o motivo para Molly estar apavorada.

— Não se trata do Rupert. — Daniel também se levantou, sem deixar que Molly recuasse. — Não se trata dos outros homens com que você saiu. Não se trata nem da sua mãe. É sobre você.

— Sobre mim?

— Sim. Você sempre sentiu que não era suficiente. Sua mãe fez você sentir isso e Rupert também. Duas pessoas que supostamente te amaram forçaram você a se questionar pessoal e profissionalmente. E isso a deixou preocupada em nunca ser suficiente para alguém. Mas, para mim, você é suficiente, Molly. — Daniel tomou-lhe o rosto nas mãos, forçando-a a olhar para ele. — Você é suficiente para mim. Tudo que você é, a pessoa que você é... — Ele abaixou a cabeça até a dela, capturando o olhar de Molly — Você é *mais* do que suficiente. Você é tudo.

Ela não conseguia respirar. Não conseguia falar.

Seu peito estava cheio. Medo, agitação, euforia, desespero.

Precisava pensar, mas não conseguia com os olhos de Daniel nos seus e as mãos dele em seu cabelo.

— Eu te amo — repetiu ele, dessa vez com mais delicadeza. — E acho que você me ama também.

Essas palavras tiraram Molly do transe.

— Não. — Ela o afastou e recuou tão rápido que quase pisou na pata de Valentine. — Sim, a gente se divertiu, mas parte da diversão era porque nenhum de nós estava apaixonado. Pela primeira vez na minha vida, eu não estava *tentando* me apaixonar. Não tinha pressão. Nenhuma expectativa. Nunca fiquei tão à vontade, nunca me senti tanto eu mesma. Contei tudo sobre mim, compartilhei tudo de mim. — Molly sentiu um rompante de pânico quando encontrou o olhar de Daniel e percebeu como aquilo provavelmente soava. Está bem, ela havia ficado à vontade e sentia que era ela mesma, mas isso não queria dizer que o *amava*, não é? Por que Daniel a estava olhando daquele jeito, como se esperasse que a ficha de Molly caísse a qualquer momento? — Não quis dizer *tudo de mim*, é claro. Meu coração está do mesmo jeito que antes de conhecê-lo. Não sei o que estou dizendo para você me olhar desse jeito e...

— De que jeito? Como estou olhando para você?

Ele estava olhando com bondade, senso de humor, paciência e milhões de outras coisas que Molly não esperava ver no rosto de um homem que acabara de rejeitar.

— Você sabe como! Como se estivesse esperando que eu dissesse algo que nunca conseguirei dizer! Eu sinto tanto, *tanto*, por machucá--lo, mas com certeza não estou apaixonada. Não estou apaixonada.

Não. Nunca. Não é algo que aconteça comigo e, acredite, eu saberia, pois tentei... — Ela parou de falar quando Daniel lhe cobriu os lábios com os dedos e balançou a cabeça.

— Está bem. Entendi.

Ele deixou a mão cair, mas Molly ainda sentia a pressão da ponta dos dedos de Daniel contra sua boca.

Está bem? É tudo o que ele ia dizer? Sem discutir ou acusar? Sem chantagens emocionais? Talvez não acreditasse nela.

— Você precisa de provas? — Molly olhou ao redor em busca de algo que o convencesse. — Eu não olho para você com o olhar apaixonado nem falo com vozinha de bebê.

Os cantos da boca de Daniel se levantaram.

— Ótimo. Não sou bom em fazer vozinha de bebê.

— Meu apetite está bom. Em nenhum momento você me fez querer parar de comer.

— Isso também é bom. — A ternura na voz de Daniel quase esmagava Molly.

— Nem sonho com você. — Isso não era verdade, mas foram só umas duas vezes, então nem contavam.

Ele ficou em silêncio por um instante e, depois, lentamente alcançou a jaqueta.

— Pensei que você não fosse embora. — O coração de Molly chutou-lhe as costelas. — Aonde está indo?

— Mudei de ideia. Talvez seja melhor ir embora. — Daniel soava cansado.

— Mas... você... eu acabei de dizer que não te amo.

— Eu ouvi. — O tom de voz de Daniel pareceu estável. — Você disse o que sente. Está tudo bem.

Bem? Ele não parecia bem. Molly o machucara. Machucara-o de verdade. Perceber isso a deixou fisicamente mal.

— E... vou vê-lo de novo algum dia?

— Claro. Somos amigos. Amigos não deixam de ser amigos por não concordarem com tudo. — Ele parou para fazer carinho em Valentine e em seguida caminhou até a porta. — Foi uma noite longa. Tente dormir, Molly.

Dormir?

Ela o observou fechar a porta ao sair. Como ela poderia dormir? Um peso oprimia seu peito, como se alguém lhe espremesse os pulmões. Molly não conseguia respirar. Não conseguia se concentrar.

Ela esfregou o peito com a palma da mão, tentando aliviar a dor. Daniel era a última pessoa no mundo que ela gostaria de machucar. É claro que se sentiria mal por isso.

Isso era dor. Culpa. Nada mais. O que mais poderia ser?

Capítulo 21

— Ela acabou com tudo. É a primeira vez que digo "eu te amo" a uma mulher e ela praticamente me joga para fora do apartamento. — Daniel caminhou até a janela do apartamento das irmãs. Era essa a sensação? Todas aquelas pessoas que passavam por seu escritório, devastadas pelo término de seus relacionamentos… sentiam-se mal assim? Se ele soubesse, teria tido mais compaixão. Por outro lado, era pago para dar aconselhamento jurídico, não compaixão. Tinha a sensação de que algo vital dentro de si havia se despedaçado. Um machucado interno, invisível por fora. — E agora?

Ele não deveria ter dito aquelas palavras a ela. Pelo menos não naquele momento em que a cabeça de Molly estava ocupada tentando processar tudo o que estava acontecendo.

Daniel tinha escolhido o pior dia possível.

Por outro lado, a relação deles havia sido uma longa sequência de segredos e mal-entendidos. Ele achou que era hora de dizer a verdade e ver o que acontecia.

O que aconteceu não foi bom.

Harriet falou primeiro.

— Sua pergunta é retórica ou está mesmo pedindo conselhos?

— Estou pedindo conselhos. Preciso de ajuda. — Ele se virou e olhou para as duas. Suas irmãs. Sua família. — Aceito o que vocês puderem me dar.

Visivelmente constrangida, Fliss esfregou os dedos do pé contra o chão de madeira.

— Quando o assunto são relacionamentos, não tenho muito a oferecer. Harry?

— Não tenho experiência pessoal, mas li bastante sobre. — Ela resgatou um dos gatinhos que estava prestes a cair do sofá. — Muito do que li foi escrito por Molly.

— O que pode ser bom. De qualquer forma, estou desesperado.

Fliss trocou olhares com a irmã e deu de ombros.

— Não que eu seja especialista nem nada, mas eu diria que você escolheu um péssimo momento.

— Eu sei que escolhi!

— Ei, você pediu conselhos! Disse que aceitaria o que tivéssemos, e é isso o que tenho.

— Sinto muito.

A cabeça de Daniel estava repleta de emoções desconhecidas e desconfortáveis. Se isso era amor, com certeza ele não gostava. Sentia-se impotente.

Fliss suspirou.

— Molly estava tendo um dia *bem* ruim. Estava surtada com o que as pessoas iriam falar de novo dela. É só olhar na internet para ver que na última vez que isso aconteceu não foi lá muito divertido. Aí você vai no meio da bagunça emocional dela e diz que a ama. Ela já estava em pânico, você foi e a deixou pior. É como se tudo desse errado ao mesmo tempo. E ela é uma pessoa boa. Deve estar odiando a ideia de machucar você.

— Você está dizendo que se eu tivesse esperado, talvez ela respondesse outra coisa?

— Não sei! Talvez.

— Preciso conversar com ela de novo.

— Ainda não — interveio Harriet. — Você precisa dar espaço a ela, Daniel.

— Sim. Dê espaço a ela. Bom plano. Talvez você devesse passar um mês no Texas. Assim não vai cair na tentação de visitá-la. — Fliss se levantou e começou a limpar a sala. Empilhou revistas que já estavam arrumadas e endireitou uma planta que não precisava ser endireitada. — Vai ser difícil para você. É a primeira vez que se apaixona por uma mulher e ela não corresponde seu sentimento. Deve machucar.

— Ela me ama. — Daniel ignorou a voz interior sugerindo que ele talvez estivesse errado.

— O quê? Pensei que você tinha dito…

— Ela me ama. Esse não é o problema.

Ao menos ele torcia que não. Torcia para estar certo quanto a essa parte.

— Bem, se ela te ama, por que jogou você para fora do apartamento? — Fliss arremessou uma pilha de livros sobre a mesa. — Não quero abalar sua confiança nem seu ego, Daniel, mas por que ela diria que não te ama quando na verdade ama?

— Porque ela não sabe. Não reconhece isso. Ela convenceu a si mesma que não é capaz de se apaixonar, que falta algo nela. E tem tanto medo de não conseguir sentir isso que acha que deve sentir, que não quer reconhecer. *Esse* é meu problema. Como faço para ela ver que está apaixonada por mim?

Fliss balançou a cabeça.

— Resolver esse problema está além das minhas capacidades.

Ela pegou uma planta, o que fez Harriet levantar correndo do sofá para tirá-la das mãos da irmã.

— Não alivia o estresse nas minhas plantas. Elas já sofreram bastante nos últimos tempos. — Harriet ajeitou cuidadosamente o vaso no parapeito, posicionando-o de modo a obter a quantidade certa de luz. Depois, voltou-se para o irmão. — Se você tiver razão e ela estiver apaixonada por você, então isso é bom, não é?

— Não. Não é bom. Estar apaixonado é a coisa que mais a apavora na vida. Para algumas pessoas, é o paraíso. Para outras, é um pesadelo...

— Para mim, são ex-maridos aparecendo na minha cidade — disse Fliss sombriamente, mas, pela primeira vez, Daniel não conseguia se concentrar em outros problemas além dos seus.

— Talvez fosse mais fácil se ela não me amasse. Seria mais fácil de aceitar.

— Certeza? Pois não é da sua natureza aceitar as coisas. Normalmente, você tenta mudar as coisas de que não gosta.

— Verdade, mas não tentaria mudar isso. Respeitaria a decisão dela.

Harriet franziu a testa.

— Você ainda tem que respeitar a decisão dela, Daniel.

— Eu sei, mas é a decisão errada, tomada por motivos errados. É isso que torna tudo tão difícil de aceitar.

E ele não aceitava. Naquele momento, Daniel não aceitava nada. Não precisava ver a forma como as irmãs o encaravam para saber disso.

— Nunca pensei que me apaixonaria. Nunca pensei que me sentiria assim. Mas me apaixonei. E não poder agir conforme esses sentimentos é... — ele passou a mão no queixo — ...difícil.

— Ainda acho que você precisa dar espaço a ela — disse Harriet.

— Concordo. Fique longe dela — disse Fliss. — Talvez Molly fique com saudades ou algo do tipo. De repente te liga. Não que ela vá conseguir falar, pois você está sempre no telefone.

Daniel olhou escondido o celular, mas ele estava tristemente silencioso. Era a primeira vez na vida que ficava desesperado pela ligação de uma mulher.

— Quanto tempo devo esperar até ligar para ela? Cinco horas? Cinco dias? Uma semana?

Não sabia como faria para esperar uma semana. Não eram apenas os seus sentimentos que o torturavam. Eram os dela também. Molly estava mesmo surtando? Lidar com o pensamento de tê-la deixado triste era tão difícil quanto lidar com seus próprios problemas.

O que ela estaria fazendo neste exato momento? Estaria sozinha no apartamento? Teria ido conversar com Mark e Gabe? Estaria passeando com Valentine?

— Sente-se, Daniel. — Harriet falou tranquilamente. — Vamos pensar no assunto e bolar um plano.

— Um plano? Isso não é um pouco ambicioso demais? — Fliss olhou para a irmã. — Sejamos honestos, a única pessoa aqui que sabe algo de relacionamentos é a Molly. O que acaba tornando a situação toda meio bizarra. Talvez devêssemos ligar para ela e pedir para vir nos ajudar a resolver esse problema. — Ela pressionou o topo do nariz com os dedos e, em seguida, triunfante, deixou a mão cair. — Beleza, saquei. Você deve escrever para ela.

Daniel olhou para a irmã sem entender.

— O quê?

— Ela está acostumada a analisar problemas emocionais por escrito. Todo mundo escreve para ela. Você devia fazer o mesmo.

— Nunca pedi conselhos amorosos antes na vida.

— Sim, bem, você nunca tinha se apaixonado na vida. — Fliss deu de ombros. — Se isso estiver incomodando, use um nome falso ou algo do tipo. Você poderia ser o "Sem-a-Menor-Noção". Quer dizer, dadas as circunstâncias, é um nome adequado. Ou poderia ser o...

— Já entendi. — Daniel voltou a andar de um lado para o outro, e um dos gatinhos de Harriet que havia se afastado do sofá voltou correndo para o lugar seguro. — Não sei mais o que dizer a ela.

— Você sempre sabe o que dizer. As pessoas pagam fortunas justamente porque você sabe o que dizer e como resolver as coisas da melhor forma.

— Aqui não é um tribunal.

— Mas você quer resolver as coisas. A diferença é que, agora, é para você mesmo.

— Estou tendo dificuldades em manter a objetividade.

— Sim, isso eu entendi — disse Fliss, observando-o —, e nosso tapete também. Se ele ficar gasto, você vai ter que comprar um novo.

— Chega! — Harriet sumiu pela porta da cozinha e voltou com biscoitos e latas de refrigerante. — Se vamos bolar um plano, precisamos de sustância.

Fliss pegou um biscoito e mordeu-o selvagemente.

Harriet olhou para a gêmea.

— Não entendo por que você está tão brava. O problema nem é seu.

— Não estou brava. — Fliss bufou. — Está bem, talvez eu esteja um pouco brava.

Daniel parou de andar de um lado para o outro.

— Por quê?

Fliss o encarou.

— Porque você é meu irmão e não gosto de ver você triste! E não venha dizer que não é problema nosso, pois é. Somos uma família.

Os olhos de Harriet ficaram marejados.

— Fliss...

— O que foi? Não vá pensando coisas. Ainda acho você um saco — disse, dirigindo-se a Daniel —, mas isso não significa que desejo mal a você.

O telefone tocou, e Harriet atendeu. Sua expressão mudou da serena para nervosa.

— Ele o quê? — Escutando, ela parou. — Quando você o viu pela última vez? Sim, você tem razão, é perto *mesmo* da rua... Você procurou? Estou indo aí. — Ela encerrou a ligação e pegou as chaves. — Tenho que ir. Volto logo.

— Aonde você vai? Quem era?

— Era a família que adotou Brutus. — Harriet olhou com nervosismo para Daniel, claramente relutante em dar as más notícias. — Soltaram ele da coleira no parque e ele não voltou. Não sabem aonde ele está.

Molly bateu à porta de Gabe e Mark.

Quando Mark abriu, ela entrou no apartamento sem esperar pelo convite.

— Acabou.

— Acabou o quê? — Mark pareceu espantado. — Tudo parecia bem quando vi você da última vez. As pessoas encheram o seu blog com comentários de apoio. Ficaram impressionadas em como você se recuperou ao ver a vida desmoronar. Estão dizendo que você é uma inspiração. Uma...

— Não a minha carreira. Meu relacionamento. Ele acabou.

Mark fechou a porta.

— Nesse caso, precisamos conversar. Cadê o Valentine?

— Eu o deixei em casa. Ele estava ficando triste em me ver triste. E pisei na patinha dele. Duas vezes. Adoraria conversar, mas não me dê champanhe. Coisas ruins acontecem quando bebo champanhe. — Ela viu os desenhos de Mark espalhados sobre a mesa. — O Gabe foi trabalhar hoje?

— Sim. Tem uma reunião de emergência com o cliente.

— Eu segurei vocês dois a noite inteira. Desculpa.

— Não precisa se desculpar. É para isso que servem os amigos.

— Não me faça chorar. Não consegui dormir, então não preciso de muito para isso acontecer.

— Não vou fazê-la chorar. — Ela a empurrou delicadamente para o sofá. — Ficamos com você até as três da manhã. Achei que Daniel fosse dormir em sua casa.

— Ele ia ficar. Mas eu o mandei embora.

— Por quê?

— Porque é isso o que faço quando alguém diz que me ama. E, como sempre, me sinto péssima.

— Ele disse que te amava? Usou essas palavras? Você não entendeu errado?

— Infelizmente, não.

— Por que "infelizmente"? Você disse que era o melhor relacionamento que teve na vida.

— E é. Era. Porque ele tinha dito que não era capaz de se apaixonar. Pela primeira vez na vida, eu estava me sentindo livre e segura. A gente se divertia tanto.

Mark se inclinou contra a mesa.

— Então era bom, mas você terminou.

— Que escolha eu tinha? Ele disse que me amava. Não vai mais ser seguro nem divertido. Vai ser profundo e complicado. Eu nunca quis isso! Ele nunca tinha se apaixonado antes. Por que me escolheu para ser a exceção à regra? É tão injusto. — Ela viu o canto da boca de Mark se contrair. — Você está rindo?

— Molly, você precisa entender a ironia nisso tudo. Não conheço esse cara muito bem, mas imagino que muitas mulheres fariam qualquer coisa para ouvir essas palavras da boca dele.

— O que me faz sentir mil vezes pior, pois ele desperdiçou essa declaração comigo.

Com um suspiro, Mark se sentou junto a Molly e a abraçou.

— Você não é uma anormal. Se não o ama, está tudo bem. Daniel vai entender. Ele não é o Rupert.

Ela encostou a cabeça no ombro dele.

— Sei que ele não é o Rupert. Para começo de conversa, contei a Daniel coisas que nunca contei ao Rupert. — Molly contara a Daniel muito mais do que a qualquer outra pessoa. E contar essas coisas, compartilhá-las, tinha elevado a cumplicidade da relação dos dois. Quando alguém sabe algo de você que ninguém mais sabe, é como entregar-lhes a chave de uma porta trancada. Eles ganham acesso. Sabem o que tem dentro. Molly deixou Daniel entrar e agora precisava descobrir como pegar a chave de volta. — Sabe o que é mais estúpido nisso tudo? É que ele achou que eu também estava apaixonada! Você já ouviu coisa mais ridícula na vida?

Mark demorou para responder.

— Isso é ridículo?

— É claro que é ridículo. Nunca me apaixonei na vida e você *não faz ideia* do quanto tentei. Não estou apaixonada por ele, Mark.

— Entendi. Você não está apaixonada por ele.

Molly mudou de posição para que pudesse olhá-lo.

— Parece que você está me zoando.

— Não estou zoando você.

— Você está me zoando, e não entendo o motivo. Quer dizer, eu e Daniel nos divertimos juntos e, sim, contei muitas coisas a ele. Coisas que nunca havia revelado antes. Mas apenas porque é fácil conversar com ele. Não porque eu esteja apaixonada.

— Certo.

— E também é verdade que ele tem qualidades que costumo admirar muito. Por exemplo, eu gostava do fato de ele ser forte. Não quero dizer fisicamente, ainda que os ombros dele sejam coisa de filme de super-herói, quero dizer emocionalmente. Quando Valentine ficou doente e tive um colapso, ele permaneceu tão calmo. Tão firme.

— Ele ficou calmo e firme na noite passada também.

— Exato. Calmo e firme. E ele não se importou que Valentine sujou o terno predileto dele. E gosto do fato de ele conhecer os melhores restaurantes em Manhattan, mas ficar igualmente feliz em comer pizza direto da caixa.

— Pizza tem que ser comida direto da caixa.

— Além disso, tem os meus hormônios e o fato de ele ser sexy. — Molly deu de ombros, fazendo pouco caso. — Mas é só sexo, não é? Não é amor.

— Sexo, só isso. Nada mais.

— É claro que nunca teria vingado, pois ele não gosta de cachorros.

— Verdade. Ele não gosta de cachorros. — Mark tirou cuidadosamente uma poeira imaginária da calça jeans. — Ainda que tenha sido bonzinho com o Valentine.

— Sim, mas ele é bom com crises em geral. Acho que tem a ver com a especialização dele. Ele é bom em lidar com essas coisas.

— E ele passeava com o Brutus…

— Ele fez isso só para me conhecer.

— Mas, depois de conhecer você, continuou passeando com o Brutus.

— Brutus fez amizade com Valentine. Foi só isso.

— Claro. Com certeza, você tem toda razão. — Mark fez uma pausa. — Então é só isso?

— É só isso. — A boca de Molly estava seca. — Durante toda a minha vida, senti que eu não era suficiente. Cresci achando isso. Achando que, independentemente do que eu era, não era o suficiente para impedir que minha mãe fosse embora. Depois, minha vida profissional ruiu, porque também não fui suficiente. Vivo com o medo de que as pessoas me julguem e não me achem o bastante. Tudo que tenho aqui... Meu trabalho, minhas amizades... Tudo parece tão frágil.

— E Daniel não entendeu isso?

— Ah, não, ele entendeu perfeitamente. Na verdade, ele disse... — Molly puxou o ar com dificuldade — Ele disse que eu era suficiente para ele.

Mark a encarou.

— Uau. — A voz dele falhou. — Bem... Isso é...

— Fantasioso?

— Eu ia dizer que é a coisa mais romântica que já ouvi na vida.

— Você acha?

— Ele está dizendo que te ama, Molly. Que ama você. Seu eu verdadeiro. Ele não quer que você seja outra pessoa nem que *você* seja diferente. Você que é a especialista em relacionamentos aqui, não eu, mas não é esse o objetivo? Não é isso o que todos nós queremos? Encontrar alguém que nos ame pelo que realmente somos? Sem pseudônimos, sem avatares de internet, sem nos escondermos ou fingirmos? De forma honesta. — Ele engoliu em seco. — Se você fosse a Aggie aconselhando alguém sobre essa situação, o que diria?

Molly tentou manter a objetividade em meio ao furacão de emoções.

— Eu diria que ela teve sorte de encontrar alguém que sinta isso por ela. Diria que encontrar alguém que conheça você de verdade, que te ame pelo que é, é uma coisa rara no mundo. Aconselharia que refletissem bastante antes de recusar algo tão especial. — Com o coração batendo forte, ela o encarou. — Mas pensei muito. Pensei muito mesmo. E me sinto culpada por não corresponder aos sentimentos dele. Não consigo. Falei para ele ir embora e agora ele foi, para sempre.

— Bem, nesse caso você não tem com o que se preocupar. — Mark deu-lhe um tapinha na perna e se levantou. — Você teve o resultado que queria. Devia estar feliz.

Feliz? Molly nunca se sentira tão triste na vida.

— Eu o machuquei.

— Ele vai superar. Daniel Knight é um cara e tanto, Molly. O coração dele vai se curar, ele vai encontrar outra pessoa, se casar, ter milhões de filhos e ficar bem.

As palavras de Mark tiraram o ar dos pulmões de Molly.

— Você acha que ele vai ter milhões de filhos?

— Não literalmente. Foi jeito de dizer. Estou dizendo que ele vai ficar bem. Vai encontrar outra pessoa. E, enquanto isso, sua reputação vai ficar intacta e você vai realizar grandes coisas na carreira. No final, todo mundo vai viver feliz para sempre.

Isso era um final feliz para sempre? A sensação era a de alguém furando suas entranhas com um objeto pontiagudo.

Mas Mark tinha razão, não tinha? Daniel a superaria. Encontraria alguém, casaria, teria muitos filhos e nunca se divorciaria, pois Daniel nunca se casaria com alguém se não tivesse certeza...

— Não estou me sentindo bem. — Com a respiração acelerada, Molly pressionou a testa com os dedos. — Estou tonta. Estranha.

— Falta de sono. Falta de comida. Vou preparar algo para você. — Ele foi à cozinha e trouxe um copo d'água para Molly.

— Estou tonta. Acho que vou desmaiar.

— Droga, Molly. — Mark pôs a mão na nuca dela, dando sustentação para a cabeça dela. — Você está com a cor de uma mussarela de búfala. Você está com a respiração acelerada. Não sou muito bom com primeiros-socorros. *Não desmaie*. Ligo para o Gabe ou para a emergência?

— Nenhum dos dois. — Ela fechou os olhos, desacelerou a respiração e sua cabeça finalmente parou de girar. — Você tem razão. É porque não comi. Só isso.

— Exceto pelo fato de termos comido pizza às duas da manhã. Não tem como ser isso.

Ele colocou a água de lado.

— É falta de sono, então.

— Provavelmente. Exceto pelo fato de você ter ficado assim depois de eu ter comentado sobre o Daniel superar você e encontrar alguém.

— É alívio, então. Mas não posso evitar de sentir culpa.

Mark se sentou ao lado de Molly.

— Você tem certeza de que é isso?

Não. Não, ela não tinha certeza.

— Talvez eu esteja ficando doente. Sempre tem uns vírus por aqui, não?

Mark hesitou.

— Ou talvez você esteja assim porque finalmente entendeu que ele tem razão. Você o ama.

— Ele não pode estar certo. Pensa em quantas vezes tentei me apaixonar e não consegui.

— Talvez dessa vez tenha conseguido justamente porque não estava tentando. Em vez de ligar para os seus sentimentos, estava ligando para ele. Estava querendo se divertir.

Havia um zumbido nos ouvidos de Molly.

Ela ainda sentia tontura.

Continuou a imaginar Daniel rindo com outra pessoa. Dividindo tudo com outra pessoa. Pensar nisso não lhe trazia alívio. Fazia Molly se sentir mal. Fazia se sentir…

— Apaixonada. Estou apaixonada. — Com o coração disparado, ela se levantou. — Você tem razão, estou apaixonada. Achei que havia algo errado em mim todos esses anos, que me faltava alguma coisa. No final das contas, a única coisa que me faltava era o homem certo. Daniel. — Ela parou de falar quando Mark pegou um punhado de lenços e passou-os a ela. — Para que isso?

— Você está chorando.

Ela estava? Sim, Molly estava chorando. Suas bochechas estavam molhadas. Como poderia estar chorando se estava feliz?

— Eu o amo, Mark.

— Entendi isso. — Mark passou mais lenços para a amiga. — E é uma coisa boa. Está tudo bem.

— Está mais do que bem. — Foi quando Molly se lembrou do olhar no rosto de Daniel ao deixar seu apartamento. — Preciso contar para ele. Preciso contar para ele. — Ela pegou a bolsa e buscou o celular apressada. — Fui tão, tão estúpida. Preciso contar que ele tem razão e que eu estou errada.

Ela ligou para Daniel, mas caiu na caixa postal.

— Ele não atende. Por que não atende? E se estiver sozinho e triste em algum lugar? Vou ligar para o escritório. — Pensativa, Molly caminhava de um lado para o outro. — Não, isso o faria passar vergonha. Posso ligar para a Fliss.

Foi o que fez, mas o celular de Fliss também caiu na caixa postal. Será que estava consolando o irmão?

Molly foi tomada de ansiedade. O que foi que ela fez?

— Estraguei tudo. Foi o primeiro relacionamento em minha vida que significou algo para mim, e estraguei tudo. Eu o mandei embora. Ele disse um monte de coisas maravilhosas, e eu as dispensei como se não fossem nada. Como se não fossem importantes. Eu disse que não o amava. Que ele estava errado.

Molly pegou a bolsa e correu até a porta, esbarrando no copo d'água que estava no caminho.

— Aonde você vai?

— Não sei. Tentar encontrá-lo. Vou até o apartamento dele. Depois ao das irmãs dele. Alguém tem que saber onde ele está.

Molly caminhou até a porta, esbarrando na mesa e derrubando alguns dos desenhos de Mark.

— Não se preocupe, eu arrumo.

Mark resgatou os desenhos e guiou-a pelo resto do caminho, de modo que Molly chegasse à porta sem se machucar.

Capítulo 22

Ninguém atendeu no apartamento de Daniel, nem no de Fliss e Harriet.

Desesperada, Molly continuou ligando, perguntando-se por que nenhum deles atendia o celular.

Continuou tentando. Era tudo que podia fazer.

No meio-tempo, faria o que sempre fazia quando precisava limpar a mente. Passearia no parque.

Percebendo a ansiedade de Molly, Valentine balançava o rabo e olhava para trás de tempos em tempos para ver se estava tudo bem.

— Eu ferrei tudo — ela disse a ele. — E não sei como consertar a situação, mas preciso dar um jeito. Mesmo se for tarde demais, preciso pelo menos dizer a ele que ele tinha razão. Eu consigo me apaixonar! Não sou como minha mãe! Ele me mostrou isso e, mesmo que não dê certo… — Ela engoliu em seco. Era irônico que, ao ter finalmente se apaixonado, fosse tarde demais.

Era tarde demais?

Só havia um jeito de descobrir, e esse jeito era conversando com Daniel, o que não estava se mostrando fácil. Será que ele estava ignorando suas ligações?

Molly talvez devesse mandar um e-mail. Não. Era impessoal demais. Agendar um horário no escritório. Não. Ia parecer perseguição. Ela optou por ligar mais uma vez. E depois pararia de passar vergonha, pois não queria virar uma dessas mulheres que ligavam até o cara ver que tinha trinta e cinco chamadas perdidas.

— Última vez. — Ela se inclinou para abraçar Valentine. — Se ele não atender desta vez, vou recuar.

Endireitando-se, tirou o celular do bolso. Discou o número com a palma da mão tão suada que o celular quase caiu.

Dessa vez, ele tocou em vez de cair na caixa postal, o que fez Molly se sentir zonza de novo.

E se ele não atendesse? E se decidisse que Molly não valia a pena?

Algum lugar, à distância, Molly ouviu um celular tocar, mas ignorou-o até alguém chamar seu nome.

Daniel.

Daniel estava chamando seu nome.

Ele estava ali?

Confusa, ela se virou e o viu sentando no banco. No banco deles. Segurando o celular. Por um instante, ela pensou estar alucinando. Era a falta de sono. Algo do tipo.

Mas quando Valentine foi alegre correndo na direção dele, percebeu que não estava conjurando Daniel das profundezas de sua imaginação.

Ele realmente estava ali.

Ela não tinha preparado exatamente o que iria dizer e, agora que ele estava ali em carne e osso, todas as ideias de Molly se dissiparam.

Conforme se aproximava, Molly percebia que Daniel parecia mais cansado do que estava mais cedo. O que quer que tenha feito depois de deixá-la, não envolveu voltar para casa e descansar. Nem ir ao escritório.

Ele parecia abalado. Não, era pior do que isso. Devastado?

Isto a horrorizou. Molly sentiu como se o coração fosse esmagado.

— Daniel?

— A Fliss ligou para você? — Com a voz rouca e grossa, ele deslizou o celular para dentro do bolso. — Que bom que você veio. Agradeço. Quanto mais gente tiver aqui, melhor.

Não fazia sentido. Ele queria conversar diante de uma plateia? Molly esperava algo mais privado.

— Não falei com a Fliss. Talvez fosse melhor se voltássemos para o meu apartamento. Ou para o seu.

— Não. — O olhar dele foi do dela para o parque ao redor. — Ele não sabe o caminho até lá. Deve estar perdido. Pensei que seria bom vir aqui caso ele se lembrasse do banco. Os outros estão procurando no outro lado do parque. E na avenida.

— Na avenida? Procurando o quê?

Daniel foi com o olhar das árvores para o rosto de Molly.

— Brutus. Quem mais seria? Agradeço a você por ter vindo ajudar nas buscas, especialmente depois de tê-la chateado com o que eu disse.

Buscas?

A ficha foi caindo aos poucos.

— Vocês estão procurando o Brutus? Ele sumiu?

— Você não sabia? As pessoas que queriam adotá-lo deixaram-no sem coleira. Ele não voltou. — Daniel parecia exausto. — Foi ontem à noite, mas eles ligaram para Harriet hoje de manhã. Estamos procurando há horas. Não há sinal dele.

— Eu não sabia. Ninguém ligou para mim.

— Imagino que tenham pensado que você já tinha problemas demais. Mas se ninguém ligou, por que você está aqui?

— Liguei sem parar para você. Como você não atendia, liguei para Fliss e Harriet. Fui ao seu prédio e ao delas…

— Estávamos todos procurando Brutus. Você não conseguiu falar com a gente porque estávamos no telefone. — Daniel franziu a testa. — Por que você estava ligando?

Agora que havia chegado o momento, Molly vacilou.

— Não importa... Posso esperar.

— Não. Não tem como esperar. Se o motivo foi suficiente para levar você até meu prédio, quero saber qual é.

— É melhor procurarmos Brutus...

— Procuramos no parque inteiro e não vimos sinal dele. Ninguém relatou sobre qualquer cão desacompanhado. Só podemos continuar procurando e esperar. Espero que ele apareça aqui, em nosso banco. — Daniel se inclinou, descansando os antebraços nas coxas. — Você teve uma noite e tanto. Sinto muito tê-la tornado ainda mais. Errei ao dizer o que eu disse.

— Você não errou. Eu errei.

Daniel se endireitou e virou o rosto para Molly.

— Você errou?

Não era como ela planejava lhe contar, mas àquela altura Molly já tinha desistido de encontrar o jeito certo, ou o menos pior.

— Errei sobre tudo. Errei em mandar você embora. Errei em não querer que você me amasse. E errei sobre não conseguir me apaixonar. — A boca de Molly estava seca. Quisera ela ter tido tempo de trazer sua garrafa d'água, como de costume. — E eu sei disso porque estou apaixonada por você. É a primeira vez que não estava tentando me apaixonar, e me apaixonei. Como não estava tentando, nem me dei conta do que estava acontecendo. Não percebi, mas você percebeu. Eu te amo. — Molly não conseguia acreditar que essas palavras, que nunca dissera na vida, seriam tão fáceis de pronunciar. — Eu te amo. Estava pensando em como contar para você. Não sabia se ligava e contava por telefone, se escrevia para você ou...

Daniel não deu a Molly chance de dizer tudo que ela gostaria de dizer. Sua boca alcançou a dela com um beijo sedento, envolto em mais do que desespero. Puxou-a para junto de si e o último pensamento coerente de Molly foi de gratidão por ele não ter mudado de ideia. Por ele ainda sentir o mesmo que naquela manhã.

Ela não sabia se ria de alegria ou chorava de alívio. Desistiu de falar e deixou-se levar, chocando os lábios contra os de Daniel. Deslizou os dedos pelo cabelo sedoso dele, alisou seu maxilar com a palma da mão, sussurrou-lhe palavras de amor contra a boca cheia de desejo. E agora que havia pronunciado estas palavras pela primeira vez, não conseguia parar.

— Eu te amo, te amo, te amo...

Ele retribuiu — com as mãos no cabelo de Molly e a boca ansiosa de desejo — com as mesmas palavras. Ela sentiu o calor do beijo de Daniel, além de outras coisas. Doçura, sinceridade, segurança. Sem deixar de beijá-la, pontuava suas palavras com beijos ávidos até que falar deixasse de ser prioridade.

Parecia que tinham se beijado por uma eternidade. Quando Daniel finalmente levantou a cabeça, não soltou Molly. Em vez disso, manteve-a envolvida nos braços e apoiou o queixo contra o cabelo dela.

— Eu tinha certeza de que você me amava, mas depois comecei a achar que tinha me enganado.

— Você não se enganou. E sou tão feliz por isso. Você não faz ideia de como estou feliz. Tive medo de que houvesse algo faltando em mim.

Ela ergueu a mão e tocou-lhe o rosto.

— Nunca quis que você ficasse com medo. Ou triste. — Parou de falar e lançou a Molly um sorriso de desculpas. — Sou o cara que sempre sabe o que dizer, mas, neste momento, não sei o que falar.

— Você já disse as palavras mais importantes.

— Eu te amo?

— Sim. E disse que sou suficiente. Você não faz ideia do quanto foi importante para mim ouvir isso. — Ela descansou a mão no peitoral de Daniel, sentindo a batida de seu coração sob os dedos, ciente de que nunca, jamais, faria algo para machucar aquele coração. Permaneceu assim por um instante, inalando o aroma dele, o cheiro do parque, da cidade. — Escrevi sobre o amor durante minha vida inteira, mas nunca havia sentido isso. Até agora.

— E como é?

— É como ficar embriagada.

Antes que pudesse elaborar, sentiu uma comoção vindo de trás e viu um sorriso se formar no rosto de Daniel. Molly se virou e viu Valentine correndo em direção a eles e, logo atrás, vinha outro cão. Mais pesado, mais desajeitado, mas incrivelmente familiar.

— Brutus! — Molly se sentiu plena de alegria e alívio. — Valentine o encontrou. Ele está bem.

Valentine veio em disparada até Molly e Brutus parou diante de Daniel, que, por um instante, não disse uma palavra.

Molly estava começando a achar que Daniel não estava reconhecendo o cachorro, mas de repente ele se agachou e puxou Brutus para junto de si.

Brutus ganiu de alegria, o lambeu e subiu com as patas nos ombros de Daniel, e ele teve que se apoiar para manter o equilíbrio.

Daniel ainda não havia dito nada. Foi só quando ela olhou mais de perto que entendeu que o motivo para ele não dizer nada era porque simplesmente não conseguia.

Seu coração se contraiu inteiro ao testemunhar a emoção no rosto daquele homem.

Colocou a mão em seu ombro e disse:

— Ele está bem.

— Pensei que ele pudesse ter sido atropelado por um carro. Pensei...

— Ele está aqui e está bem. É melhor ligarmos para suas irmãs. Podemos levá-lo para fazer uns exames com o Steven. É melhor que ele não volte a morar com aquelas pessoas.

— Ele não vai voltar para eles. — Daniel se levantou com dificuldade. — Ele vai morar comigo.

— Com você?

— Brutus tem um temperamento difícil de lidar e não tenho como parar de trabalhar sempre que ele se perder.

Imaginando que aquele não era o melhor momento para rir, Molly simplesmente confirmou com a cabeça:

— Bem notado.

— É mais fácil se eu ficar com ele.

— Me parece uma decisão sensata e racional. E generosa — acrescentou —, dado que você não gosta muito de cachorros.

— Mas *você* gosta. Você vai morar comigo, por isso ele sempre vai ter alguém que sabe tudo sobre cães por perto.

A mão de Daniel estava em Brutus, mas os olhos azuis em Molly. E o que ela viu naqueles olhos era de tirar o fôlego. Como poderia pensar que conseguiria viver sem ele? Não poderia, nem por um segundo.

— Vou?

— Podemos morar no seu apartamento, se você preferir, mas no meu tem mais espaço. E dois cachorros vão demandar bastante espaço. Especialmente por não serem lá muito pequenos.

— Acho que não entendi muito bem. Você está sugerindo que eu more com você?

— Não foi uma sugestão. Foi uma ordem, com duas alternativas.

— Duas alternativas?

— No meu apartamento ou no seu.

— É isso? Essas são minhas opções?

— Sim, ainda que não seja das mais difíceis. Depois de um dia com Brutus no seu apartamento, você vai reconsiderar. Ele é desastrado.

— Nesse caso, acho que não tenho escolha.

Molly se sentia leve por dentro. Leve e tão feliz que queria dançar. Seu corpo foi atravessado de calor.

Dizendo tudo com os olhos, Daniel tomou-lhe o rosto nas mãos.

— Escrevi para você. Mandei uma carta para a Aggie hoje de manhã. Estava esperando a resposta dela.

Com o coração irreversivelmente entregue, Molly envolveu o pescoço de Daniel com as mãos.

— Não entrei na internet desde que você foi embora, mas já imagino qual vai ser a resposta dela.

— Não falei qual foi a pergunta. — Ele murmurou as palavras junto ao cabelo de Molly, o que a fez sorrir, agarrando-o firme.

— Independentemente de qual seja a pergunta, a resposta dela será sim. Sim para tudo. Sim para o amor. Sim para morar junto. Sim para qualquer coisa. Estou desesperadamente apaixonada por você. Só isso importa.

Daniel abaixou a boca até a de Molly.

— Não consigo parar de beijar você — murmurou contra os lábios dela — e tem umas mil pessoas aqui no parque. Pense só no que estou fazendo com sua reputação.

— Você a deve estar reforçando, ainda que as pessoas tenham alertado você sobre eu machucar seu coração.

— Nunca acredito no que as pessoas dizem. Prefiro conferir as provas pessoalmente.

— Ótimo.

Molly encarou aqueles dois olhos incrivelmente azuis e perguntou a si mesma como havia vivido tanto tempo sem ele.

— Somos uma família então. Você, eu e dois cães bagunceiros.

— Parece que sim.

Daniel afastou o cabelo de Molly da frente do rosto.

— E algum dia, num futuro distante, vou pedir você em casamento, por isso é melhor escrever para a Aggie para pedir o conselho dela sobre como responder.

— Acho que sei o que ela vai dizer.

Sentindo a felicidade de Molly, Valentine latiu em aprovação. Brutus se juntou a ele e, por entre os latidos desenfreados, Molly escutou risos e virou-se para ver Fliss e Harriet sorrindo.

— E claro que, quando se casar comigo, vai ganhar duas irmãs — disse Daniel, com a fala arrastada. — Se isso for um problema, podemos nos mudar para outra cidade.

Ela riu e o envolveu com os braços.

— Nunca mais vou me mudar. Amo suas irmãs, amo você e amo essa cidade. Nova York simplesmente é a melhor cidade do mundo.

— Acho que você tem razão.

Daniel abaixou a cabeça e beijou Molly novamente.

Agradecimentos

Ainda tem dias em que acordo e não consigo acreditar que meu trabalho é escrever. Escrever a história, porém, é só o começo do processo de publicação. Agradeço a minha editora, HQN dos Estados Unidos e HQ Stories no Reino Unido, por seu apoio contínuo a minha escrita. Um "muito obrigada" especial para a equipe de vendas, tanto nos Estados Unidos quanto no Reino Unido, que trabalha tanto para garantir que as leitoras encontrem meus livros nas prateleiras. Com tantos livros sendo publicados diariamente, o trabalho deles é difícil, mas tenho sorte de serem tão bons no que fazem.

As mídias sociais tornam possível que eu me conecte com tantas leitoras e agradeço às pessoas incríveis do grupo de Facebook que foram tão generosas em me ajudar quando pedi inspiração para dar nomes aos cachorros. Um agradecimento especial a Angela Vines Crockett, que me deu a ideia de tornar o nome do cachorro mais "masculino".

Um agradecimento especial a Susan Ginsburg e à equipe da Writers House e também à minha editora Flo Nicoll, brilhante em todos os sentidos.

Sem o apoio de minha incrível família, duvido que teria escrito uma única palavra, por isso sou eternamente grata a eles. Meu maior "obrigada", porém, vai para você, leitora que escolheu comprar meus livros. Tenho tanta sorte de ter um lugar em sua prateleira ou dispositivo eletrônico.

Bjs, com amor,
Sarah

Este livro foi impresso em 2022, pela Vozes, para a Harlequin. A fonte usada no miolo é Adobe Caslon Pro, corpo 10,5/15,4.
O papel do miolo é pólen bold 80g/m² e o da capa é cartão 250g/m².